中国民间故事形态研究

A Morphological Study of Chinese Folktales

李 扬 ◇ 著

中国社会科学出版社

图书在版编目（CIP）数据

中国民间故事形态研究/李扬著. —北京：中国社会科学出版社，2015.7（2024.12 重印）

ISBN 978-7-5161-6137-1

Ⅰ.①中…　Ⅱ.①李…　Ⅲ.①民间故事—文学研究—中国　Ⅳ.①I207.7

中国版本图书馆 CIP 数据核字（2015）第 106992 号

出 版 人	赵剑英	
责任编辑	安　芳	
责任校对	邓雨婷	
责任印制	李寡寡	

出　　版	中国社会科学出版社	
社　　址	北京鼓楼西大街甲 158 号	
邮　　编	100720	
网　　址	http://www.csspw.cn	
发 行 部	010-84083685	
门 市 部	010-84029450	
经　　销	新华书店及其他书店	

印　　刷	北京明恒达印务有限公司	
装　　订	廊坊市广阳区广增装订厂	
版　　次	2015 年 7 月第 1 版	
印　　次	2024 年 12 月第 2 次印刷	

开　　本	710×1000　1/16	
印　　张	14	
插　　页	2	
字　　数	255 千字	
定　　价	49.00 元	

凡购买中国社会科学出版社图书，如有质量问题请与本社联系调换
电话：010-84083683
版权所有　侵权必究

故事形态学理论研究的新进展(再版序言)

《中国民间故事形态研究》初版于 1996 年,距今已有 18 年。那时国内对于普罗普的故事形态理论,虽然在民间文学界已经有了刘魁立、刘守华、叶舒宪和文论界、外国文学界袁可嘉、张隆溪等人的译介,但尚不成系统,人们对这一理论及其意义还未能充分了解认识,加上此书的印数少,出版后几年内,如泥牛入海,叶落深潭,没有引起学界太多的关注和反响。当时我将拙著寄赠师长同行,收到的信函反馈虽多是鼓励,但亦不乏批评,有位我尊敬的前辈学者,在回复的长信中,就语重心长地对拙著的"形式主义倾向"进行了严厉直率的批评,字里行间,分明可见其失望遗憾的心情。正如中国社会科学院施爱东博士在总结 30 年故事学研究成果时所说:"李扬是最早使用普罗普的故事形态学理论对中国故事展开研究的学者……可惜该书出版的时候,普罗普的《故事形态学》尚未全文汉译,多数学者对故事形态学还在一知半解的阶段,因而无法正确评判与理解李扬的工作,导致该书未能在恰当的时期发挥最大的效益。"① 坦白地说,那段时间,我也对自己的这一研究略感困惑,负笈境外,寒窗数载,是否误入歧途、劳而无功? 以至于将手头剩下的一捆书,束之床底,原先曾有进一步用普罗普形态理论研究民间传说的设想,亦就此搁置未续。

数年后,拙著才开始在学界渐现反响。最早公开提及我的故事形态研究的,大概是著名民间文艺学家刘锡诚先生。《新中国文学五十年》(张炯主编,山东教育出版社 1999 年版)中,对于新中国成立以来民间文学搜集、研究的成就综述,是由刘锡诚先生执笔,在文末他提到:"国际上被称为结构主义的形态研究,近年来已引进了我国的学坛。李扬的《中

---

① 施爱东:《故事学 30 年点将录》,《民俗研究》2008 年第 3 期。

国当代民间故事的功能研究》一文，就是依据苏联学者普罗普的《民间故事形态学》中所创立的故事形态理论，探讨中国民间故事的'功能'的尝试之作。"当时拙著虽已出版，刘先生应尚未读到，但他敏锐地注意到了我发表在《审美文化丛刊》（汕头大学出版社1994年版）上的一篇相关论文。2000年1月，华中师范大学的刘守华教授发表了《世纪之交的中国民间故事学》一文，在这篇评述总结故事学研究进展的重要文章中，刘守华先生注意到拙著"未引起学界的重视"，指出："俄罗斯著名学者普罗普的《民间故事形态学》，不仅是世界故事学中的力作，还被西方学界推崇为结构主义方法的奠基石。此书中文全译本至今尚未问世。青年学人李扬借用它以功能为核心的研究方法，选取50个具有代表性的中国民间幻想故事，对它的叙事形态作常识性的剖析……他的尝试却表明，故事学中的结构主义方法，在进行比较时是可以借用而获得有益结论的。"[1] 这应当是学界首次对拙著的公开介绍和评价，特别是出自国内故事学领域首屈一指的权威学者刘守华先生的笔下，其影响自不待言。此后，刘先生不仅在多部著作、多篇论文中提及拙著，介绍普罗普的相关理论，自己亦身体力行，在《神奇母题的历史根源》一文中，运用普罗普的思想资源，对中国神奇幻想故事的母题与原始习俗、信仰的关系进行了分析，"如果说，李扬、李福清、许子东成功运用《故事形态学》的理论资源，分析了我国的民间故事、台湾原住民神话故事、'文革'故事的叙事结构的话，那么，刘守华是运用《神奇故事的历史根源》的理论资源，透彻地分析了我国民间故事的历史根源，填补了研究我国民间故事的空白。刘守华对普罗普理论的运用，是建立在对其理论的见识的研究之上的，黑龙江人民出版社2003年出版的刘守华的专著《比较故事学论考》中就有专门介绍普罗普理论的章节"[2]。刘守华先生以开阔的国际视野、敏锐的学术见识，在向国内学界推介普罗普故事形态理论上，起到了重要的作用。

同年岁末，当时还在荆州师范学院任教的孙正国亦发表文章，对20世纪民间故事叙事研究进行回顾和思考，文中评论拙著是"属典型的民

---

[1] 刘守华：《世纪之交的中国民间故事学》，《华中师范大学学报》2000年第1期。
[2] 陈建华主编：《中国俄苏文学研究史论》第二卷，重庆出版集团/重庆出版社2007年版，第296页。

间故事的叙事性的专论"，是"我国目前最系统的就民间故事形态所作的全面研究……所发掘的中国民间故事结构形态上的共同规律和特点，为研究者得以从一个崭新的角度去审视民间故事，并进行跨文化的比较研究提供了可贵的学术范例"。① 此评论后来亦得到北京师范大学万建中教授的引述认同。② 孙正国还说："正如李扬在其论文的结语中所言：'本文的描述层次研究，严格说来只是迈出了结构分析的第一步。中国民间故事的结构深层，是否隐伏着特定的文化传统，体现着传播的文化心理和世界观，从故事叙事中是否可以发现远古人类叙事的某种元语言等等，这些问题，有待于我们做更加详尽和深入的探讨。'这段颇具学术见地的思索之语必将对此后的民间故事研究起到启发性的指导作用。"③

新西兰学者赵晓寰认为，近年来，学界重新兴起在普罗普的理论框架下研究中国文学的热潮，李扬是两位主要代表人物之一④。日本学者西村真志叶注意到"在国内，李扬首次对中国民间故事正式进行了结构分析，并根据随机选出的50个神奇故事，向普罗普的'顺序定律'提出了质疑"⑤。

华东师范大学著名俄苏文学专家陈建华教授，在其国家社会科学基金项目成果《中国俄苏文学研究史论》第二卷（重庆出版集团/重庆出版社2007年版）中，专辟一章"新时期普罗普故事学研究"，分三个阶段全面介绍了普罗普理论在中国译介和应用的情况，其中较为详细地介绍了《中国民间故事形态研究》这一"较大型的、深入的研究"。书中总结道："随着我国对普罗普研究的深入，对其理论的接受也呈现出一种积极的态势。学界尤其是民间文学研究领域已不满足于单纯对其理论进行描述与探讨，而是要运用这一操作性很强的理论进行我国的民间文学研究。1996

---

① 孙正国：《叙事学方法：一段历程，一种拓展——关于20世纪民间故事叙事研究的回顾与思考》，《荆州师范学院学报》2000年第5期。

② 参见万建中《中国故事学20年学术评述》，《民俗春秋：中国民俗学会20周年纪念论文集》，学苑出版社2006年版，第226—227页。

③ 孙正国：《近20年中国民间故事叙事性研究的探索与缺失》，《西南民族大学学报》2004年第9期。

④ 参见赵晓寰《从神奇故事到传奇剧：明代梦幻鬼魂剧〈牡丹亭〉的形态结构分析》，原刊于 Acta Orientalia Vilnensia, Vol. 7, No. 1-2, 2006/2007。

⑤ 西村真志叶：《反思与重构——中国民间文艺学体裁学研究的再检讨》，《民间文化论坛》2006年第2期。

年汕头大学出版社出版的李扬所著《中国民间故事形态研究》即是这样一次积极的尝试……该书是运用普罗普的理论体系对中国民间故事所作的大胆的尝试研究,也是新时期以来我国第一部较详细介绍普罗普生平和著述概况并具体应用其理论的论著。由此也可以看出,普罗普的理论已经深刻影响了我国学者研究民间故事的方法和视角。""我国学者非常善于将外来理论'中国化',上述李扬的著作就是一个很好的例子……作者借用普罗普的方法也获得了有益的结论。"[①]

2007年1月号的《民间文化论坛》,刊发了中国社会科学院吕微、朝戈金、户晓辉及北京大学高丙中的一场重要学术对话。吕微先生说:"据我所知,在这方面李扬先生的专著《中国民间故事形态研究》是迄今为止中国学者对普罗普的《民间故事形态学》所做出的最具国际水平的批评研究,且至今国内还没有人超越他。可惜,李扬《中国民间故事形态研究》只印了2000册,要不是我向李扬君索要,至今仍会无缘拜读中国学者的这本少有人知但却极为出色的学术著作。"接着吕微较为详细地概述了拙著的主要内容:"李扬在他的专著中着重讨论了普罗普关于功能顺序的假说,随机抽取了50个中国的神奇故事做样本,通过分析,他发现,普罗普的功能顺序说并不能圆满解释中国的故事,中国故事中的许多功能并不遵循普罗普的功能顺序。李扬研究了其中的原因,他发现,在许多情况下,中国故事的功能之所以没有按照普罗普的设想依次出现,是因为普罗普给出的叙事法则如若在中国故事中完全实现还需要其他一些限定条件,因为中国故事比普罗普所使用的俄国故事更复杂,由于俄国故事相对简单,是一些简单的单线故事,所以在应用普罗普的假说时无须增加条件的限制。李扬认为,在生活的现象中,构成事件的各个要素固然按照时间和逻辑的顺序依次发生,但生活现象中的事件并不是一件接一件地单线发生的,而是诸多事件都同时发生。因此,一旦故事要描述这些在同一时间内同时发生的多线事件,而叙事本身却只能在一维的时间内以单线叙述的方法容纳多线事件,故事就必须重新组织多线事件中的各个要素,这样就发生了在一段叙事中似乎故事功能的顺序颠倒的现象,这其实是多线事件在单线故事中的要素重组。当然,李扬所给出的功能顺序的限定性条件不

[①] 陈建华主编:《中国俄苏文学研究史论》第二卷,重庆出版集团/重庆出版社2007年版,第280—283页。

是只此一种，但却是其中最重要的一种，即功能顺序的假定只有在单线事件被单线故事所叙述的情况下才能够被严格地执行。从李扬的引述中，我们也读到了其他一些国家学者对普罗普功能顺序说的质疑，但我以为，李扬的分析之深入和清晰的程度不在那些学者之下，有些分析还在他们之上。……对于普罗普的功能顺序说，李扬不是简单地否定，也不是一味地肯定，他一方面指出了普罗普的功能顺序说只具有（应用于俄国神奇故事的）相对普遍性，同时又在给出一定的限定性条件后，论证了该假说在一定条件下（可应用于复杂的神奇故事甚至各种体裁的民间故事）的绝对普遍性，从而肯定了普罗普假说的合理性。比较起来，我自己对普罗普的理解远在李扬先生之下，因为我基本停留在简单接受的水平上，没有与普罗普之间形成相互批评的平等对话。"后面几句当是自谦之词，他和户晓辉关于"功能"和"母题"经典概念的讨论、辨析，展现了二位深厚扎实的西方哲学功底，呈现出学界少有的理论思辨深度。能得到吕微先生的如此谬赞，实在是愧不敢当。

学者们在荐介评论拙著时，亦对其不足之处提出了中肯的意见，如刘守华先生指出拙著"缺乏必要的阐释"，[①] 刘锡诚先生在《20 世纪中国民间文学学术史》（河南大学出版社 2006 年版）中，在较为详尽地介绍了拙著后，亦指出："对于中国故事的深层结构，故事结构的模型的内在体系，以及结构模型与中国文化传统、文化心理的互动关系等，还缺乏更深入的探讨，故而在结构主义的中国化上的研究还是初步的。"这些不足之处，在随后的学者们进行的相关研究中，都得到一定程度的修正弥补。

进入 21 世纪以来，正因为刘锡诚、刘守华、吕微、施爱东、万建中、孙正国等学者从学术史高度给予的评介推荐，拙著开始引起同行的关注，逐渐得到学界的认可。拙著先后获得了首届国家"山花奖"学术著作三等奖、山东省首届民间文艺奖学术著作一等奖、校科技进步一等奖等奖项，被刘锡诚先生列入《百年民间文学理论著作要目索引》，甚至被民间文学界以外的其他学科所提及，如文论界赵炎秋教授《共和国叙事理论发展 60 年》一文，在论述"除了构建中国叙事理论的努力，另一批学者则借鉴西方叙事理论研究中国叙事文学实践，取得了可喜的成果"时，

[①] 刘守华：《世纪之交的中国民间故事学》，《华中师范大学学报》2000 年第 1 期。

即以拙著为一例。①

　　随着其他学者对普罗普理论的评述介绍，一些学者和研究生，亦开始采用普罗普的故事形态学方法进行相关课题的研究。北京师范大学万建中教授对普氏理论甚为重视，在他主编的《新编民间文学概论》（上海文艺出版社2011年版），辟有专节介绍普罗普的故事形态学理论；在《20世纪中国民间故事研究史》（北京师范大学出版社2011年版）中亦有介绍。万建中原本从事民间神话、传说和故事中的"禁忌"主题研究，在全面了解普罗普故事形态分析理论体系之后，较早地开始引入、应用普氏理论进入其研究。拙著中初步判断违禁型故事很可能是一种独特的区域类型，"李扬的这一带有结论性质的阐述更增添了我继续做这一课题的勇气和信心"，②通过研究，万建中发现，禁忌主题的三个功能存在时序逻辑关系并有着完全相同的顺序，形成一个相对固定的叙事范式，三个功能之间构成两项"功能对"，即"禁令—违禁""违禁—惩处"，它们对所有故事的叙事都具有规范和支撑及引导作用。同时，这些核心功能又与角色之间有着相对固定的配属关系。③万建中对结构形态的关注，旨在更方便地探求和归纳不同结构类型的禁忌主题内涵方面的特质。同时，他指导研究生同样主要采用了普氏理论，对魔宝故事的故事形态进行了详尽的分析。④

　　2008年，万建中的另一位学生漆凌云的博士论文《中国天鹅处女型故事研究》由中国戏剧出版社出版，天鹅处女型故事是中国现当代故事学的热点研究对象，成果甚多，能出新意殊为不易。论文的第三部分，主要借鉴了普罗普和布雷蒙的叙事理论，亦参照了拙著的思路和观点，依据中国幻想故事及天鹅处女型故事自身的结构特征，对普罗普划定的31个功能和角色进行了适当修正（如将普氏原有功能中的加害、获得魔物修正为陷入困境和获得奖赏，把寻求者同意或决定反抗和追逐分别并入功能主角出发和陷入困境中，补入功能远离凡间）。在对160则天鹅处女型故

---

① 复旦大学文艺学美学研究中心编：《美学与艺术评论》第8辑，学苑出版社2010年版，第33页。

② 万建中：《解读禁忌——中国神话、传说和故事中的禁忌主题》，商务印书馆2009年版，第5页。

③ 同上书，第31—32页。

④ 参见万建中等《中国民间散文叙事文学的主题学研究》，北京大学出版社2009年版，第11—95页。

事进行功能排序后，发现此型故事一般由缺乏/困境—消除缺乏—困境—缺乏的最终消除两个序列构成，功能顺序不变的是核心功能（对），功能顺序发生变化的有功能（对）的重复、省略、偏离、移动等。此型故事经常出现的有 7 个序列，大体有连续式、镶嵌式和分合式。其叙事在"不平衡性朝平衡性"的叙事规则下沿着消除主角自身的多方面缺乏状态发展，构成形态结构变化的动因。其次，漆凌云注意到故事角色的转换、某些结束性功能的中断等，也会引发故事形态的变化。漆凌云的研究采用样本多、分析细致、结论有据，为运用普氏故事形态理论研究某一特定类型故事，树立了学术范例。

北京师范大学康丽在其博士论文《中国巧女故事叙事形态研究——兼论故事中的民间女性观念》（2003）和后来的延伸研究《文本与传统：中国民间故事类型丛研究》（国家社会科学基金项目结项成果，未刊，2013 年 7 月）中观察到：近年来研究范式的转换，使得学者们的目光更多地聚集在日常生活的实践层面，更为关注民间叙事的现代命运、关心语境、关心变迁过程与主体实践，回身再次面对形态学研究时，总会面临如下关键问题：这种经典研究范式的现实意义何在？共时研究和历时研究两种相对的范式可否共存于一？如何理解历史积淀而成的文化意义在共时层面的存在？康丽认为，两种范式的结合，在重新理解并规定了叙事传统的文本表现与性质之后，是可以胜任对民间故事类型丛的研究重任的。她试图在叙事形态研究与文化内涵研究之间构筑或寻求一种中介，使前者能成为后者的基础或前奏，从而将两种研究方向统合在同一个具体对象的研究实践中。她的统合尝试主要体现在巧女故事类型里的"角色"研究上，将"角色"赋予双重涵义：一是普氏形态理论"角色"的抽象结构功能；二是角色行动的具体承担者之间的关系网络，康丽在这里注意到了普氏神奇故事与巧女故事的属性差异，后者的生活属性注定了其角色行动之间的逻辑关系与民众现实生活网络之间的投射关联，这种关联的紧密程度使得对角色行动具体承担者的判定成为析分角色属性的关键。康丽根据她对特定故事类型的属性观察，强调"角色"的结构功能所指和社会关系所指，据此观察角色分布与转换的规律，通过角色关系及其行为互动的设置，找到它与民众观念变更之间的关联。参照拙著特别是康丽的角色研究，华中师范大学的李林悦的硕士论文《民间故事中公主角色的文化意义与叙事功能》（2006）结合后结构主义的理论，对公主在民间故事中所承担的配角类型进行研究，剖析公主角色所具有的文化属性以及该角色在民间故事中所承担的叙事功能之间的联系，注意到了故事叙事形态总是和故事中角色所具有的社会文化属性相关联，来自于不同的政治经济权力网络、代表不同价值体系和文化观念的人物，在担任同一角色时可以催生出不同的故事叙事形态。康丽等人的研究，为学界关于两种范式结合的疑惑和争论，提供了有说服力的证例，其研究不是两种范式的简单捏合，而是令人信服地论证了角色的文化含义对叙事形态的作用影响，这种对单纯形式分析的突破无疑深化、拓展了故事形态理论。

据不完全统计，近年来港台地区尤其是台湾地区高校的硕博论文，亦有70余篇涉及拙著，其中直接引用拙著的有近20篇，其余数十篇将之列为参考文献。直接引用此书的论文多数是根据普罗普的功能或角色划分，选择某一类别的民间故事加以研究。季雯华的硕士学位论文《〈贝洛童话〉中的禁令与象征》（2006）即以普罗普的31项功能之一"禁令"为核心将《贝洛童话》中与禁令有关的故事挑选出来作为研究对象进行专门研究。作者首先依据普罗普的功能理论将禁令故事分为"禁令—违反"和"禁令—执行"两大类，又在此基础上根据情节细分为严词警告型、预言实现型、禁止吃喝型、魔法破除型、相互约定型、恐吓威胁型六种禁令故事。主要从内容上对禁令故事进行了分析探讨，指出了禁令故事在儿童成长过程中发挥的积极与消极作用。以"禁令"为研究切入点的还有张育甄的硕士学位论文《陈靖姑信仰与传说研究》（2002）。作者在分析陈靖姑传说的斩蛇母题时，运用普罗普关于"禁令"的功能理论从陈靖姑传说中分析出三道禁令，同样从内容角度进行分析，探求了禁令对于情节发展的作用，及其与结局的关系。黄薰慧的硕士学位论文《巧媳妇故事研究——以中国台湾为主》（2010）和洪白蓉的硕士学位论文《幸福的祈思——中国龙女故事类型研究》（2001）则是以普罗普的7种角色之一"主角"为核心选择某一类型的故事进行的研究。《巧媳妇故事研究——以中国台湾为主》在故事人物形象分析的部分，对巧媳妇及其他角色的变与不变进行了分析，指出巧媳妇的角色在此类故事中的固定性及这一角色帮助家人或自己和解决难题的功能。《幸福的祈思——中国龙女故事类型研究》根据普罗普的角色理论对龙女故事中的角色进行分析，指出其中真正有分量的角色只有孤儿、龙女、龙王（或其他恶势力）三者，认为这是龙女故事的稳定性特质，其中，孤儿通常是主角，龙女通常是被寻求者、捐助者、助手，龙王通常是反角、捐助者、差遣者。此外，作者借用《中国民间故事形态研究》中对同类故事《笛童》的结构分析展现了龙女类故事的结构，并指出普罗普理论的复杂"代号"记忆困难，易造成阅读障碍的缺陷。同样运用了普罗普的角色理论进行研究的论文还有陈茉馨的《格林童话研究》（2003）、黄圣琪的硕士学位论文《民间故事连续变形母题研究——以台湾汉语故事为例》（2005）、林宜贤的硕士学位论文《从唐传奇〈柳毅〉及后世相关戏曲作品看龙女故事发展》（2010），此处不再详述。另有人将普罗普的故事形态理论用于民间说唱研究，其中直接引用了《中国民间故事形态研究》的共有4篇，包括李淑龄的硕士学位论文《〈聊斋志异〉话本的叙述模式研究》（2004）、林博雅的《台湾"歌仔"的劝善研究》（2004）、林叔伶的《台湾梁祝歌仔册叙事研究》（2005）、潘昀毅的硕士学位论文《歌仔册〈三伯英台歌集〉之研究》（2011）。以《台湾梁祝歌仔册叙事研究》为例，其中"梁祝歌仔册之功能模式"一节整体参照了《中国民间故事形态研究》的研究方法，利用此书关于功能数目、功能顺序、功能关系、序列内部结构、序列关系、角色分布、角色与行动场等研究成果，对梁祝歌仔册进行了极为详细的故事形态研究。

应当再次特别指出的是，21世纪以来学界逐渐兴起的"普罗普热"，前述学者对拙著的荐介固然有所助力，拙著可能起到了些微抛砖引玉的作用，但更重要的是，在宽松开放、中外交流日趋活跃的学术背景下，无论是民间文学界，还是文论界、外国文学界，早已有不少学者关注研究普罗普，厚积薄发，陆续开始涌现了大批重要的论文、译著、专著等。北京师范大学贾放于2000年开始集中发表了系列论文，包括《普罗普：传说与真实》《普罗普"神奇故事的历史根源"与故事的历史比较研究》《普罗普故事学思想与维谢洛夫斯基》《神奇故事的结构与历史研究》等，并以《普罗普故事学思想研究》为论文题目，最终获得了博士学位。2006年11月，中华书局出版了贾放译《故事形态学》，国内学界终于等来了这部经典名著的中译本。过去"由于传播渠道的原因，各种介绍大都是出自英译、日译和法译的'转口'，乃至对'转口'的转述，经过这样的多重转换，难免会带来信息学所说的'信道损耗'，难以准确传达出他写作的文化语境。一些误译、漏译，在不同程度上影响了对原著理解的准确性。这些对普罗普本人及其学说而言不能不说是一种遗憾"①。现在这种遗憾终于不再。她翻译的另一部普罗普的名著《神奇故事的历史根源》于同年出版。贾放在引进推介普罗普理论方面，用力最勤，成果最为丰硕，对学界全面了解普罗普的故事学思想，起到了关键的推动、推广作用。此外，周福岩等也较早就撰写发表了相关的论文，详细情况可以参见本书附录的耿海英教授的论文所述。一方面，对普氏理论的研究介绍越来越全面系统，相关专著接续出现（另有赵晓彬《普罗普民俗学思想研究》，黑龙江人民出版社 2007 年版）；另一方面，对普氏理论的应用，亦有逐渐延伸的趋向，如董晓萍教授从故事遗产学的角度，重新发掘普氏理论的价值，认为在今天的故事遗产保护的讨论中，可以对他提出的人文分类原则、历史内涵阐释和研究型故事叙事建模，做适当的反思与吸收。②

限于视野和资料，笔者以上的述论和列举肯定会有遗漏不周之处。上述种种合力之下，"激活"了普氏故事形态理论。引发了学界更多的关注，涌现了更多的应用成果。使用关键词对"知网"进行检索，相关情况从图 1 可略见一斑。（按："普罗普"有的学者译为"普洛普"）

20 世纪 80 年代前后提及"普罗（洛）普"的论文很少，基本是个位数；80 年代末开始增长，每年 20 篇左右，2001 年开始显著大幅度增长，从每年约 50 篇一路攀升，2011 年达到 254 篇。

1984 年以前关于文艺理论、结构主义、符号学、语言学等方面的论文，一般为译作或者是介绍性质的文章。从 1985 年开始零星出现关于民俗学、民间文学、人类学、社会学、民族学等方面的文章，大多数还是关于文艺理论、结构主义、符号学、语言学方面的。1997 年以后有关民俗学、民间文学、人类学、社会学、民族学等方面的文章数量开始迅速增长，显示出本类学科与其他学科同步的学术趋向（见图 2）。需要说明的是，上列数据只是根据"知网"检索，未使用其他学术论文数据库，著作类和为数不少未发表的博硕士论文也未包括在内，数据不一定全面准确，但是大抵还是可以看出一段时期以内普罗普故事形态理论在国内接

---

① 弗拉基米尔·雅可夫列维奇·普罗普：《故事形态学》，贾放译，中华书局 2006 年版，第 207—208 页。

② 参见董晓萍《故事遗产学的分类理论——兼评普罗普的〈故事形态学〉和〈神奇故事的历史根源〉》，《民族文学研究》2007 年第 2 期。

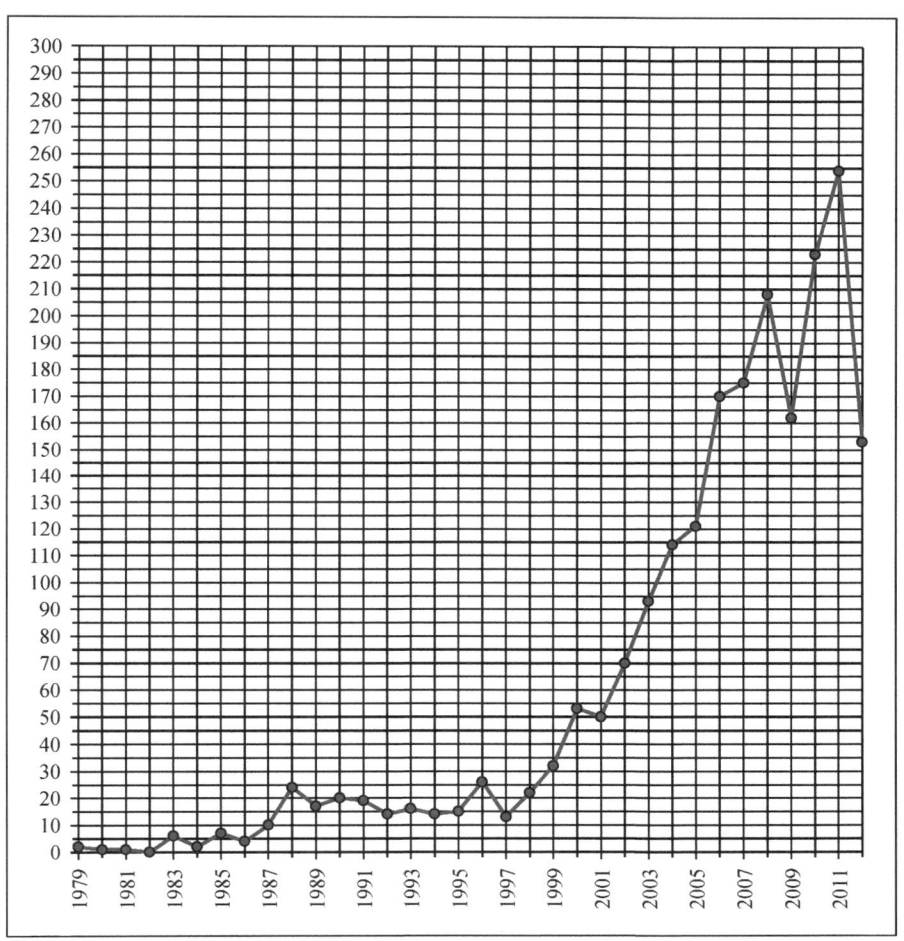

图1 全文检索提及普罗（洛）普的论文

受、应用的状况和走势。

普氏理论亦影响到民间文学之外的学科领域，例如作家文学研究方面，已有不少学者将之运用到中国古代小说、现当代文学作品、儿童文学作品的形态分析上。较早进行这方面开拓性研究的是笔者的博士导师、香港大学的陈炳良教授，他敏锐地发现了张爱玲的小说《倾城之恋》与民间童话的相似性，借鉴普罗普的形态理论，对小说的功能和角色进行了分析评述，"证明了普氏的方法，可以应用在这篇小说的分析方面……各个功能大致是跟随普氏所拟定的次序，其中有些乖离的原因大概是法布拉

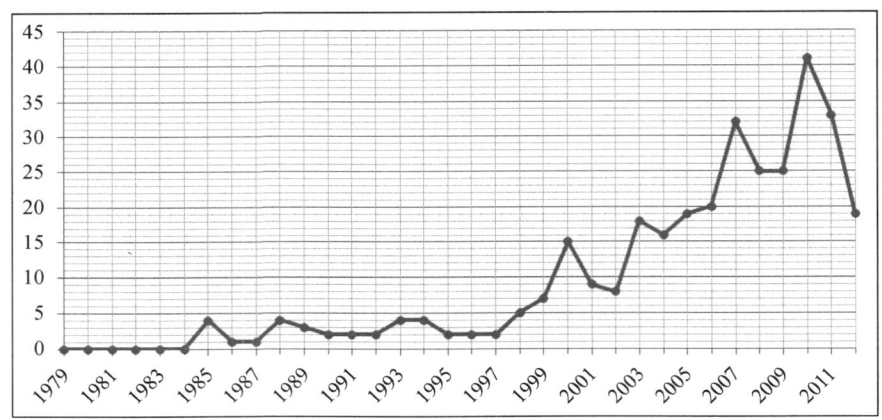

图 2　全文检索运用普罗（洛）普理论的民俗学、民间文学、人类学、社会学等有关方面的论文

(fabula 故事) 和苏热特 (syuzhe 布局) 之差别所致"①。这方面更为系统全面的研究者当属许子东，他在香港大学进行博士论文写作时，也选择了借鉴普罗普的形态理论，不过他的研究对象是当代"文化大革命"题材小说。其重点不是通过当代小说研究"文化大革命"，而是研究"文化大革命"如何被当代小说所叙述，换言之，他关注的是这些小说的叙事结构、事序逻辑、情节模式等，他关心形式模式多于小说内容，认为模式比内容更能说明内容。受普罗普《民间故事形态学》的启发，他选取了 50 部中长篇"文革小说"作为讨论对象，归纳列出了"文革小说"叙事模式的 29 个"情节功能"、5 种基本角色（受害者、迫害者、背叛者、旁观者、解救者），以及 4 个叙事阶段："初始情景"（灾难之前）、"情景急转"（灾难来临）、"意外发现"（难中获救）和"最后结局"（灾难之后），这些情节功能可以包括"文革小说"的各种叙事可能性，其排列顺序和组合规律都是可以辨认的。许子东详细分析了这些小说叙事的组合规则和角色的功能变化，进一步抽取提炼出 4 种叙事类型，并试图揭示选择叙述策略风格的历史背景与情节设计叙事规范的文化逻辑。② 另如香港岭

---

①　陈炳良：《〈倾城之恋〉的形态学分析》，岭南大学中文系系刊《中国研究集刊》1996 年卷。

②　参见许子东《为了忘却的集体记忆：解读 50 篇文革小说》，生活·读书·新知三联书店 2000 年版，第 224—234 页。

南大学刘真途完成于 2000 年的硕士学位论文《从童话功能考察金庸武侠小说的叙事特色》，作者将普罗普 31 项功能中某些过于详细或过于简单的功能进行了更正，又补充进了金庸武侠小说中呈现出来的某些独有的具体功能举例；并且为了便于中文读者的阅读，将普罗普原本的代码改为汉字代码。依据修正补充后的功能列表，他用 31 项功能勾勒出金庸小说的主线，又用普罗普总结的 7 种角色概括了金庸小说中的上千种人物角色，最终验证了"武侠小说乃成人童话"的命题。

在电影研究方面，有王杰文的《动画电影的叙事结构：〈灰姑娘〉的形态学分析》（《北京电影学院学报》2006.5）、李稚田的《普罗普功能人物理论的电影应用》（《民间文化论坛》2006.6）、张爱琴《〈李双双〉系列文本故事形态学解读——以小说、电影及豫剧〈李双双〉为中心》（杭州师范大学硕士论文，2013）、刘书芳《普罗普功能人物理论对〈窃听风暴〉的评析》（《今传媒》2014.7），以及笔者的一些尝试（见本书附录）。更有延伸至平面广告、电视节目等各种领域的，不一而足。这些跨界跨类的研究应用，凸显和证实了普罗普故事形态理论蕴涵的潜在价值、恒久生命力和普适意义。

李 扬

2014 年 7 月

目　　录

绪　论 ···（1）
　　一　普罗普及其故事形态理论 ···································（1）
　　二　中国民间故事与形态学研究 ·································（8）

第一章　应用篇 ···（16）
　　一　普罗普功能一览表 ··（16）
　　二　中国民间故事功能项补遗 ···································（22）
　　三　图式说明 ···（24）
　　四　50个故事功能划分·形态图式·说明分析 ···············（24）

第二章　研究篇 ···（141）
　第一节　功能论 ··（141）
　　一　功能的数目 ···（141）
　　二　功能的顺序 ···（143）
　　三　功能之间的关系 ···（148）
　　四　功能在中国故事中位置的变异规律 ·····················（153）
　　五　功能的分类 ···（154）
　　六　小结 ···（156）
　第二节　序列论 ··（157）
　　一　序列的定义 ···（157）
　　二　序列的划分 ···（159）
　　三　序列的内部结构 ···（160）
　　四　序列之间的关联关系 ··（166）

五　小结 …………………………………………………（169）
第三节　角色论 …………………………………………………（169）
　　一　中国民间故事中角色的分布 ……………………………（170）
　　二　角色与行动场 ……………………………………………（172）
　　三　小结 ………………………………………………………（177）

结　语 ……………………………………………………………（178）

附录1　新时期普罗普的故事学在中国的接受与研究 …………（181）

附录2　《人工智能》叙事形态略析 ………………………………（190）

附录3　隐伏的二元对峙与消解 ……………………………………（195）

参考书目 …………………………………………………………（200）

后　记 ……………………………………………………………（204）

绪　　论

> 我的文学理论是研究文学的内部规律。如果用工厂的情况作比喻，那么，我感兴趣的就不是世界棉纱市场的行情，不是托拉斯的政策，而只是棉纱的支数及其纺织方法。
>
> ——维·什克洛夫斯基[①]

本书主要运用俄国民俗学家弗拉迪米尔·雅科夫列维奇·普罗普（Vladimir Jakovlevic Propp）创立的民间故事形态分析理论体系，对中国民间故事的形态结构进行初步的探讨。在本章中，首先简要介绍普罗普的故事形态理论；再概述中国民间故事研究的状况，以阐明运用普氏理论的意义；最后说明本书所使用的材料及文章的内容。

一　普罗普及其故事形态理论

（一）生平及著述简介

普罗普，1895年4月17日出生于俄国彼得堡。1913—1918年就读于彼得堡大学，主修俄语和德语。1932年，普罗普于列宁格勒大学执教，先是教授语言并著有三部俄国学生学习德语的教科书。1938年，他的研究兴趣开始转向民俗学方面，嗣后专此不彼，直至逝世（1970年8月）。

普罗普在民俗学方面的研究著作有：《民间故事形态学》（1928）、《神奇故事的历史根源》（1946）、《俄罗斯英雄史诗》（1955）、《俄罗斯农民的节日》（1963）、《笑与喜剧的问题》（1976）等，另有论文20余篇。其中公认的代表作当推《民间故事形态学》。

[①] 维·什克洛夫斯基：《关于散文理论》，莫斯科1929年版，第5—6页，转引自《美学文艺学方法论》，文化艺术出版社1985年版，第517—518页。

（二）普罗普的故事形态理论

1. 普罗普对故事研究方法的批评

普罗普在阐述自己的形态学理论前，先对当时已有的故事研究方法进行了批判。他对研究者们只孜孜于探讨民间故事的起源和发展表示不满，认为系统描写比发生学的研究更为重要："我们现在不应再谈论故事的历史研究，而只应讨论对它的描述。像往常那样没有特别阐明描述的问题来讨论发生学，是完全无用的。"① 普罗普认为，对故事材料的正确分类是科学描述的首要步骤之一，精确的研究取决于精确的分类。对当时流行的数种故事分类法，普罗普一一提出了质疑和批评：或混淆不清、难以归类（最常见的分类法是将故事分为奇异故事、日常生活故事、动物故事等）；或概念模糊、界限不明（W. Wundt 的分类法②）；按照主题（theme）进行分类，更是人言人殊，依据的分类标准缺乏统一连贯性（如 R. M. Volkov 教授的分类法③）。

20世纪初影响最大、其著述达到"我们时代故事研究的顶峰"（普罗普语）的芬兰学派（Finnish School），首倡民间故事的"历史—地理研究法"（Historical-geographical Method），这个学派的奠基人之一阿尔奈（A. Aarne，1867—1925）教授在《故事类型索引》一书中对民间故事按情节"类型"（Type）进行了分类编排。④ 对此，普罗普亦提出了质疑，他再三强调民间故事的主题（即阿尔奈所称的"类型"）间存有互相交织、紧密联结的关系，不可随意抽取加以孤立研究，同时，这一分类法在确立类型上，亦缺乏完全客观的标准。当然，普罗普的兴趣并不在于故事的分类法研究。他对上述分类法的批评，旨在揭示故事研究方向上的偏误，他关注的是故事的叙事结构描述。普罗普进而评述了19世纪俄国著名比较文学家、民俗学家维谢罗夫斯基（A. N. Veselovskij，1838—1906）

---

① V. Propp, *Morphology of the Folktale*, Austin & London: University of Texas Press, 1975, p. 5.
② Ibid.
③ Ibid., p. 8.
④ 阿尔奈主要分析了芬兰、北欧和欧洲一些国家的民间故事。他将所有的故事分为三部分，即动物故事、普通民间故事和笑话，每部分又划分细类。参见刘魁立《世界各国民间故事类型索引述评》，载北京师范大学中文系民间文学教研室编《民间文艺学参考资料》第一集（上），1982年，第281页。

的理论。维谢罗夫斯基认为,"主题"是由一系列的"母题"(Motif)组成,所谓"主题"就是各种情景(即母题)在其中移进移出的题材,是新的母题可以嵌入其中的变项,因此母题是具有首要意义的单位。[①] 这种把主题与母题分离开来的观点得到普罗普的赞赏,被认为具有重大意义。但他对维谢罗夫斯基关于母题是不可再分的基本单位的说法持有异议,认为可以将维谢罗夫斯基界定的母题进一步划分成更基本的单位。

当矿物、植物和动物都已按照其结构被精确地分类,文学的各种体裁也已被详加描述时,民间故事的研究却忽略了这一方面。有感于此,普罗普认为故事研究的当务之急,是要对故事的结构加以准确的描述,加以抽象的形态学研究。

2. 普罗普的研究方法

普罗普所研究的故事原材料是一组(100个)特定类型的俄国民间童话故事(Fairy Tale),即阿尔奈分类法中300—749型故事。[②] 普罗普对研究方法的构思是：先用特殊的方法将故事的组成成分分离出来；再按照这些成分对故事进行比较,从而得出一种形态学意义的结果,即按照故事成分和这些成分彼此之间的关系,以及它们同整体的关系,对民间故事作出的描述。

普罗普接着比较了四个事件：

（1）国王给了主角一只鹰。这只鹰把主角带到了另一个国度。

（2）老人给了舒申科一匹马。这匹马把舒申科带到了另一个国度。

（3）巫师给了伊凡一条小船。小船把伊凡载到了另一个国度。

（4）公主给了伊凡一个指环。从指环里现身的青年把伊凡带到

[①] V. Propp, *Morphology of the Folktale*, Austin & London: University of Texas Press, 1975, p.12.

[②] 在阿尔奈和汤普森的"AT分类法"中,这两个号码内的故事是"普通故事"(Ordinary Folktale)中的一大类,称为"神奇故事"(Tales of Magic),包括：300—399 神奇的敌手；400—459 神奇的或有魔力的丈夫（妻子）或其他亲属；460—499 神奇的难题；500—559 神奇的助手；560—649 神奇的物件；650—699 神奇的力量或知识；700—749 其他神奇的故事；参见 Stith Thompson: *The Types of The Folktale*, FF Communications, Helsinki: Academia Scientia Rum Fennica, No. 74。

了另一个国度。

普罗普指出，在上述例子中，不变的成分和可变的成分都已显示出来，变化的是登场人物的名字（以及其特征），但他们的行动和功能都没有变。由此可以得出如下推论：一个民间故事常常把同样的行动分派给不同的人物，这样，按照故事中人物的功能（Function[①]）来研究民间故事就是可行的了。

功能的确定，不能依据功能的"负载者"——人物，必须依据行动在叙述过程中的位置，还必须考虑到一个特定的功能在行动过程中所具有的意义。因此，普罗普把"功能"定义为："功能是依据在行动过程中的意义而确立的人物的行为。"[②]

通过对故事材料的观察，普罗普归纳出四条通则：

（1）人物的功能是一个故事中恒定不变的要素，不论这些功能由谁来完成或怎样完成。功能是构成的故事基本成分。
（2）故事已知功能数目是有限的。
（3）功能的顺序通常是相同的。
（4）就结构而言，所有的故事都属于同一类型。

普罗普发现他所研究的故事材料中共有 31 项功能（详见第二部分"应用篇"）。在每一个民间故事中，这 31 项功能并不一定全部出现，但功能的缺少不会改变其余功能的秩序。

普罗普注意到，故事中登场人的数量和种类在故事原文中是无限繁多而各不相同的，其固有属性、社会地位等千差万别，但都有着超越实体差异的、由情节意义所赋予的共同点，构成数量有限的、抽象的"角色"（dramatis personae）。角色与功能常有一定的配属关系。许多逻辑上相关的功能经常组合成一种"行动场"（sphere of action），它们与各自的角色

[①] 高辛勇教授指出：Function 一词，亦有"函数"之意，其价值是该单位与其他单位关系之值。他援用"关目"之意，将其译为"事目"。在本书中仍直译为"功能"。参见高辛勇《形名学与叙事理论》，联经事业出版公司 1987 年版，第 31 页。

[②] V. Propp, *Morphology of the Folktale*, Austin & London：University of Texas Press, 1975, p. 21.

相对应。俄国民间故事中的角色可分为七类：

（1）反角（villain）
（2）捐助者（donor）
（3）助手（helper）
（4）被寻求者（sought-for person）
（5）差遣者（dispatcher）
（6）主角（hero）
（7）假主角（false hero）

一个角色通常与其特定的行动场对应，但有时会出现特殊的情况，有时一个角色出入于数种行动场之间，有时一个行动场分属于几个角色。七种角色并不一定在一个故事中全部出现，有时一个角色亦可担任其他数种角色的任务。至于角色在故事中究竟以何种具体的人物身份（登场人物）出现，则受变换规律（the law of transformation）的支配。①

最后，普罗普将故事作为一个整体加以探讨。民间故事通常始于反角的恶行或主角的某种欠缺，最后以婚礼或缺乏消除等告终，这个过程可称为一个"回合"（move）。一个故事可由一个回合构成，也可能有几个回合（可构成单一故事和复合故事两大类），因此，分析故事的整体结构，首先要区分出故事包含回合数目。回合之间又有不同的关系形式。

这样，对民间故事从功能、角色到回合进行分析，同时用相应的符号标示出来，画出排列组合的图表，就可揭示故事形形色色的结构形态。以此为基础，还可以进一步分析故事的类型、主题等。

日本学者北冈成司将普罗普故事形态学理论的主要成果总结为两个方面：一是将故事中个别具体的"登场人物"与一般抽象的"角色"作出区别（人物/角色论）；二是将故事中个别具体的"行为"与一般抽象的"功能"作出区别（行为/功能论）。在一定的类型体系（即类型空间）中，登场人物及其个别具体的行为是促使这个类型空间所包含的总的原文相差异并走向特定化的要素；而角色/功能的关系则是促使该类型空间所

---

① V. Propp, *Morphology of the Folktale*, Austin & London: University of Texas Press, 1975, pp. 79 – 91.

包含的总的原文走向相同化的要因。通过对两组原文每次变动的可变性实体（人物、行为）及其在一定类型故事原文中相通的恒定关系（角色、功能）予以区别与对比，从而拟定并划出后者的一般图示，明确揭示这种相同化的要因。[①]

（三）普罗普的形态故事理论的评价与运用

《民间故事形态学》问世后很长一段时期，除了极少数学者予以评论外，在苏联和国外均未受到学界的重视。未受重视的原因，在国外主要是由于语言上的隔阂，在苏联是由于受到正统派的压制和批判。苏联20世纪30年代早期对形式主义的批判及40年代末对资产阶级学术的批判，都多少牵连到普罗普，到后来他也不得不"承认错误"。[②] 1958年英译本发表后，才在西方引起广泛的注意和讨论。随后这部重要论著相继被译成意大利文（1966）、波兰文（1970）、罗马尼亚文（1970）、法文（1970）、德文（1972）发表。

许多学者对普罗普的理论给予高度的评价。《民间故事形态学》被认为是20世纪文学研究中具有独创性的典范著作，是结构主义思想方法的源头之一，同时也是结构主义神话学的奠基作。特伦斯·霍克斯（Terence Hawkes）认为，这部著作至今仍是形式主义学派的重大贡献之一，它向适合小说艺术的"诗学"迈出了一大步。他的方法"至今仍有很高的结构价值，因为同神话一样，童话是所有叙事的重要原型"[③]。美国学者罗伯特·萧尔斯（Robert Scholes）总结道：除去对亚里士多德遗产的追溯，可以说是普罗普对俄罗斯民间故事的研究开创了结构主义研究方法的先河。普罗普提出的"形式提纯"（simplification of form），一直是结构主义思想的一个重要的原动力。"虽然普罗普的研究过于质朴，过于直率——或者说正是由于过于质朴，过于直率——才证明在文学理论中他的研究远比列维-斯特劳斯的更重要。如果论及门派，普罗普是正统派的第

---

① 参见北冈成司《民间故事的形态学和变形论》，载叶舒宪编《结构主义神话学》，陕西师范大学出版社1988年版，第190—195页。

② 参见 V. Propp, *Theory and History of Folklore*, Minneapolis: University of Minnesota Press, 1984, pp. xiv – xv.

③ Terence Hawkes, *Structuralism & Semiotics*, London: Methuen & Co Ltd, 1977, p. 67.

一位教皇。"① 而结构主义大师列维－斯特劳斯对普罗普理论的详尽介绍和高度评价，更使得普罗普在西方学界声名鹊起。②

结构主义叙事学家茨维坦·托多罗夫（Tzvetan Todorov，1939—2017）、克劳德·布雷蒙（Claude Bremond，1929—2021）、格雷马斯（A. J. Greimas，1917—1992）等，都是在普罗普理论的基础上加以修正发展，形成了各具特色的结构主义叙事理论。美国民俗学家阿兰·邓迪斯（Alan Dundes，1934—2005）将语言学的概念注入普罗普的理论体系中，使之进一步精确化、科学化，并运用于北美印第安人民间故事的研究中，取得了令人瞩目的成果，其专论《北美印第安民间故事形态学》（*The Morphology of North American Indian Folklores*）发表后，在民间文学界引起了较大的反响。③

当然，普罗普体系的不足之处也有待商榷，学者们较为一致的意见是：普氏的结论和方法并非无懈可击。比如，关于所有功能顺序一致的说法是难以证实的。④ 值得一提的是，列维－斯特劳斯与普罗普在60年代展开的一场论争，颇受学界瞩目。可以说，列维－斯特劳斯既是普罗普的赞美者，又是最严厉的批评者，这一点在其《结构和形式：对普罗普一部论著的回应》一文中表露无遗。⑤

对于列维－斯特劳斯的批评，普罗普一一作出了辩驳。他认为列维－斯特劳斯是位哲学家，而自己是个不折不扣的经验主义者。他指出，英译本译文的出入，还有原著书名的改动，使列维－斯特劳斯不得要领。普罗普一再声称自己只是研究民间文学的一个特殊方面——神奇故事，而不是

---

① Robert Scholes, *Structuralism in Literature*, New Havenand London: Yale University Press, 1974, p. 59.

② 参见 Claude Lévi-Strause, "Structure and Form: Reflection on a Work by Vladimir Propp", *Theory and History of Folklore*, pp. 167 - 188。

③ 原文载 *FF Communications*, Helsinki Academia Scientia Rum Fennica, 1980。邓迪斯主要是借用美国著名语言学家的 etic/emic 相区别的理论，用 motifeme 来取代普罗普的 function，同时用 allomotif 来指代 motifeme 的具体呈现形式（普罗普对此没有用术语表达，本书称之为"功能项"）。详见 Alan Dundes, "From Etic to Emic Units in the Structural Study of Folktales", *Analytic Essays in Folklore*, The Hague: Mouton Publishers, 1979, pp. 61 - 72。

④ 对普罗普提出批评的学者，有 Fischer、Taylor、Nathhorst、Bremond 等。参见 Anatony Liberman, *Theory and History of Folklore*, pp. xxxi - xxxii。

⑤ 参见 Claude Lévi-Strause "Structure and Form: Reflection on a Work by Vladimir Propp", *Theory and History of Folklore*, pp. 167 - 188。

追寻放之四海而皆准的规律。至于为何要以神奇故事为研究对象，这是学者的学术自由，列维-斯特劳斯坚持要以神话来取而代之，未免有些强加于人。列维-斯特劳斯断定《民间故事形态学》是一部形式主义的著作，因而没有任何认识论上的价值。普罗普则指出列维-斯特劳斯并未把握"形式主义"的准确定义，自己的研究已超越在芬兰学派的情节分析之上，是从整体上研究民间故事，而且在以后的著述《神奇故事的历史根源》(Historical Roots of the Wondertale)中，探讨了民间故事与社会和历史之联系，可以说与《民间故事形态学》是一书二卷，互为佐证。至于列维-斯特劳斯对一些具体结论的质疑，普罗普认为这正说明对方并不了解自己所做的那些有经验的、实在的、细致的探讨；书中得出的结论绝非主观臆断，而是从成百上千个故事中经过排列、比较、确认而来。普罗普还就一些术语的定义、故事与神话的关系等问题，阐述了与列维-斯特劳斯不同的见解。[①]

　　普罗普与列维-斯特劳斯的争论，实际上反映了结构主义学者在研究走向上的分歧。普罗普研究的是民间故事叙事的线性横组合规律，将其中的一种独立自存结构分离出来；而列维-斯特劳斯关注的是神话逻辑的纵聚合情形，试图发掘蕴藏在原始神话中的观念体系。萧尔斯形象地比喻说：普罗普探讨的是牡蛎如何养育出珍珠的过程，而列维-斯特劳斯所要说明的是那些赋予结构以意义的最原始的沙粒。[②]

　　对于列维-斯特劳斯研究方法的评价，学界论者甚多，此处不再赘述。笔者认为，在民间故事这一研究领域内，相比之下，普罗普的方法更具实证意义和说服力，这也是本书采用其方法的原因之一。

二　中国民间故事与形态学研究

(一) 中国民间故事研究状况简述

　　在欧洲，19世纪上半叶至中叶，随着学者们对民间文学资料的大量搜集，逐渐形成了民间故事研究的各种流派，如德国的神话学派、英国的

---

① 普罗普对列维-斯特劳斯的回应，均见"Structural and Historical Study of the Wondertale", *Theory and History of Folklore*, pp. 67-81。

② Robert Scholes, *Structuralism in Literature*, New Havenand London: Yale University Press, 1974, p. 69.

人类学派、芬兰的历史地理学派,等等。民间故事的科学研究,作为民间文艺学的一个部分,在国外已有一个半世纪的历史。中国古籍中虽然很早就有民间故事、传说的记载,但对民间故事进行科学的研究,是晚近到五四运动前后才开始的。

1918年,在中国文化界兴起的"歌谣学"运动(包括对民歌、民间故事和谚语进行搜集、整理及研究),揭开了民间故事科学研究的序幕。1924年,顾颉刚发起了对孟姜女故事材料的搜集与研究,持续十数年。1927年后,搜集、记录故事的工作普遍展开,"盛况空前"。[①] 赵景深此后发表了《童话概要》《童话ABC》《童话论集》和《民间故事研究》等一系列故事研究专著,并选译了英国学者麦苟劳克的《小说的童年》,介绍故事型式理论。钟敬文与杨成志合译了《印欧民间故事型式》,并将故事型式理论运用于对中国故事的研究上,写出了许多有分量的论文。[②] 在《中国民间故事型式》一文中,钟敬文归纳了"蜈蚣报恩型""水鬼与渔夫型"等45个民间故事型式,并将故事主要情节撮要列出,如"蜈蚣报恩型":

1. 一书生,养一蜈蚣。
2. 他上京考试,带与俱往。
3. 路遇人面蛇呼名,他知必死,因纵蜈蚣使逃生(或无此情节)。
4. 夜中,蜈蚣与蛇斗,卒同毙。主人得救。

钟敬文原拟写100个左右故事,印一单行本,但因为种种原因未能完成。这种编制情节类型的方法,在当时引起了较大的反响,"有些人珍爱备至,常用以为写作民间故事论文援引的'坟典'。但也有些人,却很鄙薄它,以为全无用处,甚至把它视为断送中国民俗学研究前途的毒药。"[③]

[①] 参见娄子匡、朱介凡《五十年来的中国俗文学》,正中书局1963年版,第87—89页。

[②] 较重要的论文有:《中国印欧民间故事之相似》,《文学周报》六卷(1928年7月);《中国民间故事型式》,《民俗学集镌》一集(1931年7月);《中国的天鹅处女型故事》,《民众教育季刊》三卷一号(1933年1月)等,后均收录在《钟敬文民间文学论集》(下)。

[③] 钟敬文:《钟敬文民间文学论集》(下),上海文艺出版社1985年版,第343页。直到1981年,天鹰还评其为"近代资产阶级的形式主义的派别的分类法"。参见天鹰《中国民间故事初探》,上海文艺出版社1981年版,第46—47页。

今天看来，这一著作尽管属尝试性质，难免简约疏略，但无疑是具有划时代历史意义的力作。作家的立意与其说是要编纂一部反映中国民间故事类型全貌的索引，毋宁说是要为民间故事搜集家、研究家指出一条概括和分析情节类型以便于进行比较研究的新途径。

在钟敬文著作发表数年之后，一部出自西方学者之手的大型著作问世了，这就是德国爱本哈德（W. Eberhard）的《中国民间故事类型》。① 作者从古今300余种书刊中，搜集了大量民间故事资料，归纳出246种类型，成为西方学者认识和研究中国民间故事的重要参考书。

这一时期是中国学界研究民间故事的第一个高潮。一方面，国外学者的理论被大量地、直接或间接地译介过来；另一方面，学者们运用这些理论，主要是用人类学派的理论及比较研究的方法开始了对中国民间故事的系统和科学的研究。

从新中国成立后至"文化大革命"前的17年，可以说是民间故事搜集和研究的第二个阶段。这期间成立了专门的中国民间文艺研究会，高等学校里亦开始设立民间文学课程，搜集、出版了不少民间故事。② 但在故事研究上受当时整个"左"倾文艺理论的影响，全盘接收苏联的学术理论（这个时期译介的几乎全部是苏联的著作、论文），"问题在于我们对外来的东西缺乏分析，没有进行必要的区别对待。苏联从20世纪30年代起，理论上的教条主义就已经表现出来，我们不但把它接纳过来，并且使它发展了……缺点、偏向是显然存在的"③。具体表现为片面突出民间故事的教育作用，简单、庸俗地理解故事的"思想意义"，过分强调民间故事为"无产阶级政治服务"的功用。

有的学者称赞民间故事"在艺术上达到惊人成就"，有"完美的形式"，而在论述这一"形式"时却令人失望。他认为最突出的"艺术特点"是"幻想丰富"，把民间故事分成思想／艺术（内容／形式）两个方

---

① 刘魁立语，见刘守华等编《故事研究资料选》，中国民间文艺家协会湖北分会编印，1989年，第239页。

② 据不完全统计，17年中，省、市、自治区以上的出版社所公开出版发行的各民族民间文学作品专集，就有2400多种，还未包括内部编印的资料。参见钟敬文主编《民间文学概论》，上海文艺出版社1980年版，第149页。

③ 钟敬文：《建立具有中国特点的民间文艺学》，《民间文艺学参考资料》第一集（上），第92页。

面，在论述时却混淆不清，列举的"形式"也不外是故事内容情节。总的来说，从科学的角度上，这段时间民间故事的研究成果，甚至大大落后于前一时期。对西方故事研究的新理论、新进展，更是拒之门外。

"文化大革命"结束至今，可以看成是故事研究的第三个时期。这个时期学者们对民间故事的采集工作取得了巨大的成就，① 对故事的研究也有进展，除了发表大量的论文，也出版了前一时期所未有的故事学专著。但在这个时期的前半期，对民间故事的研究仍受前一时期的影响。如有的故事学专著在谈到故事的研究方法时，断言"资产阶级研究民间文学的派别虽然是形形色色的，但大多是建立在唯心主义之上的"；批评"资产阶级文艺学只看到民间故事的形式方面，完全撇开、抹杀内容方面"；较之民间创作的思想内容，"作品的艺术价值、美学观点，以及它们之间的联结"的研究应位居其次。因此，有的学者连魔法故事中的"宝贝"（魔物）也要用"阶级性"来分析一番，就不足为奇了。有的专著在分析民间故事的艺术特点时，仍难脱窠臼，笼统地将"幻想故事"的"艺术形式"概括为：主角的类型化和多样化；结构比较完整；人物、语言、情节的定型化等。

近几年，随着国内政治环境的宽松，学术气氛的活跃，在文艺理论界兴起了所谓的"方法论热"。一时间，国外现当代文学理论被大量译介、运用，在民间故事学界也引起了反响。有的学者对芬兰学派重新给予了正面的评价；有的学者运用原型批评等理论探讨中国民间故事；有的学者尝试将结构主义叙事学的方法，运用于个别中国故事的研究之中。② 值得一提的是，海外和港台学者的研究取得引人注目的成果，如美国丁乃通编制

---

① 据粗略统计，1981—1985 年全国报刊就发表故事 7400 篇。中国民间文艺出版社 1980 年以来出版的故事集已达 30 余种。参见刘守华《故事学的春天》，载《故事研究资料选》，中国民间文艺家协会湖北分会编印 1989 年，第 1 页。近年来，中国民间文艺研究会等单位编辑出版了《中国民间故事集成》，在全国范围内大规模搜集民间故事，成绩斐然。

② 参见刘魁立《世界各国民间故事类型索引评述》，《民间文学论坛》1982 年第 1 期；李扬《略述关于芬兰学派理论的论争》，辽宁民间文艺研究会编：《民间文学论集》第二卷，1984 年；刘守华《民间故事的叙事艺术》，《民间文学论坛》1988 年第 3 期；靳玮《民间故事的叙事结构》，《民间文学论坛》1988 年第 3 期。值得一提的是，1985 年之后短短几年内，大论出版的关于结构主义、符号学等方面的译著就多达二十六七种，在学界刮起结构主义的旋风。民间文学界也难免受到影响。

的《中国民间故事类型索引》①；苏联李福清②博士对三国故事的情节单元分析；香港陈炳良教授用心理分析的方法研究广西瑶族洪水故事和白蛇故事；周英雄教授对民间歌诗的分析；台湾张汉良、古添洪用结构主义方法分析唐传奇的结构；③ 等等。

对于中国的故事学研究现状，一位学者总结道：

> 和我国各族故事的丰富蕴藏量及其在社会生活中的巨大影响相比较，现有的成果显得很不相称，还存在好些显而易见的薄弱环节……研究方法比较落后，还没有把故事作为一个完整的活动系统进行具有高度概括性的理论探讨，也缺乏对这种影响深远的口头叙事艺术的深刻的美学分析；对国外故事学的积极成果，介绍和借鉴工作做得还很不充分……目前我们还不能说中国故事学已有重大突破，只能说有了一个良好的开端和初步的收获。④

参照前面对中国民间故事研究的状况的概述，可以说这位学者的评论是比较中肯的。至于本书所应用的普罗普的故事形态学理论，国内学界在过去很长一段时期是比较陌生的。20世纪五六十年代，普罗普的理论在西方引起广泛的注意，而在中国学界却毫无反响，连普罗普这个名字也难得一见，遑论介绍他的理论。这一方面是由于与西方学界交流的隔绝；另一方面也是为当时的政治环境、学术气候所囿，普氏的理

---

① 董晓萍、孟慧英与笔者曾合译了此书（节译，春风文艺出版社1985年版），后由中国民间文艺出版社出版了其他译者的全译本。

② 李福清的博士论文《中国的讲史演义与民间文学传统——论三国故事的口头和书面异体》于1970年发表。内容见马昌仪等编《中国神话故事论集》，中国民间文艺出版社1988年版，第5—7页。

③ 参见周英雄《从两首乐府古辞看民间歌诗》，《结构主义与中国文学》，台湾东大图书有限公司1983年版；张汉良《唐传奇"南阳士人"的结构分析》，《中外文学》1978年7卷6期；古添洪《唐传奇的结构分析——以契约为定位的结构主义的应用》，《中外文学》1975年4卷3期。

④ 刘守华：《故事学的春天》，《故事研究资料选》，中国民间文艺家协会湖北分会编印，1989年，第2页。刘守华是国内专门研究故事的学者，出版了一部《故事学纲要》，该书"兼顾民间故事内容与形式的分析，对故事的形式特点与叙事技巧给予足够的重视"。参见《民间文学论坛》1989年4月号，第26页。

论，无疑会被看作"资产阶级形式主义"的学术理论。[①] 到了上述故事研究第三个时期的早期，才开始有学者评介普罗普，但仍然是持批评态度的。[②] 到了近几年，对普氏理论的介绍渐渐多了起来，亦给予了较高的评价。[③] 只是在普氏理论的实际应用方面，到目前为止，国内学界尚暂付阙如。

在这种背景下，本书首次运用普罗普的形态学理论对中国民间故事进行较为系统的研究，其主要意义就在于：它的着眼点是长期以来被学界所忽略、排斥的民间故事叙事体本体的内在结构形态，它并非否定和摒弃对故事思想意义的探究，而只是对国内故事学界根深蒂固的重内容、轻形式研究倾向的一种反拨。

(二) 本书所研究的故事材料

本书主要运用普罗普在《民间故事形态学》中创立的故事形态分析理论体系，并参照了其他学者的一些修正意见。

在第二部分"应用篇"里，划分、标示了一组（50个）中国民间故事的功能，画出每个故事的形态图表，并对故事的功能符号加以文字的说明，分析故事的形态特点。限于篇幅，笔者删略了部分故事中与情节进程无关的一些描述性文字。

故事材料选自现当代（最早的故事记录时间是1931年，最晚近的是1986年）中国各地公开出版的故事集或刊物（个别故事选自内部印行的

---

① 当时对"形式主义"的批判可谓甚嚣尘上。在那部由北京师范大学55级学生30天完成、洋洋六十万言的《中国民间文学史》，就专门辟出一节，批判郑振铎先生《中国俗文学史》的"形式主义研究方法"。参见北京师范大学中文系55级学生集体编写《中国民间文学史》（上），人民大学出版社1958年版，第16—17页。

② 袁可嘉先生是国内第一位比较详细地介绍普罗普的学者，但他也认为："这种研究方法是一种形式主义的方法，它往往脱离具体作品的思想意义和艺术特点。它在结构形态方面可能提供一些有用的见解，但对了解具体作品很难有什么益处。"参见袁可嘉《结构主义文学理论评述》，《世界文学》1979年第143期。

③ 近几年国内出版的一些文学理论译著，如《结构主义与文学》，春风文艺出版社1988年版；《二十世纪文学理论》，生活·读书·新知三联书店1988年版；《结构主义和符号学》，上海译文出版社1987年版；《结构主义神话学》，陕西师范大学出版社1988年版等，都有评述普罗普的章节。《结构主义神话学》还译载了普罗普《民间故事形态学》的前言和第二章，并在译序中高度评价了普氏的理论。参见叶舒宪编选《结构主义神话学》，陕西师范大学出版社1988年版，第3—11页。刘守华在《故事学纲要》中，亦简介了普氏的方法，并呼吁应重视之。参见刘守华《故事学纲要》，华中师范大学出版社1988年版，第164—167页。

故事集，如《山东民间文学资料汇编》）。笔者先选出所有阿尔奈分类法中 300—749 型故事（即神奇故事），再随机选出 50 个故事作为分析的对象。这些故事的流传地域分布在浙江、山东、广东、河南、黑龙江、山西、河北、内蒙古、安徽、甘肃、云南、贵州、广西、四川等地（个别故事流传地域不详），其中大部分是汉族民间故事，也有约五分之一是瑶族、侗族、朝鲜族、傣族、傈僳族等少数民族的故事，因而在地域、时间和民族方面，具有一定代表性。

在材料甄选过程中，笔者亦注意到了故事文本的真实性问题。在 1949 年至"文化大革命"前这一时期（即所谓"十七年"），民间文学的搜集整理工作中确实存在胡编乱改的现象，这是学界公认的。[1] 为了最大限度地保证研究文本的真实性、可靠性，笔者主要是从 1980 年以后出版的集子中选取故事。一些较为严肃认真、持科学态度的搜集名家，如董均伦、江源、孙剑冰等搜集发表的故事；搜集者"尽力保持作品流传时的本来面目"的《山东民间文学资料汇编》，[2] 笔者多有选取。一些"文学化"改动痕迹明显的文本，则弃之不用。

普罗普关于故事结构形态的论述是以俄国的民间故事为基础的，这些故事大部分都具有国际故事类型，但学者们认为"普罗普的分析至少适用于全部的印欧童话"。[3] 另一方面，前述邓迪斯运用普氏理论对北美印第安人故事的分析，以及保尔梅（Denise Paulme）对非洲故事所进行的类似研究，[4] 都印证了普罗普的理论体系具有跨文化意义。据此，它至少也应当适用于中国民间故事中与国际故事同类型的故事。在本书第三部分

---

[1] 钟敬文指出："由于学术见解的不同，或者由于搜集民间文学的目的不同，或者由于缺乏科学的搜集整理方法的指导和训练……这就使我们的搜集整理工作呈现复杂现象……这些偏向和问题，主要表现在三个方面：一是对民族民间文学遗产缺乏历史主义的态度，将许多好的或较好的作品都列入糟粕一类；而是把古为今用的原则狭隘化、简单化，用今天的政治、道德标准去修改传统民间文学作品；三是忽视民间文学的多种功能，一味将其文学化（指用一般文艺学的理论要求民间文学，舍弃民间文学的某些特点，给它以添枝加叶的藻饰）而造成严重失真的现象。"见钟敬文主编《民间文学概论》，上海文艺出版社 1980 年版，第 150 页。

[2] 见中国民间文艺研究会山东分会、山东大学民间文学教研室编《山东民间文学资料汇编》，1982 年，前言部分的说明，第 1—2 页。

[3] 邓迪斯：《结构主义与民俗学》，载张紫晨编《民俗学讲演录》，书目文献出版社 1988 年版，554 页。

[4] V. Propp, *Morphology of the Folktale*, Austin & London: University of Texas Press, 1975, p. xiv.

"研究篇"中，分功能、序列、人物三个方面对中国民间故事进行探讨，一方面，本书试图通过具体的运用来验证普氏理论对中国故事的适用性；另一方面，本书力图描述这些故事的叙事形态，总结其独有的区域类型特征。

第一章

应用篇

一　普罗普功能一览表

序号	代号	内容	定义
1	β	某个家庭成员不在家 β1 长辈外出 β2 父母亡故 β3 年幼者外出	外出
2	γ	对主角下一道禁令 γ1 禁令 γ2 变相之禁令：命令或建议	禁令
3	δ	禁令被破坏 δ1 破坏禁令 δ2 执行命令	违禁
4	ξ	反角试图探查 ξ1 反角刺探有关主角的消息，如孩子、魔物等的位置 ξ2 主角刺探反角的消息 ξ3 其他人的刺探	试探
5	ζ	反角得到受害者的消息 ζ1 反角得到主角的消息 ζ2 主角得到反角的消息 ζ3 其他方式获得消息	获悉
6	η	反角企图欺骗受害者，以便控制他或占有他的财产 η1 反角花言巧语 η2 反角使用魔物 η3 其他形式的欺骗或胁迫	欺骗

续表

序号	代号	内容	定义
7	θ	受害者落入圈套，因而无意中帮助敌人 θ1 主角听从反角的劝诱 θ2 主角受魔物摆布 θ3 主角自己落入圈套	共谋
8	A	反角导致灾厄或伤害了家庭中的某个成员 A1 反角劫走某人 A2 反角抢走或拿走魔物 Aii 强抢神奇的帮助者 A3 反角毁坏庄稼 A4 反角抢走日光 A5 其他形式的抢掠 A6 反角导致身体的伤害 A7 反角导致某种突然的消失 Avii 忘却新娘 A8 反角诱求受害者 A9 反角驱逐某人 A10 反角下令将某人扔进海中 A11 反角蛊惑某人或某物，使之变形 A12 反角偷梁换柱 A13 反角下令谋杀 A14 反角下手杀人 A15 反角囚禁某人 A16 反角胁迫成婚 Axvi 亲戚胁迫成婚 A17 反角威胁吃人 Axvii 亲戚企图吃人 A18 反角在夜晚折磨某人 A19 反角宣战	恶行

续表

序号	代号	内容	定义
8a	a	家庭中的某个成员不是缺少某物就是希望得到某物 a1 缺乏新娘（或朋友） a2 缺乏魔物 a3 缺乏奇异的物件 a4 缺乏死亡或爱情之魔蛋 a5 缺乏金钱或生活必需品 a6 其他类型	缺乏
9	B	出现灾难或缺乏：主角得到请求或命令；允许他前往或派他前往 B1 求援，导致主角的派出 B2 主角被直接派出 B3 主角被允许从家中出发 B4 各种形式的灾难通告 B5 把被放逐的主角带离家门 B6 秘密释放被判处死的主角 B7 哀歌唱起	调停，相关事变
10	C	寻求者同意或决定反抗	开始反抗
11	↑	主角离家出走	离开
12	D	主角经受考验，审讯或遭到攻击等等，这一切为他后来获得魔物或助手铺平了道路 D1 捐助者考验主角 D2 捐助者问候或讯问主角 D3 垂死者或病重者请求死后的帮助 D4 被囚者请求获释 *D4 捐助者被囚，被囚者请求获释 D5 向主角求饶 D6 争论者要求代分财物 d6 主角自己主动提出分财建议 D7 其他请求 ᴅ7 陷入困境者提出其他请求 d7 陷入困境者未提出请求，只将施援的可能提供给主角 D8 敌对者试图毁灭主角 D9 敌对者与主角战斗 D10 向主角出示用于交换的魔物	捐助者的第一个功能

续表

序号	代号	内容	定义
13	E	主角对未来捐助者的行为做出反应 E1 主角通过（未通过）某种考验 E2 主角回答（未回答）问候 E3 他为某一死者效劳（或未效劳） E4 他释放被囚者 E5 他宽恕祈求者 E6 他分好财物，使争论者和解 Evi 他使争论者中计，自己拿走财物 E7 他提供其他帮助 E8 主角以其人之道还治其人之身，保住自己性命 E9 主角战胜（或未战胜）敌对者 E10 主角同意交换，但即用换得物件之魔力对付交换者	主角的反应
14	F	主角获得魔物 F1 魔物直接转交 f1 得到没有魔力的奖品 F neg（F－）主角反应消极，魔物未转交 F contr（F＝）主角招致恶报严惩 F2 魔物被指明 F3 魔物被配备妥当 F4 魔物被买下 F3＋4 魔物被订制 F5 魔物偶然落入主角手中（被他发现） F6 魔物突然自行出现 Fvi 魔物从地下生长出来 F7 魔物被吃下或饮下 F8 魔物被抢夺 F9 各种魔物将自身供主角支配 f9 魔物允诺在需要时出现	魔物的供给或接收

续表

序号	代号	内容	定义
15	G	主角被转到、送到或带到他所寻找之物所在地 G1 主角在空中飞行 G2 他乘骑取道陆路或水路 G3 他被引领 G4 道路被指明 G5 他利用原有的通道 G6 他循血迹而行	两个王国间空间的移动，向导
16	H	主角与反角正面交锋 H1 他们在野外战斗 H2 他们进行竞赛 H3 他们玩牌 H4 比体重	战斗
17	J	主角被标记 J1 主角在身体上留下标记 J2 主角收下一只戒指或一条毛巾	标记
18	I	反角败北 I1 反角在战斗中被击败 *I1 在战斗中一个主角躲逃，而其他主角取胜 I2 反角赛输 I3 反角输牌 I4 反角比重量时败阵 I5 反角未经战斗便被杀死 I6 反角被直接逐跑	胜利
19	K	最初的灾难或缺乏被消除 K1 用强力或计谋抢到所寻之物 Ki 两人抢物，其中一人命令另一人下手 K2 数人交替迅速行动而得到所寻物 K3 用引诱法获得所寻物 K4 所寻物的获得是先前行动的结果 K5 使用魔物得到所寻物	灾难或缺乏消除

第一章 应用篇   21

续表

序号	代号	内容	定义
19	K	K6 使用魔物摆脱贫穷 K7 抓获所寻之物 K8 受蛊者被解咒 K9 死者复生 Kix 迫令他人取来还阳水，令死者复生 K10 被囚者得以释放	
20	↓	主角返回	返回
21	Pr	主角被追捕 Pr1 追赶者飞在主角身后 Pr2 主角缉捕有罪者 Pr3 追赶者变成各种动物追赶主角 Pr4 追赶者变成诱饵放在主角必经之路上 Pr5 追赶者想吞食主角 Pr6 追赶者试图杀害主角 Pr7 追赶者试图咬断主角藏身其上的树干	追捕
22	Rs	主角从追捕中得救 Rs1 主角从空中逃脱 Rs2 主角放置障碍物阻挡追者，从而逃脱 Rs3 主角在逃走时变成不可辨识的物体 Rs4 主角在逃走时被藏匿起来 Rs5 主角被铁匠掩藏 Rs6 主角在逃走时以迅速变形为动物、石头等而脱身 Rs7 主角躲避了变形母龙的诱惑 Rs8 主角未让自己被吞食 Rs9 主角在性命攸关时得救 Rs10 主角跳到另一棵树上	得救
23	O	无人认出的主角返回家园或到达他国	无人认出的到达
24	L	假主角提出无理要求	无理要求
25	M	给主角出难题	难题
26	N	难题得到解决 ＊N 提前解决（在难题提出前）	解题

序号	代号	内容	定义
27	Q	主角被认出	认出
28	Ex	假主角或反角被揭露	揭露
29	T	主角外貌被变更 T1 帮助者以魔法赋予新容 T2 主角修建起一座巨大的宫殿 T3 主角穿起新衣 T4 合理的及可笑的外形	容变
30	U	反角受到惩处	惩处
31	W	主角成婚并登上王座 W** 成婚并登上王座 W* 成婚但并未登上王座，因新娘并非公主 *W 只登上王座 w1 婚誓或订婚 w2 破镜重圆 w0 主角从公主手上接到奖金或其他形式的报酬	婚礼

（注：译自 V. Propp：*Morphology of the Folktale*）

二 中国民间故事功能项补遗

在本书所分析的 50 个中国故事中，除了前列普罗普标出的功能的具体表现形式，即功能项之外，还有另外一些较特殊的功能项，笔者按普氏的符号体系顺序标示之，并附例说明：

ζ4 无意中得到消息
　　（例：故事 18、25）
θ - 未落入圈套
　　（例：故事 5）
A1* 反角意欲劫走某人
　　（例：故事 43）
A20 其他恶行
　　（例：故事 2、23、24、30、38）

如是欲做某坏事，以相应的*标之，如故事 47

a1* 缺乏新郎

（例：故事 6）

B8 其他形式的宣告

（例：故事 41）

D11 其他形式的考验

（例：故事 12、18、22、23、33、42、43）

E11 其他形式的反应

（例：故事 12、18、23、33、42、43、49）

f2 没有魔力的奖品被指明

（例：故事 11）

f9* 魔物暗示在需要时出现

（例：故事 37）

F10 其他获得魔物的形式

（例：故事 16、22、38、40、43、48、50）

G7 其他方式的转送

（例：故事 47）

K11 完成任务而获得物件

（例：故事 1）

K12 用魔物将病重者救活

（例：故事 6、37、50）

K13 其他形式的消除

（例：故事 10、12、14、22、36、45、46、48、16）

K - 最初的灾难或缺乏未被消除

（例：故事 4、21、44）

H5 其他形式的交锋

（例：故事 2、28）

I7 其他形式的胜利

（例：故事 2、28）

I - 主角未取胜

（例：故事 26）

I2* 比赛失败并死去

（例：故事4）

Rs11 其他方式逃脱追捕

（例：故事18）

W3 与皇帝的女儿成亲而未获王位

（例：故事18、37、41、48）

三　图式说明

1. 在故事文本中，功能代号一律标在所代表的功能后面。

2. 功能代号与普罗普所用代号一致（见前列"普罗普功能一览表"），非功能成分一律不标。括号表示功能重复，功能间的"＋"号表示复合功能。

3. 序列次序以罗马数字标出，如Ⅰ、Ⅱ等。

4. 功能后如有线条表示故事或序列尚未完结。竖线相连表示插入序列的完结或序列间有共同的结尾。

四　50个故事功能划分·形态图式·说明分析

故事编号：1

故事出处：《民间文学作品选》（上）

　　　　　上海文艺出版社1980年版

　　　　　原载《艺风》四卷一期

故事记录：顾昌燧

流传地区：浙江武义

狗耕田

从前，弟兄三人分家，大哥分的骡子、马，二哥分的毛驴、小牛，剩下傻三没分的（a5），最后分了一只狗（F1）。

傻三套上狗去耕田，就说："打一鞭，走三千；扶扶犁，走四十。"

从南边来了个骑马的说："从来没看见过狗耕田，你耕耕给我看看，我给你一匹马。"（D1）

傻三说："打一鞭，走三千；扶扶犁，走四十。"（E1）

骑马的把马给了他（f1＋K6），傻三就牵着马回家了。大哥见了，说："傻三哪偷来的马？"（ξ1）傻三说："不是偷的。我套上狗去耕田，从南边来了个骑马的说'从来没看见过狗耕田，你耕耕我看看，我给你一匹马。'我说：'打一鞭，走三千；扶扶犁，走四十。'他就把马给我了。"（ζ1）

大哥说："把狗借我罢。"（a5）

傻三把狗借给他（F10）。他也套上狗耕田去了。从南边来了个骑马的说："从来没看见过狗耕田，你耕耕我看看，我给你一匹马。"（D1）

大哥说："打一鞭，走三千；扶扶犁，走四十。"（E1）

狗总是不肯走（K-），大哥一生气，就把狗打死了（A20）。到家，傻三问大哥，"我的狗呢？"大哥说："打死了。"

傻三问："埋在哪里？"（ξ2）

大哥说："埋在柳树下了。"（ζ2）

傻三买了一刀烧纸（F4）到柳树下去哭他的狗，说：

"我那看家的狗哇！"（a2）

树上一只老鸦，粪门一开，拉出一块金子来，正落在傻三嘴里（K6）。傻三拿到家来，大哥见了说：

"傻三，哪里偷来的金子？"（ξ1）

傻三说："不是偷的。我哭我的狗，树上有只老鸦从粪门里拉出一块金子，正落在我的嘴里。"（ζ1）

大哥也买了一刀烧纸（F4）去哭狗，说：

"我那看家的狗哇！"（a2）

树上的老鸦把粪门一开，拉了一大摊屎，正落在大哥嘴里（K-）。大哥生气，把树刨倒烧了（Aii）。

傻三拾了几根柳条编成一只小筐（F10），挂在屋檐上，说：

"南来的雁，北来的雁，都来我筐里下个蛋。"（a5）

不多时，就来了一群大雁，满满下了一筐子蛋（K6）。傻三摘下筐子来，大哥见了，说："傻三，哪里偷来的蛋？"（ξ1）

傻三说："不是偷的。我把筐子挂在房檐上，说，'南来的雁，北来的雁，都来我筐里下个蛋'。"（ζ1）

大哥说："把筐子借给我罢！"

傻三把筐子借给他（F10），他也挂在屋檐上，说：

"南来的雁，北来的雁，都来我筐里下个蛋！"（a5）

不多时，就来了好些大雁，满满拉了一筐子屎（K-）。大哥拿下来一看生了气，把筐子填到灶里烧了（Aii）。

傻三问：

"大哥，我的筐子呢？"（ξ2）

大哥说："把它填进灶里烧了。"（ζ2）

傻三蹲在灶火旁边乱掏，想把筐子掏出来（a2）。掏了半天，从灰里迸出一颗料豆来，傻三拾起来吃了（F7）。"噗"，放了个屁，喷香。傻三到外面大声吆喝：

"香香屁，屁香香。我给官家熏衣裳。"

有一家做官的听见了，就叫他到家里熏衣裳去。傻三把官家衣裳熏香了，官家就给他好些绸子、缎子（K5）。傻三拿到家，大哥见了说：

"傻三，哪里偷来的绸子、缎子？"（ξ1）

傻三说："不是偷的。我到灶火里掏我的小筐子，从灰里迸出一颗料豆来，我吃了，放个屁，喷香。就到外面去吆喝说，'香香屁，屁香香。我给官家熏衣裳。'有一家做官的叫我去熏衣裳。把衣裳熏香了，官家便给我绸子、缎子。"（ζ1）

大哥就炒了一锅料豆，饱吃了一顿（F7），又喝了三大碗凉水。也到外面去吆喝说：

"香香屁，屁香香。我给官家熏衣裳。"（a5）

官家也叫他去熏衣裳。他拉了好些稀屎，把衣裳全弄脏了。官家一生气，把他打了一顿木板子。

大哥蹶搭蹶搭，回到家，傻三说：

"大哥挣来绸缎了吗？"

大哥说："也没挣那绸、挣那缎，挣了一顿木板子。"（K-）

故事形态分析

（1）功能图式

Ⅰ. a5 F1 D1 E1 f1 + K6

　　　　　　Ⅱ. ξ1 ζ1 a5 F10 D1 E1 K-

　　　　　　　　　　　Ⅲ. A20 ξ2 ζ2 F4 a2 K6

　　　　　　　　　　　　　　　　Ⅳ. ξ1 ζ1 F4 a2 K-

（续Ⅳ）

Ⅴ. Aii F10 a5 K6

　　　　Ⅵ. ξ1 ζ1 F10 a5 K –

　　　　　　Ⅶ. Aii ξ2 ζ2 a2 F7 K5

　　　　　　　　Ⅷ. ξ1 ζ1 F7 a5 K –

（2）说明分析

　　故事开始时兄弟分家，主角傻三所得最少，构成一种缺乏（a5）。唯一分到的一只狗，实际上是得到了一种具有神奇力量的"魔物"（F1），因为从下文得知它是一只会耕田的狗。傻三通过了骑马人的考验（D1，E1），获得一匹马的奖赏，消除了起初的缺乏（f1 + K6）。反角大哥探知消息（ξ1，ζ1）亦想得马（a5），但却未能消除缺乏（K –）。大哥把狗打死，无疑是一种恶行（A20），导致主角出现新的缺乏（a2）。类似情节又重复三次，每次主角傻三均如愿以偿（K6，K6，K5），而反角大哥最后仍未能消除缺乏（K –）。

　　故事的叙述以直线式展开，由八个接续的序列组成。新的恶行（Aii）、新的缺乏（a）使新的序列出现，第一、三、五、七序列结局为正向（主角的缺乏被消除），第二、四、六、八序列为反向（反角的缺乏未被消除）。

　　四组正反向的序列为重复式结构，故整个故事可看作单一故事。

故事编号：2
故事出处：贾芝、孙剑冰：《中国民间故事选》（一）
　　　　　人民文学出版社1980年版
故事记录：王立中
流传地区：汉族地区

三根金头发

　　从前，在一个村庄里，住着娘儿两个。儿子名叫明子，长得英俊结实。是一个很爱劳动的青年。他无论种田、砍柴、放牛、摸鱼，什么活都会，村里人都夸他能干。

　　明子和前村姑姑家的小闺女小彩很要好，可是明子知道姑姑很势利，自己又穷，所以一直不敢提亲。

明子还养着一只小黄鸟，他待它像亲兄弟一样。小黄鸟也很懂事，明子有什么事，总和它商量。

有一天，娘对明子说："明子，娘年纪老了，快要干不了活了；你今年也十七岁了，我想替你娶房媳妇。你不是和小彩很要好吗？娘跟你去说说看。"明子叹口气说："娘，我虽然和小彩感情很好，可是她娘是个势利鬼——这，我看别提了。"

娘还是去了。姑姑一听明子娘的来意，心想："这个老太婆，也不算计自己有什么家产，竟想要我家小彩做媳妇！无论如何，不能将小彩许给他，还是想个办法，叫他们死了这条心吧。"便提出要西天如来佛头上的三根金头发做聘礼（a3），如办不到，这门亲事就不必提（B2）。

明子决心到西天走一遭（C）。他将小黄鸟捧在手中问："小黄鸟，要到西天去见如来佛，问他要三根金头发，你看去得去不得？去得，你叫三声。"小黄鸟就"啁啁啁"地叫了三声。

第二天，明子带着小黄鸟，就动身往西天去了（↑）。

一天黄昏，明子走进一个村庄，借宿在一个老公公家里。他看见村里人都点着灯在田里干活，又听见一种很好听的鸟叫声，一刻不停地叫着。老公公告诉他：几年前不知从哪儿飞来一只鸟儿，有人说是金鸡歇在咱村最高的树上，它白天睡觉，夜里唱歌，它唱一夜，大伙就醒一夜，白天便没力气干活，只好白天睡觉，晚上干活（A20）。老公公求明子问问如来，怎样治这金鸡儿？（B2＋D7）

第二天明子动身一直朝西走，又不知走了多少天，来到一座村庄，借宿在一个老婆婆家里。老婆婆告诉他：好多年前，从海那边飞来了一对凤凰，天天到咱村要粮吃，每天一吃就要五斗米，你不给它们吃，它们就把你田里的庄稼啄死。有一次，全村的人眯着眼，从四面围射它们，非但未射着，倒惹得它们把田里的庄稼踩死了一大半（A3）。后来大家全跪下求饶，答应以后再不惹它们，每天供给它们吃，才算没事。

明子同情地说：待我到了西天见了如来佛，替你们问怎么治它们（B2＋D7）。

第二天，明子继续往西走。这一天，来到大海边，在渡船上，摆渡的说："你如见了如来，也请替俺问一声，这海里新近不知藏着什么怪物，每天搅得翻江倒海的，船也不能驶（A20），求如来指点，怎么个治法。"（B2＋D7）明子又答应了。

过海上岸，又不知走了多少天。这一天，终于到达了西天极乐世界。明子寻到了如来住的地方，大门口有两个和尚守着。和尚说佛爷正在讲经，任何人不准进去，还说佛爷一讲经，最快也得三年五载，让明子过三年再来。

明子被他们赶出来，坐在一棵大树下，想呀想，终于想出一个主意来。他对小黄鸟讲了几句话，小黄鸟就飞到两个和尚跟前。明子趁着和尚捉鸟，一股风似的溜了进去。

明子爬到如来的肩头，拔了一根如来的头发。如来觉着痛了，就问："谁叮我呀？"（D2）明子记起金鸡的事，就大胆地回答道："是我呀！我是山那边会唱歌的金鸡呀。"（E2＋E7）如来说："我要用金头发缚住你。"（F2）明子又拔了一根头发，如来问："谁又叮我呀？"（D2）明子道："是我呀！我是山这边老吃人庄稼的凤凰呀。"（E2＋E7）如来说："我要用金头发缚住你。"（F2）再停一会，明子又拔下一根金头发，如来又问："又是谁叮我呀？"（D2）明子又大胆地说："是我呀！我是海里的——"（E2＋E7）不等明子说完如来就说："真可恶！我一定要用我的金头发钓起你！"（F2）

明子同小黄鸟一同离开西天。这一天，明子回到了海边，将一根金头发的一头放入海里，它像金蛇似的游来游去。一会儿，钓上来一个人身鱼尾巴的鲛人（K5）。鲛人哀求明子道："我从此不再兴风作浪了，你放了我吧，我会报答你的。"（D4）明子看着可怜就放了它（E4）。鲛人说："我的恩人呀，你如果有什么困难，只要在有水的地方叫三声鲛人，我就会来的。"（f9）

明子走呀走，这一天又回到了老婆婆那儿。第二天，凤凰又飞来吃米，明子就将一根金头发摸出来，金头发忽然变得老长老长，把凤凰捆住了（K5）。凤凰哀求道："我们再也不糟蹋庄稼了，求你放了我们吧，我们会报答你的。"（D4）明子看着它们很可怜，就放走了它们（E4），凤凰在空中生下两个蛋来，它们对明子说："我的恩人呀！这两个蛋送给你，每天等太阳升到当头时，你就把它们供起来，再这么念上一遍：

　　凤凰凤凰，
　　百鸟之王，
　　赐我哥儿，
　　金银财宝。

天上就会有十块金、十块银落下来的。"(F9)说完就飞走了。

为了感谢明子，大伙送给他一匹好马（f1），又送给他一袋花生大的米（F1），并告诉他："这叫金米，每餐只要吃十粒就可饱肚，可千万不能多吃呀！"（γ1）

明子继续往回走，不久就回到了老公公那儿。明子爬上树去，摸出金头发，金头发忽然变得老长老长，发出耀眼的光芒，照见了金鸡，金鸡的眼也花了。他把金头发甩过去，缚住了金鸡（K5）。金鸡哀求明子说："求你饶了我吧（D4），我跟你回去；你每天给我吃三粒金米，我每天给你下三个金蛋。"（γ1）明子就放了它（E4F9）。

村里人感激明子，送给他一头会耕田的毛驴（f1）。明子骑着马，带了小黄鸟，三根金头发，两个凤凰蛋，一袋金米，一只金鸡，一头毛驴，高高兴兴回到家来。

到家时，差一天刚好三年（↓）。明子将三根金头发交给娘，娘就往前村去见姑姑（K1）。

姑姑惊讶得说不出话来，就说："三天之内，叫明子再拿一斗珍珠来吧。"（M）

明子记起了鲛人的话，就在水缸边连叫三声"鲛人"。鲛人知道了明子的请求，便让明子给自己梳头。一梳子掠下来，鲛人头发上的水珠立刻都变成大珍珠，还没上几梳子，珍珠已有满满一斗。

鲛人说："恩人，我这珍珠随便哪儿都可以放，但是不能碰到水，一沾水就化了，你要牢记！"（γ1）

第二天早晨，明子娘将一斗珍珠送到姑姑家。这一次，老太婆没有话说了（N）。明子和小彩成了亲（W*）。夫妻俩男勤女俭，全家人过得非常幸福。

有一天，一只猫将姑姑的珍珠碰翻滚了一地，老太婆忙捡起来，一看珍珠上沾满了鸡屎鸭屎，就用水去洗（δ）。结果珍珠马上化成了水（F－）。她又气又急又后悔，一夜没睡着。

她想，女婿家一定还有别的宝贝（a2）。次日，她就上女婿家来了。老太婆看见鸡笼里关着一只非常美丽的鸡，就说："这鸡多好看啊！"（ξ1）女儿小彩告诉她："这叫金鸡，是明子上西天带回来的，每天给它吃三粒金米，它就会下三个黄金蛋。"又说："明子还带回来一对凤凰蛋，每天中午供起，念这么四句，天上就会落十块金、十块银下来。"（ζ1）

老太婆借走了凤凰蛋和金鸡（F10），把所有的金米和金米种子全给偷走了（A2）。

回到家里，刚好太阳当头。老太婆将凤凰蛋供起，口里念：

凤凰凤凰，

百鸟之王，

赐我哥儿，

金银财宝。

天上果然落下十块金、十块银。她又给金鸡吃三粒金米，金鸡果然下了三个金蛋。后来她将金米统统拿出来，不管金鸡吃不吃得下，一股劲地朝它嘴里塞（δ）。金鸡受不了，挣脱出来朝院子里飞去。老太婆忙着追鸡，把供着凤凰蛋的茶几碰倒了，蛋全摔破了。老太婆又一棒打死了金鸡（F−）。她把剩下来的金米连种子烧成了饭，一连吃了三大碗（δ）。不想这米不能多吃，一下子把这个势利贪心的老太婆胀死了。（U）

隔天，明子来讨还宝贝，进门一看，凤凰蛋破了，金鸡死了，金米没有了，姑姑也胀死了，心里很悲伤。他把姑姑和金鸡一块埋了。不久，坟上长出一棵六七尺高的树来，开白色的花，结黄金一样的果实，因为它像金鸡生的蛋，所以人们就把它叫作"金蛋"。

这就是金蛋树的来历。

故事形态分析

（1）功能图式

Ⅰ. a2 B2 C↑ ────── (D2E2 + F2) ────────────

　　Ⅱ. A20 B2 + D7 ────── E7 ────────────

　　　　Ⅲ. A3 B2 + D7 ────── E7 ────────────

　　　　　　Ⅳ. A20 B2 + D7 ── E7 ─ K5 ────────

D4 E4 f9 ── D4 E4 F9 ────── D4 γ1 E4 F9 ─ │↓K1

────────────── K5 ────── f1 ─│

────── K5 ───── f1 F1 γ1 ──────────│

────────────────────────────│

M ── NW* ────────── δ1 ─│ U

V. γ1 —— δ1 F - ——————————｜
Ⅳ. a2 ξ1 ζ1 F10 A2 δ1 F - ————｜

（2）说明分析

故事开始，主角明子被要求：取西天如来佛头上的三根金头发作娶小彩的聘礼，缺乏出现（a3，"缺乏奇异的物件"）。反角姑姑的威胁可视为发出派遣的命令（B2）。明子接受了派遣（C），动身出发（↑）。从老公公处他得知金鸡的恶行（A20），而老公公的托付既是直接派遣（B2），又是一种考验（D7），因为在故事的下文中，他也是捐助者。以下的老婆婆、摆渡的均同。到达西天后，如来的三次问话是三次考验（D2），而明子对问话的回应（E2），又同时是对前面老公公、老婆婆、摆渡的所设考验的反应（E7）。如来在这里是一位不自觉的捐助者，他指明了魔物（F2）。在返回的路上，明子利用魔物先后制服了鲛人、凤凰、金鸡（K5），它们还提供了新的魔物（f9，F9，F9），村里人亦多有酬谢，有的是没有魔力的奖品，如好马、毛骡等（f1），也有魔物，如金米（F1）。有部分魔物伴随禁令（γ1）。明子返回家园（↓），最初的缺乏（金头发）消除（K1）。姑姑又出难题（M），未能难倒明子（N），明子终于和小彩成亲（W*）。故事至此并未结束，姑姑因为违反禁令（δ）而失去了珍珠（F-），又想要女婿家的其他宝贝，出现缺乏（a2）。她经过试探（ξ1）而获悉宝贝的秘密（ζ1），借走了魔物（F10）。最后却因为一再违禁而鸡飞蛋打，自己也受到胀死的惩罚（U）。

故事第一个序列未结束时，先是插入了三个由恶行引起的序列。序列Ⅱ、Ⅲ亦是在未结束时便被新的序列插入。四个序列交织进行。后又插入了两个新的序列。所有序列的共同结尾是坏人受到惩罚（U）。故事中出现了反角、主角、差遣者和捐助者四种角色，但同一出场人物又多担任其他角色：反角（姑姑）在故事开始时又是差遣者；金鸡等三个反角在被制服后又成为魔物的捐助者；而婆婆、老公公既是差遣者，也是捐助者。功能数目多、序列交错相织以及角色的变换，使本故事的叙事形态呈现复杂多变的状况。

故事编号：3
故事出处：《聊斋汉子》

中国民间文艺出版社 1982 年版
故事记录：董均伦　江源
流传地区：山东

宝山

俺这里有一座星星山，老辈子传说，这山里有宝器。

星星山脚下有一个庄稼人，他在那里种了一亩瓜地，绿汪汪的一片，甜瓜、西瓜结得横仰竖躺的。有一天，一个外国传教士打瓜地边上走。看见一只蔓上结着一个鲜绿鲜绿的小瓜，有一拃长。他左看右看地相了一阵，对种瓜的人说道："你把这个瓜留着，等熟了我就来摘（a5），你要多少钱，给你多少钱。"（η1）

外国传教士走了以后，种瓜的人就寻思，不知他要这个瓜做什么用？便把瓜留下了（θ1）。

到了金秋十月，别的瓜瓜叶都黄了，瓜蔓也要干了，只有那棵瓜，还是青枝绿叶的，瓜却熟了。这一天，外国传教士来了，看了看瓜，欢喜得很。他对那个种瓜的说："我实话对你说了吧，这棵瓜是把开山的钥匙，开了山你给我提着，得了宝物咱俩平分，可千万不要让瓜落了地！"（γ1）种瓜人嘴里答应着："行。"

外国传教士把那棵瓜连根拔出来（F4），提着向山根走去。到了跟前，向山上一比划，只听轰隆一声，山就裂开了。里面有一个金碾，一头金牛，在那里压金豆子。外国传教士把这棵瓜交给种瓜的提着，跳了进去。

那个种瓜的可是一个有骨气的人，他想："外国鬼子凭什么要得咱中国的宝物？豁上我自己不要，也不能叫他得去。"他把瓜往地上一扔（δ1），山忽然又并上了（K＝），外国传教士也被关在了里面（U）。从这以后，山再没开过。

故事形态分析

（1）功能图式

a5　η1　θ1　γ1　F4　δ1　K＝U

（2）说明分析

这是一则"识宝故事"。外国传教士欲得熟瓜，实际上也是缺乏的一种（a5，缺乏金钱或其他生活必需品），因为他知道那瓜是开山的钥匙，可以用它来获得金银财宝。传教士并未将此秘密告诉种瓜的，而是以金钱相诱骗（η1），种瓜的不知就里，把瓜留下（θ1，听从劝诱）。传教士先下了禁令（γ1），然后得到了魔物（从上文可知他与种瓜的交易而得此瓜，故标以 F4"魔物被买下"）。种瓜的扔瓜违禁（δ1），导致传教士最初缺乏未能消除（K =），而且被关在山内，受到惩罚（U）。

故事只有一个序列，核心功能对是违禁—惩罚（δ - U）。故事中只有两个角色出现：反角（外国传教士）和捐助者（种瓜的）。捐助者违禁，但受惩罚的却是反角，这种不对应是较为少见的特例。

故事编号：4
故事出处：《民间文学作品选》（上）
　　　　　　上海文艺出版社 1980 年版
　　　　　　原载林兰编《三个愿望》北新书局 1931 年版
故事记录：姚传铿
流传地区：广东番禺

疤妹和靓妹

从前有两个姊妹，大的长得很美丽，人家都叫她"靓妹"；小的因为满脸疤痕，人家便叫她做"疤妹"，她是后母所生，娇养惯了，性情很不良。靓妹的母亲在她几岁时死了（β2），死后变成了一条黄牛，养在后花园里（F3）。

有一天，后母和疤妹去看戏，留她守门（γ1），她要和后母一同去，后母对她说："很好，只要你把我房里的乱麻理好了，明天我便和你去看。"（M）

靓妹只得答应了。捧了一堆乱麻，理了半天还理不到一半。黄牛见了一口把乱麻吞了，然后一条一条吐出来，顺得整整齐齐（N）。

到了第二天，后母没有带她去，又说："把这箩芝麻和绿豆拣出来，我才同你去。"（M）靓妹没奈何，只好逐粒将绿豆从芝麻里拣出来。黄牛对她说："笨东西，芝麻绿豆用箕筛。"这句话把她提醒了，不一刻，便将芝麻分了出来。（N）后母见难不倒她，便问她说："你这贱丫头好本事，是谁教你的？"（ξ1）靓妹说是黄牛教我的（ζ1）。后母听了很愤怒，竟把那条黄牛宰了来吃（Aii）。靓妹不忍吃它的肉，便将它的骨头放在一个瓦埕内，放在她的房里。

一天又一天，她的后母始终没有带她去看戏。这天后母又和疤妹去看戏了，她怒极了，拿了东西乱抛，把瓦埕打翻了，走出一只小白马来，还有一套新衣服和一双花鞋。她连忙穿了新衣，着了花鞋，好容易爬上马背，冲出门口到外面去了（δ1）。

在路上，她不小心把一只花鞋掉在一条小沟内。她先后请卖鱼人、米店伙计、卖油人帮她拾起花鞋，但他们都要她嫁给他们才行，她没答应。后来她答应了一位秀才，秀才把花鞋执起，替她穿上，带她到自己家里，结为夫妇（W*）。

过了三天，靓妹和新夫婿归宁拜祖。妹妹和后母殷勤接待他们，到晚上又不放她回去，靓妹就让新婿先回去，自己留下预备住几天。第二天她妹妹执着她的手，说："姊姊，来井口照照，看谁美丽。"靓妹走到井口，俯下首去。疤妹猛力从背后把靓妹推下去，把靓妹淹死了（A14）。

过了十几天，秀才见他的妻子还不回家，便差人去问（a1）。回报说靓妹得了很厉害的天花，要好了才能回来。又过了两个多月，那后母经不住秀才屡次催促，便实行李代桃僵的计策，小姨变成了大姨。秀才见了大吃一惊，疤妹说："我不是靓妹是谁？你不知道我害了一场很厉害的天花么？没良心的，我有了疤痕你就不认我做妻子，我死了吧！"（η1）秀才终是心肠软，经不住她的哭泣，只得向她道歉，说了些安慰的话（θ1）。

靓妹淹死了之后，变成了一只麻雀。当疤妹每早梳头时，麻雀叫道："一梳掘，二梳掘，三梳梳到疤妹尾龙骨。"秀才听了很奇怪，便对麻雀说："你为什么这样叫呀？你是靓妹吗？若果是你，你便叫三声吧，我用金笼来养你。"麻雀果然叫了三声，秀才便买了一个金造的笼子来养那麻雀。但是疤妹恨极了，暗中把麻雀杀死了（A20）。那麻雀又变成一枝竹，长出了许多笋子，疤妹吃了，嘴上生了一个疮，秀才吃了，却滋味好得很。疤妹把竹砍了（A20），拿来做了一张床。秀才躺的时候，觉得很清凉，疤妹一躺下去，便觉得有许多东西刺她的背，她怒了，于是把竹床弃在垃圾上（A20）。

在秀才的隔邻，有一个卖荷包的老妇人，看见那张竹床，便扛了那张竹床回家。

第二天，她晚上返家时，发现厨房里的饭菜完全弄好了。一连好几天都是如此，弄得她莫名其妙。有一天，她特别早返家，静静地走到厨房，看见一个黑影在淘米，忙把黑影抱住说：" 你究竟是什么人？为什么替我弄饭呢？" 那黑影说："我说给你知吧，我是你隔壁那秀才的妻子，叫靓妹，被我的疤妹推下井淹死了，现在我的灵魂还没有散失，请你给我一个饭斗，做我的头；一双筷子，做我的手；一条洗碗布，做我的肠脏；一把火钳，做我的足；这样我便可以再变回原形的。" 于是老妇人给她所要的东西。果然，一个美丽的女郎立在老妇人面前（K9），将前后的事情告诉了老妇人，并说："婆婆，我现在有一个荷包，你拿到秀才门口叫卖，如果秀才出来，你便卖给他。"

第二天，老妇人在秀才门口大声喊卖荷包。秀才问她卖什么荷包？老妇人便把那个绣花荷包给他看。秀才见了吃了一惊，问道："这个荷包你从哪里得来的？这是我给我的妻的哪！"（Q）老妇人于是把事情尽告诉了秀才。秀才听了大喜，用一条长红布铺在地上，迎接靓妹返家（W2）。

疤妹见了靓妹回来，便破口大骂靓妹，说她假冒人家的妻子，一定是妖怪，要和她比个高下，看谁是真靓妹（L）。疤妹提议踏鸡子，壳子踏破的便算输（H2）。但是疤妹踏了十个，个个都踏破（I2+Ex），靓妹却一个都没弄穿。疤妹失败了，但她又要比赛上刀梯（H2）。由靓妹先上，上完了下来，双脚一点伤痕都没有，疤妹未上第二级，双脚早已出血了（I2+Ex）。她见事情弄坏了，索性下一狠心，再比赛跳油锅（H2）。靓妹在载满热油的镬中跳了几跳，依然没有损伤，而她自己只一跳，便倒在热烈的油镬内（I2+Ex），永不再起来了（U）。

于是靓妹把疤妹炸碎的骨头放在盒子里，叫一个口吃的老妈子带给她后母，说是 "你女肉"。那后母把 "你女肉" 误听作 "鲤鱼肉"，连忙打开盒盖准备享用。哪知盒子一打开，疤妹焦黑的头便现在她的眼前，这一惊便把她生生吓死了（U）。

故事形态分析
（1）功能图式

Ⅰ . β2 F3 γ1 ｛M N｝ ξ1ζ1 Aii δ1 W* ─────────── U

Ⅱ. A14 a1 η1 θ1 A20 K9 Q W2 L（H2 I2 + Ex）U

（2）说明分析

故事开头交代主角靓妹幼时丧母（β2），但死后化为黄牛养在后花园（F3，因为黄牛在下文中起了神奇的作用，故在此可视为"魔物配备妥当"）。后母留靓妹守门，是一道禁令（γ1），又连出两道难题（M），靓妹在黄牛的帮助下均解决之（N）。后母试探（ξ1）而得知（ζ1）后，杀死黄牛，做出恶行（Aii）。靓妹违禁出门（δ1），路遇秀才而成婚（W*）。疤妹将靓妹推入井内淹死，犯下杀人恶行（A14）。秀才候妻不归，出现缺乏（a1）。疤妹冒充靓妹（η1），秀才只好接受（θ1）。疤妹杀雀、砍竹、弃床，均是杀人恶行的延续，只不过形式有变异（A20）。靓妹死而复生（K9），秀才荷包认妻（Q），夫妻得以团圆（W2）。假主角疤妹至此仍不悔过，反而提出无理要求（L），同主角进行了三次竞赛（H2），结果均以疤妹的失败而告终（I2），同时暴露了假主角的真面目（Ex）。在最后一次竞赛中，疤妹死于油镬中，受到惩罚（U）。另一个反角后母，被疤妹焦黑的头吓死，亦受惩罚（U）。

此故事由两个序列组成。第二个序列在第一个序列将近结局时插入。故事里出现两个反角（后母和疤妹），分别在两个序列中充当恶行的实施者。第二个序列中的反角疤妹，因为冒充秀才的妻子，故同时又是假主角。

故事编号：5
故事出处：《河南民间故事集》
　　　　　中国民间文艺研究会河南分会、河南大学中文系编
　　　　　中国民间文艺出版社 1985 年版
故事记录：张振犁　　王金钟　　胡汉卿
流传地区：河南中部

狼外婆

伏牛山脚下有一个小村庄，住着一个老大娘。

一天，老大娘听说闺女和女婿都不在家（β1），只剩下三个外孙女，就提上一篮包子、油馒头，拄着拐棍，瞧外孙女去了。

途中碰见一只灰毛狼，问她：

"老婆子，往哪儿去？"（ξ1）

"往俺外孙女家。"（ζ1）

"你外孙女家在哪？"（ξ1）

"那不是，前面村子里，院里有棵大枣树。"（ζ1）

"你外孙女儿叫啥？"（ξ1）

"大的叫门搭儿，二的叫门鼻儿，小的叫炊帚骨朵儿。"（ζ1）

灰毛狼吃掉了老大娘（A14），穿上了老大娘的衣裳，提上篮子，拄上拐棍，打扮成老大娘的样子，朝外孙女儿家走去。

狼外婆来到外孙女儿家门外，把尾巴藏起来，就学着外婆的腔调叫门：

"门搭儿，门鼻儿，炊帚骨朵儿来开门！"

姐妹一听，就问："你是谁呀？"

"我是外婆。"（η1）

"你咋来恁晚哪？"

"路赖，路远，我紧赶慢赶，搭了个黄昏。"

小妹妹炊帚骨朵儿一听是外婆，就要开门。大姐门搭儿忙拉开妹妹（θ-），借着月光隔门缝一看，不像外婆，就说："你不是俺外婆，脸上没有雀痣。"

狼外婆从地上抓起荞麦往脸上一按，脸上立刻有了黑雀痣，接着它又叫起来：

"门搭儿，门鼻儿，炊帚骨朵儿来开门！"（η1）

二姐见它还没有扎腿带儿，就说：

"你不是俺外婆，腿上没扎腿带儿。"（θ-）

狼外婆从地上抓起两根高粱叶子，往腿上一捆，就有了腿带儿。接着它又喊：

"门搭儿，门鼻儿，炊帚骨朵儿来开门！"（η1）

小妹妹一看就说："这可真是咱外婆，我来开门！"就开了门（θ1）。

晚上，跟狼外婆通腿睡的炊帚骨朵儿一伸腿，碰着一个毛茸茸的东西，问道："外婆，这毛茸茸的是啥呀？"

"是给你捎来的一团麻，快睡吧。"

门搭儿、门鼻儿心里怀疑，一直没睡着。半夜里她俩听见床那头

"喀喳"直响，就问："外婆，你吃的啥？叫俺也尝尝。"

"外婆夜里咳嗽，吃点红萝卜你也眼馋，给，吃去吧！"说着顺手扔过去一节。

大姐接过去一看，是外婆的手指头，心里马上就明白了，一定是灰毛狼吃了外婆后，又来吃她们的（Ex）。她悄悄给门鼻儿一咕哝，赶快推醒了小妹妹。

过了一会，门搭儿喊："外婆，我屙呢！"

"死妮子，爬门外粪堆上去屙吧。"

门搭儿拿着一盘子井绳出去了。

过了一会，二姐门鼻儿又喊："外婆，我屙呢！"

"死妮子，爬门外粪堆上去屙吧。"

门鼻儿提着油罐子也溜出去了。

接着，小妹妹也叫喊起来："外婆，我屙呢！"

"死妮子，爬门外粪堆上去屙吧。"

姐妹三个来到院子里，都爬上了大枣树。然后把提出来的油罐用绳子拉上去，倒了一树身油。

狼外婆来到大树下，搂住树就往上爬（Pr5）。老树皮把爪子都磨破了，还是爬不上去（Rs2）。就说："外婆老了，爬不动了，快把我拉上去吧。"

门搭儿说："这有根井绳，放下去缠你腰，俺拉你上来。"

狼外婆抓住放下来的绳子往腰里一缠，就喊："绑好了，快拉吧。"

炊帚骨朵儿和门鼻儿，挽好绳子拉呀拉呀，眼看快拉到枣树老母柯杈了，她俩把手上的绳子猛一松，狼外婆摔倒地上。

门搭儿看看还没有摔死灰毛狼，便叫道："外婆，两个妹妹力气小，拉不动，这回让我帮她们拉。"

狼外婆只想赶快上去吃掉三姐妹，又喊道："这回可要使劲拉了，别再摔着外婆。"

三姐妹又开始拉呀拉呀，眼看又拉到枣树老母柯杈了，三人用力把绳子一松，把狼外婆摔得鼻孔直冒血。

天快亮了，三姐妹从树上下来，一看狼外婆已经死了（U），就高高兴兴地回家去了。

故事形态分析

（1）功能图式

β1 {ξ1ζ1} A14 {η1 θ−} η1 θ1 Ex Pr5 Rs2 U

（2）说明分析

故事以民间故事中常见的"某个家庭成员不在家"开局（β1：长辈外出）。反角灰毛狼三次试探（ξ1），获得有关消息（ζ1），接着吃掉老大娘，犯下杀人恶行（A14）。灰毛狼两次欺骗（η1）三姐妹未果（θ−），但第三次却得逞了（θ1）。晚上灰毛狼暴露了真相（Ex），三姐妹逃出，灰毛狼追捕之（Pr5）。三姐妹将油倒在树身上，使狼无法爬上来而保全了性命（Rs2：设置障碍物而逃脱），最后设计杀死了灰毛狼（U）。

整个故事只包含了一个序列，其中两次出现"三段式"的重复结构（{ξ1 ζ1} 和 {η1 θ−} η1 θ1），虽增加了故事长度，但叙事形态仍简单清晰。三姐妹共同充当故事的主角，而反角灰毛狼冒充外婆，自然又是假主角。

故事编号：6
故事出处：《妇女与儿童》第十九卷第十一号
故事搜集：无名
流传地区：不详

羽毛衣

从前某村有个青年，他是靠打猎过日子的。有一天傍晚，他从山林里打猎回来，看见了一个黑色的怪物，那青年拿起鸟枪来，对准那怪物打去。那怪物就倒在地上了。青年跑过去一看，只见地上躺着一个小石人。他把小石人放进袋里（F10），想带回家去。

天色渐黑，他想找个地方歇一下。这时他恰巧从一座破庙前经过，便跑过去，躺在地上睡着了。

睡了一会，一阵吵闹声惊醒了他。他摸摸袋里，小石人已经不见了。只听见两个声音在吵闹。一个说："我一定要喝你的三口神水。"另一个说："小石人，我只有这三口神水保身，怎么可以给你呢？你如果一定要喝，我就要把你的秘密宣布出来了！"青年听到这里，从破庙里跑了出来，看见池塘边有一个黑影子，和小石人一般大小。这时小石人高声喊道："我也要把你的秘密宣布出来了！邻村大阔老的小姐害了重病，什么医生都治不好，什么药都吃不好（a2），大阔老说谁能把她治好，便嫁给谁做妻子（B1）。其实这种病没有药好医的，只有把你的头敲碎，取出你的脑子，放在瓦上焙成灰，倒在一杯黄酒里，病人喝了这酒，病就立刻好。"小黑鱼高声道："你想要我的命？我现在也要你的命！不论哪个人，只要用一根绳子把你捆住，用棍子打你的全身，你就会撒出金子和银子来。如果用扫帚在你身上扫，还会扫出三斗三升的珠子来。"（F2）

青年听了他们所说的秘密，很是高兴，便回破庙睡了。

第二天早上醒来，小石人还在袋里。青年走到邻村（↑），碰见一个种田的，便问道："听说这村里大阔老有个小姐病了，是真的么？""真的，大阔老说过谁能把她的病医好，便嫁给谁做妻子。"青年便向山下大阔老家走去。

来到大阔老家，见了大阔老，说："听说老伯的小姐病了，我今天是特别来替她医病的。"大阔老起初不相信，后来决定让他试一下，便领他来到小姐房里。青年在小姐床前一边按着她的脉搏，一边仰着脸假装在那里想。隔一会儿说："小姐的病重极了，天下除一种东西外，没有药可医得好。那东西就在不远处。邻村里破庙旁有个池塘，里面有条大黑鱼，请你快叫人把它捉来！"大阔老的佣人们抬着水车来到塘边开始车水。不一会水干了，黑鱼把三口神水吐出来，水又满了，人们好不容易把水车干，把黑鱼捉起来了。

青年说："快把黑鱼脑子拿出来，放在瓦上焙成灰，倒在一杯黄酒里，小姐喝了便会好。"小姐喝后果然好了（K12）。青年说明天来娶小姐，就回家了（↓）。

刚回到家里，就去找了一根绳索把小石人捆住，然后用一根棍子打他的全身，小石人的屁股里立刻撒出了无数的金子银子。青年又扎成一把扫帚，在小石人身上连连扫，扫起了三斗三升珠子。青年高兴极了，就托人买了一间屋，买了许多家具，到了第二天，便把大阔老的小姐娶了过来（W*）。

小姐长得非常美丽，青年婚后便整天坐在屋里，再不去远山打猎了。

过了几个月，有一天小姐问他为何不打猎，青年回答是因为舍不得离开小姐。小姐说："让我画一张像给你藏在衣袋里，如果你出去打猎想起我时，你便可以拿出来看，行么？"青年点头说好。小姐便提笔画了一张自己的像，画得和真人一模一样。青年便高兴地往山林里去了。

他在歇息时，从衣袋里摸出那张像来，不住地细看。谁料一阵风吹来把像吹走了。青年回到家，小姐知道后，就又动手画了一张像，交给了青年。

日子又过了好多天。有一天青年在家时，来了两个差人，掏出一张画像问："这是你的妻子吗？""是的。""几天前，皇帝坐在宫廷里，忽然半空落下这张画像，看了这美丽的画像，皇帝就派我们寻访这画中人，带她到宫里去住。我们到处找寻不到，今天到了你们村，问了几个人（ξ1），都说是你妻子（ζ1），你快快叫她跟我们去，要不去，不但你和妻子的命不保，我们两人也要被杀啊。"青年没有好办法，只好跑到房里告诉小姐。小姐劝慰道："皇帝的命令我们是不能违反的。我去了你可以天天到山野里去拾鸟类的羽毛，缝成一件羽毛衣。你穿上羽毛衣到王宫外面高声唱：'羽毛衣，羽毛衣，披一披，江山一统万年基！'到了那时，我们又可以团圆了！"说完她与丈夫分别，跟差人进宫了。（A1）

小姐到了皇宫，皇帝待她很好，但她从没有笑过一次（a1*）。有一天皇帝竟说："谁能引她笑一笑，就算把一半江山送给他也是情愿的。"（B1）

那青年自小姐走后，天天到山林里去寻找鸟类的羽毛。到了一个月光景，他的羽毛衣终于缝成功了。青年披了它，到王宫外面（↑）高声唱："羽毛衣，羽毛衣，披一披，江山一统万年基！"唱个不停。

宫里的小姐听了歌声，笑了起来，皇帝又惊又喜，问她何故。小姐答："你听那歌声唱得多可笑啊！"皇帝便叫人把唱歌的人请了进来。小姐高兴得大笑，又叫皇帝把文武官员和侍卫赶出宫廷。小姐对皇帝说："你看他那件羽毛衣，多么好玩，比你身上的龙袍要好看多了，你何妨叫他脱下来和你调穿一下呢？"皇帝便问青年，青年点头说好。等皇帝和青年换好了衣服（T3），小姐忽然走到青年面前，把他抱住，高声喊道："不好了，出刺客了！侍卫们快来捉啊！"文武官员和侍卫们奔进来，看见那个穿羽毛衣的人正在拉皇后，穿龙袍的皇帝却躲在皇后怀里（K1）。他们立刻把这穿羽毛衣的人杀死（U）。

从此那青年便接下去做了皇帝，小姐做了皇后（W2）。

故事形态分析
（1）功能图式

Ⅰ. F10 a2 B1 F2 ↑ K12 ↓ W*

Ⅱ. ξ1 ζ1 A1 a1* B1 ↑ T3 K1 U W2

（2）说明分析

故事开始时，主角并未经受考验或难题便获得魔物（F10）。接着小石人告知小姐重病，无药可治，出现缺乏（a2），大阔老求援（B1）。主角虽然在故事一开始便得到了小石人，但并不知道它是魔物，小石人和黑鱼的争吵，使主角得知两者均是魔物（F2：魔物被指明）。主角出发到邻村（↑）用魔物治好了小姐的病（K12），回家（↓）后第二天，便与小姐成婚（W*：成婚但并未登上王座，因小姐并非公主）。皇帝派人到处寻访画中人（ξ1），获得消息（ζ1），将小姐抢入宫内，做出恶行（A1）。小姐入宫后出现一种特殊的缺乏：笑，但实际上她是思念丈夫（a1*），反角皇帝只好许愿求援（B1）。主角出发到皇宫（↑），同皇帝交换衣服，改变了外貌（T3），用计谋得以同妻子相会，缺乏消除（K1），反角皇帝被杀死，受到惩罚（U）。夫妻不但破镜重圆，而且做了皇帝、皇后（W2）。

此为一复合故事，由两个序列组成。第一个序列以缺乏—缺乏消除（a－K）作为核心功能对；其中未出现的恶行（A1）和新出现的灾难及缺乏（a1）引致第二个序列的展开。故事中的皇帝同时充当了反角和差遣者两个角色。小姐在第二个序列中是被寻求者，但她巧出计谋，帮助主角，故亦充当了助手角色。

故事编号：7
故事出处：《民间文学》1961 年 4 月号
故事记录：李书田
流传地区：黑龙江省齐齐哈尔

七仙女下凡

董永和他的母亲过着穷苦的日子。一天，母亲得了重病，想吃肉馅饺子，董永没钱买肉，心里很愁苦（a5）。

他提着斧子走上山（↑），忽见一只又肥又大的白兔子，就追了上去，终于捉住了它。董永举斧要砍，就听兔子哀求道："董永大哥，我知道你很穷，你放了我吧，你要什么都可以！"（D5）董永吃了一惊，放下兔子（E5），说："你怎么会说话呢？"兔子在地上一滚，变成一个白胡子老头，笑着说："我家就在这附近，从河边向前走十步，退三步，一座朱漆大门就是我的家。你不是想买肉吗，我这里有一支'米笔'，只要你说声：'笔儿开开，一粒一粒漏下来'就有米漏下来，要多少有多少！"董永接笔一瞧，这笔和普通笔一样，再瞧老头不见了。董永把笔揣在怀里（F1），打了一担柴就回家了（↓）。

董永回家把这事告诉母亲，母亲半信半疑。娘俩一个撑米袋，一个唱道："笔儿开开，一粒一粒漏下来"，果然有米漏下来了。娘俩喜得直流眼泪，母亲的病也好了。从此，再也不愁吃穿了（K6）。

一次，母亲对董永说："吃水不忘挖井人，你看看你那兔大哥去吧。"（B2）董永说声"是"就去了（↑）。来到河边，向前走十步，退三步，不见朱漆大门。他抡起斧头砍柴时，发现了大门。白胡子老头笑着把他接进门，问有什么事。董永说是来看您的。老头又问董永娶媳妇没有，董永脸一红："咱这穷人，谁家姑娘肯配给呢！"（a1）老头笑说有的有的，拉着董永的手，让他往屋里看。屋里有一位姑娘低头坐着，长得非常好看。老头说："这是我的女儿，嫁给你吧。"董永喜得合不拢嘴（K4），同姑娘拜过老头，就回家去了（↓）。

从此，董永天天上山打柴，妻子在家织布，俩人过得十分美满（W*）。一连三年，姑娘生了一儿一女。有一天，姑娘对董永说："我不是凡人，我是王母娘娘的女儿，我在这里三年，正是天上三天。三天不归，被母亲知道，他们就要来抓我啦！"董永正在哭啼，一声轰响，姑娘已经被捉上天宫去了（A1）。

母亲说："董永啊，哭有什么用，你去找兔大哥想个办法吧！"董永就去找着了那个老头。老头很生气，说："这是王母娘娘干的，你坐上我这半个葫芦，一闭眼就到天宫了，找她算账去吧。"（B2）董永坐在兔大哥的半个葫芦里，果然一闭眼的工夫就来到了天宫（↑＋G1）。

他来到一座大殿前，只见殿上坐着一个粉眉粉脸的老女人，喝问："董永，你来干什么？"董永说："找我的妻子。"老女人怒气冲天："你既然找我的女儿，就让你看吧，你能认出来就让你领回去。"（M）

老女人一声喊，从屏风后走出七个姑娘，个个都和董永的妻子一个样。董永瞧着她们就犯愁了。王母娘娘说："董永，找吧，找错了就打死你。"董永说："我说不出是哪个哩！"（N neg.）王母娘娘说："那你就走吧，可别再来了，再来么，找不出就杀了你！"

董永回家没办法，就睡着了。梦里他看见妻子从天上下来，对他说："董郎啊，在天宫上我是不敢认你的，明天你带着我们的儿女到天上去，这么办……就不怕母亲赖了。"说完就飞上天去了。

第二天，董永抱着一儿一女，又坐在兔大哥的半个葫芦里，上天了。

这一次王母娘娘更生气了，她叫来天兵天将，命令如果董永认不出，就将他们父子三人杀死（M）。董永来到七个姑娘面前，突然将一儿一女摔在地上，一人一巴掌，两个小孩哇地一声哭了。这时，就见那第七个姑娘转过身去，哭了。董永高兴地抓住她说："就是她，就是她！"（N）王母娘娘早已气得脸色发紫："好个不要脸的丫头！"七仙女哭道："我要跟我的儿女去！"董永说："你说过我认出妻子就领回去。"王母娘娘没办法，只好答应了。

七仙女和董永一人抱一个孩子，欢欢乐乐回人间来了（↓＋W2）。

故事形态分析

（1）功能图式

  Ⅰ．a5 ↑ D5 E5 F1 ↓ K6

    Ⅱ．B2 ↑ a1 K4 ↓ W*

      Ⅲ．A1 B2 ↑ ＋ G1 M N neg. M N ↓ ＋W2

（2）说明分析

故事一开始就出现家境贫寒式的缺乏（a5）。主角董永上山（↑），碰见兔子，兔子的求饶是一种考验（D5），董永做出反应（E5）通过了考验，获得魔物神笔（F1）后回家（↓）。神笔消除了起初的缺乏

（K6）。董永母亲令董永去看望兔大哥（B2），董永出发（↑），见到白胡老头后告知自己另一方面的缺乏（a1：缺乏新娘），老头即将女儿许配给他，消除了缺乏（K4），回家（↓）后二人成家过日子（W*）。反角王母娘娘将女儿捉走，做出恶行（A1）。老头派出主角（B2），主角出发（↑）并被转送到目的地（G1），反角两次出难题（M），第一次主角未能解题（N neg.），第二次在妻子的帮助下解题（N），得以返回家园（↓），夫妻破镜重圆（W2）。

　　故事由三个序列组成，第一、第二序列均是以缺乏—缺乏消除（a－K）作为核心功能对，第三序列则围绕功能对难题（M）和解题（N）展开故事。在第三序列里，恶行的实施者——反角王母娘娘并未受到惩罚。第一序列中的捐助者（白胡老头）在第三序列中亦是差遣者；主角之妻在第三序列中既是被寻求者，又是帮助者（告诉主角认人的计策，帮助解决难题）。

故事编号：8
故事出处：《民间文学》1956年第8期
故事记录：张可经
流传地区：山西

水母娘娘

　　山西有个晋祠村，村里有个大庙叫晋祠，祠里供着一尊神像，塑的是一个年轻媳妇儿正举手梳头。为什么有这个神像呢？这是很久以前的事情了。

　　从前，这村里有个童养媳叫春英。自打到了婆婆家里，她整天干活，但婆婆还是不中意，举手就打，开口就骂。

　　春英每天最苦的事就是挑水，这地方缺水，要走几里路到村外去挑（a5）。春英每天天不亮就要起来，一趟趟去挑水。什么时候婆婆看见缸不满，劈头盖脸就是一顿柴棍子。

　　一天早晨，春英挑水回来走到村口，一个老人拉着一匹马走过来，问她要水喝（D7）。春英见老人和马都渴坏了，说："请喝吧。"（E7）

　　老人喝干了半桶水，剩下的给马喝了，道一声谢，走了。

　　第二天早晨，春英挑水回来走到村口，那个老人拉马走过来，又问她要水喝（D7）。春英又让他喝了（E7）。老人说："你这位姑娘人又勤快，心肠又好。我没什么好谢的，这里有一根马鞭就送给你吧（F1）。你把它放在水缸里，要多少水，就把鞭子提多高，往后再不愁没水用了。可是千万记住，别把鞭子提出水缸外。"（γ1）老人说完，牵马不见了。

春英回家照老人的话一试，把马鞭插到水里，缸里就有水了，提多高，水就涨多高（K5）。她高兴地告诉了村里各家，大家便都到春英家来取水，这一来，真不知道省了大家多少工夫力气，村里人都很感激她。

可是婆婆却为了这很不高兴。一天，婆婆有了主意，急急忙忙把春英打发回娘家（β3）。临走时春英对婆婆说："那根马鞭可千万不能提出水缸呀！"（γ1）

来日早晨，婆婆走到缸前，打算把马鞭藏起来，叫谁也用不了水。她刚把马鞭抽出来（A2+δ1），水马上哗哗涌了上来，把这个老婆子淹死了（U）。

大水流到街上，越流越大，墙倒房塌，汪洋一片。春英在娘家一听说（B4），知道一定是水缸漫了，心想有个什么东西把缸盖住就好了，便到厨房拿了个草垫（F5），往这边跑来。她一出村口，大水冲来，她往草垫上一坐，水就慢慢退了下去（K13）。

水退了，人们想起春英。有人说刚才还看见她在河上梳头，赶到那里一看，已经不在那里了。人们为了纪念她，就给她盖了个庙，叫"晋祠"，称她为"水母娘娘"。

故事形态分析

（1）功能图式

Ⅰ. a5（D7 E7）F1 γ1 K5

Ⅱ. β3 γ1 A2+δ1 U

Ⅲ. B4 F5 K13

（2）说明分析

故事开始出现缺乏：缺水（a5）。老人（捐助者）先后两次以讨水喝为考验，主角春英做出反应（E7），获赠魔物马鞭（F1），同时老人下达禁令（γ1）。马鞭解决了缺水的问题（K5）。反角婆婆将主角打发走

（β3），主角将禁令转达（γ1）。"婆婆"抽出马鞭的行为，既是恶行（A2：偷走魔物），又破坏了禁令（δ1），构成复合功能。反角因此受到惩罚（U）。主角听说发大水（B4：各种形式的灾难通告），用偶然得来的魔物（F5）使大水退走，消除了灾难（K13）。

　　此故事的三个序列各自独立，依次接续。第一个序列中下达的禁令，在第二个序列中禁令被破坏。第三个序列中主角未经考验便得到魔物，但从故事整体而言此非偶然，应是第一个序列中通过考验的逻辑结果。故事角色情况较简单：只有主角、反角和捐助者三个角色。

故事编号：9
故事出处：《河北民间故事选》
　　　　　河北人民出版社 1980 年版
故事记录：韩信民
流传地区：河北省

笛童

　　从前，有个爱吹笛子的放牛娃，因为他吹得好听，乡亲们都叫他"笛童"。

　　笛童从小就死了父母（β2），七岁就给地主郝老德家放牛，他每天放牛都吹笛子，即使郝老德骂，他还是照样吹。

　　郝老德是个爱财如命的恶霸，仗势欺人，人们送他个外号叫"郝缺德"。一天，他为了不让笛童吹笛子，又狠狠打了笛童一顿，说："如果你要再吹，我就打断你的腿！"笛童一气之下辞工不干了。他来到淀边的荒草滩上开荒种地，干完活便吹笛子。

　　这天傍晚，他正吹得高兴的时候，从淀边走来一个书童，说："笛童先生，我家王爷请你。"笛童跟着书童走到水边（↑），忽见水中分出了一条大道，就一直往里走，不多远，看见一片楼房，一个白胡老头从里边出来，笑说："早想请你来，请进！"

　　原来这是龙宫，那老头就是龙王。龙王请笛童吹笛子（D7）。笛童答应一声，便用心地吹起来（E7）。笛声吸引了龙王一家，也引起了龙王三公主的爱慕。有一天，三公主悄悄对笛童说："你走的时候，我爹爹一定要送你礼物，你就要我家那个小花猫和小花伞。"

过了两天，笛童要走了，龙王说："我送你点礼物，有金子，有银子，你要什么我就给你什么。"笛童说："那就把小花猫和小雨伞送给我吧。"龙王只好答应了（F1）。

第二天，笛童抱着小花猫，背着小花伞，离开了龙宫。回家以后（↓），仍和从前一样每天下地干活。

有一天，小花猫见笛童下地了，就地一滚，变成了一个俊俏的姑娘，给笛童做起饭来。姑娘做好饭，又变成了小花猫。

笛童回来看见做好的饭菜，觉得很奇怪。一连几天都是如此。有一天，他假装下地，出门不远又悄悄转回来，藏在门后偷看。

快到中午，小花猫又变成了姑娘，笛童吃了一惊，原来她就是龙王的三公主啊！他急忙跑进屋去，拾起花猫皮藏在身后，要三公主嫁给他，三公主答应了。从此，笛童每天下地干活，三公主料理家务，小两口过得很幸福（W^*）。

这年夏天，天旱缺雨，乡亲们个个愁眉苦脸（a5）。一天，三公主对笛童说："你把咱那把小花伞撑开，放在太阳晒的地方去吧。"笛童把伞撑开放在太阳地里了。不一会，天就哗哗下起雨来。看看雨下透了，三公主把伞合起来，雨就停了。

庄稼得救了，秋后获得了好收成（K5）。乡亲们都很感谢三公主。时间一长，附近的人们都知道笛童娶了一个好媳妇，还有一把宝伞。这些传到了郝缺德耳朵里（ζ3），他找到笛童，说："这地是我家的，你种了好几年，今年咱们把账算算，你交租吧。"（η3）笛童说："这里从无人烟，荒了几千年，谁都知道没有主，与你有什么相干？"（θ-）

郝缺德只好回家，又想出一个坏主意。第二天他到县衙里告了一状，说笛童偷了他家的宝贝（A20），还送了许多金银收买县官。县官就带领衙役们来捉拿笛童。"大胆笛童，你为何偷郝家的伞？"三公主一听就恼了："郝家诬告，叫他来把理辩！"县官令人请来郝缺德，又叫笛童把伞拿出来当面对质。郝硬说伞是他家的，县官令："郝家领走宝伞，把笛童捆起来带回治罪。"三公主怒火冲天，拿过伞来一把撑开，口中念道："风娘娘，帮帮忙，雨娘娘，帮帮忙，淹死狗官和地主，倾盆大雨下一场。"立刻暴雨如海水般浇向县官和衙役。县官和郝缺德都被水冲到淀里淹死了（U）。三公主把宝伞一合，太阳又出来了。笛童和三公主过着快乐的生活。

故事形态分析

（1）功能图式

  Ⅰ. β2 ↑ D7 E7 F1 ↓ M N W*
     Ⅱ. a5 K5
      Ⅲ. ζ3 η3 θ – A20 U

（2）说明分析

  故事开始，交代主角笛童父母已双亡（β2）。笛童跟着书童出发（↑）来到龙宫，龙王请他吹笛子，进行考验（D7）；笛童用心吹笛子，接受考验（E7），结果获赠魔物（F1）。回家（↓）后，如何使姑娘不再变回为小花猫，实际上是一种难题（M），主角用计解决了难题（N），从而得以与姑娘成亲（W*）。接着天旱无雨，出现缺乏（a5），主角用魔物（伞）引来雨水，消除了缺乏（K5）。反角郝缺德得知宝伞的消息（ζ3），前来诱骗（η3），却未能得逞（θ–）。反角郝缺德做出诬告恶行（A20），结果被水淹死，受到惩罚（U）。

  故事由三个序列构成，其中较为特殊的是第二序列，只有两个功能。故事里共出现四种角色：主角笛童、反角郝缺德、捐助者龙王，以及作为助手的三公主，她在三个序列里都给予主角以帮助：在第一个序列里她泄露魔物的秘密，在第二序列里她指点主角如何消除缺乏，在第三个序列里她又用魔物惩罚了反角。

故事编号：10
故事出处：《聊斋汉子》
故事记录：董均伦　江源
流传地区：山东

石门开

  早年间，在东海边上，有一个渔夫叫胡四。他靠打鱼为生，日子过得奇穷，靠着租财主家的船和网用。有一天，胡四又到海里去打鱼，正在撒网，一只鸬鹚飞来，向下一落，就从海里叼起一条鱼来。胡四说："鸬鹚,鸬鹚,你捕鱼还有那翅膀和弯嘴,我捕鱼没条渔船没张网。"(a5)鸬鹚好像听懂了他的话,飞到船上,嘴一张,那条鱼落进了船舱。胡四上前一看,鱼的眼里在掉泪(D4)。胡四可怜它,就把它放回海里去了(E4)。

胡四只打了很少鱼,不由得愁得掉泪。忽然听到身边有人说话:"好人呀,别哭了。"胡四一抬头,只见眼前站着一个白胡子老头,手里拄着一根青高粱秸。老汉又说道:"亏你救了我的孩子,你想要什么,我就给你什么。"胡四说:"老人家,我要是能有一只好船和一张好网,每天欢欢乐乐下海打鱼,回到家和老婆不愁吃不愁穿就好了。"老汉说:"在沂山有一个百丈崖,你和你老婆到那里边去过日子吧。"胡四问道:"我怎么进去呢?"老头把手里那根青高粱秸给了他(F1),说:"你用它指着百丈崖,就这么说:'石门开,石门开,受苦的人要进来。'可是你千万记住,进去以后不要起坏意,什么时候也不要扔掉青高粱秸。"(γ1)说完就忽然不见了。

胡四回到家,把遇到的奇怪事情都对老婆说了。老婆却埋怨他没要多点好东西。

胡四挑着打来的四筐鱼,和老婆走了两天两夜(↑),才走到沂山下面的一个庄里。胡四向一个老妈妈问路,老妈妈向西一指说:"往正西五里路就是百丈崖,那里又没有人住,你把鱼挑去卖给谁呢?"胡四就把鱼放在她那里,和老婆向百丈崖去了。

走了不大工夫,就望见那百丈崖了。到了跟前,胡四用那青高粱秸指着石崖说:

"石门开,石门开,受苦的人要进来!"

话刚说完,百丈高崖像两扇石门,向两边分开了。从里边走出一个俊媳妇来,让胡四和他老婆走进去。媳妇用手一指,门又关上了。

媳妇问胡四:"勤快的好人,你要什么呢?"胡四答:"我要是能有一只好船和一张好网,每天欢欢乐乐下海打鱼,回到家和老婆不愁吃不愁穿就好了。"媳妇笑说:"勤快的好人,你是该过那号日子的。"说完向东一指,果然出现了一片无边无际的大海,海水绿得像玉,平静得像镜子。媳妇指着一栋瓦房说:"这就是你的房子了。"又指着一条新船,一张好网说:"这就是你的船,这就是你的网。"胡四心里十分满意(K6)。胡四老婆还想再要些别的东西,媳妇却忽然不见了。

胡四和他老婆住在高高的瓦房里，里面不冷不热，什么都有，只是没有多少吃的。胡四驾船出海打鱼，西风刮了起来，渔船飘到海中间，风才煞了。水里的鱼数也数不清。舱满了，胡四想回家，东风又刮了起来，小船像活了一样靠了岸。他拿这些鱼换了一些米面。

　　胡四按时去打鱼，每次都是满载而归。就这样也不知过了多少日子，因为那里的日头是从不落的，只是胡四家里的那棵老槐树，叶子却一会儿变黄，一会儿变绿。

　　胡四老婆还是断不了咕咕哝哝，说："你去问那媳妇要些金子银子给我。"（a5）

　　胡四迁就了她，说："咱们一起去找那媳妇，你愿意跟她要什么就要什么。"

　　胡四拿起那根青高粱秸，他老婆拿两个大布袋出门找那媳妇去了。找了也不知多少日子，最后在石门旁边找到了那个媳妇。

　　媳妇问胡四要什么。老婆抢着说："要金子，要银子。"媳妇听了，向西一指，立时满地闪亮，白的是银，黄的是金。眼看那红光光的大日头就要落进黄金里边了。

　　他们整整拾了两大口袋金银，日头落下去了，胡四犯了愁，对老婆说："谁知道这日头落下去什么时候才出来？咱怎么会找到渔船渔网呢？"老婆说："不用愁，咱不在这里住了，有这些金银，出去做个大财主，你也不用打鱼了。"

　　胡四又依随了老婆。他和老婆背着两大口袋金银，到了石门跟前，胡四用青高粱秸指着石门说："石门开！……"话没说完，石门向两边开开了。两人刚走出来，石门闭上，又成了原来的百丈崖了。

　　两人顺着来时的路向放鱼的那个庄走去。金银把两人压得通身淌汗，胡四和老婆商议，想把金银丢掉一些。老婆却说道："咱有这么些金银，还要那青高粱秸做什么？"胡四又依了老婆，把青高粱秸一扔（δ1），青高粱秸变成了一条青龙飞走了。

　　到了庄里，那庄却比以前那个大了不知多少倍，看上去少说也有几百户人家。他们向一个人打听，那人说这是"酱油庄"，说："也不知是几辈子之前，那阵俺这庄才十几户人家，有两口子放了一担鱼在这里，他两口子到百丈崖去了再也没回来。日子久了，鱼霉成了酱，从那以后，俺这庄才叫个酱油庄。"胡四和老婆很惊奇，两人还是那么个年纪，却实实在在是过了几百年。

两人走了不远，碰到一个饭铺，想买点什么吃，胡四老婆放下口袋，想拿出块银子来，可摸出来一看，是一块白石头，再摸出来一块金子来，一看，又是一块黄石头。全倒出来，黄石头、白石头滚满地（K-）。他俩还指望那石门能再开开，又跑回了百丈崖，可是已经没有那根青高粱秸了，胡四只得用手指着石崖说道："石门开，石门开，受苦的人要进来！"

胡四叫哑了嗓子，百丈崖还是不见动静。他一想到又要回去过那号穷日子，身子凉了半截，越想越懊恨，一头向百丈崖碰去了。胡四碰死了，胡四老婆懊恨加懊恨，也一头向百丈崖碰死了（U）。胡四和他老婆在黑夜里变成了一对深灰色的小鸟，在百丈崖的周围，一面飞一面叫："可懊恨死了！"一月又一月，一年又一年，总是那样叫着。天长日久，当地人给它们起名叫"懊恨雀"。

故事形态分析

（1）功能图式

I. a5 D4 E4 F1 γ1 ↑ K6

II. a5 δ1 K－U

（2）说明分析

主角胡四在故事开始是一个缺船缺网的穷渔夫（a5）。鱼掉泪求生，是一种考验（D4），胡四将之放生（E4），通过考验，得到老汉的魔物（F1），但老汉附加了一条禁令（γ1）。胡四和老婆出发（↑），靠魔物得到了船网，最初的缺乏被消除（K6）。胡四老婆贪念金银，出现缺乏（a5），但因为将宝物扔掉，违反了禁令（δ1），金银变成了石头，缺乏未能满足（K－），懊悔之下自杀身死，受到惩罚（U）。

故事由两个序列接续组成，均是围绕缺乏—消除缺乏（a－K）功能对展开故事。第一序列中下达约禁令（γ1），在第二序列中才被违反（δ1）。主角在第一序列中未违反禁令，故缺乏得以消除（K6）。在第二序列中，反角欲违禁，主角言听计从，执行了违禁的动作，扔掉了魔物（δ1），结果反角的缺乏未能消除，主角也同反角一样受到了惩罚（U）。

故事编号：11
故事出处：《聊斋汉子》
故事记录：董均伦　江源
流传地区：山东

拾黄金

早先有一母生的兄弟两个，老大和他媳妇心眼儿都不好，光想着自己比别人家过得好，人家要是过得好就眼气，老二年纪小，心眼儿也好。娘活着的时候很亲老二，娘死了没几天（β2），老大两口子把粮食、好东西都藏了，要和老二分家。老二只分了两间破房子、几件破家具、一亩地，没法子就要饭吃。

到了春天，要种庄稼的时候，老二没有种子，老大两口子商议了商议，说："你明天来拿吧。"老大媳妇挖了些高粱种，放在锅里炒了炒（A3），掉了一粒在锅台上没炒着，一起收在一个小盆里。第二天，老二拿着种子种在那一亩地里，过了些日子，不多不少只出了一棵。老二一天天上粪浇水，那棵高粱长得又粗又高。

到了秋天，结出了一个很大很大的高粱穗子，老二心里挺欢喜，隔几天就去看看，可是有一天一只大老雕把高粱穗子叨去了。

老二又去看，一看没有了，坐在地上哭起来（a5）。正巧那只老雕又打这里经过，问他哭什么（D2）？他说："我好不容易种了一棵高粱，又叫人把高粱穗子偷去了。（E2）"老雕说："不用哭了，你家去拿条布袋来吧。"

老二回去借了一条布袋子，老雕把他驮在身上，上了半空（↑）。老雕说："我驮你到日头出的那个东天边上，那地方有金子（f2），你不论拾满不拾满，头鸡叫你得趴在我身上，要不，日头出来就把你烤化了。"（γ1）

老雕带他飞了半夜，才飞到那里（G1）。他拾了半口袋（K6），看看天还没明，就趴在老雕身上，老雕安安稳稳把他带了回来（↓）。

他哥哥知道了，便问他金子从哪里来的（ξ1）？他实实在在地对他哥哥说了（ζ1）。他哥哥也到地里去种了一棵高粱，恨不得高粱一下子长起来，他也天天去浇水，每回浇水就骂："他妈的，还不给我快长！"末了，高粱终于长出了穗。

有一天，老雕也把他的高粱穗子叼去了。他也坐在地上假哭（a5），老雕飞来对他说："你去拿一条口袋来吧！"老大家去，他媳妇早给他缝了一条又长又宽的口袋，他拿来趴在老雕身上（↑），老雕飞到半空对他说："我驮你到日头出的那个东天边上，那地方有金子（f2），你不论拾满不拾满，头鸡叫你得趴在我身上，要不，日头出来就把你烤化了。"（γ1）

老雕带着老大飞了半夜才飞到了（G1），那里真是满地黄金，东一块，西一块闪着亮光。他欢喜极了，拾一块又一块（K6），口袋太大了，拾到天快亮了，还没拾满，他又舍不得走开（δ1），拣着这块又看到那块，日头眼看就要冒出来了，老雕"忽呀！忽呀！"飞走了。日头出来了，老大被烤化了（U）。

故事形态分析

（1）功能图式

I. $\beta2$ A3 a5 D2 E2 f2 ↑ γ1 G1 K6 ↓ ——————————| U

II. ξ1 ζ1 a5 f2 ↑ γ1 G1 K6 δ1 ——|

（2）说明分析

故事开始先交代主角老二母亲亡故（$\beta2$）。老大媳妇炒熟高粱种，犯下恶行（A3：反角破坏庄稼）。唯一的高粱穗子没了，主角出现缺乏（a5）。老雕与主角的对话实际是一种问答式的考验（D2，E2），之后老雕先带主角出发（↑），接着指明魔物（f2），并下达禁令（γ1）。主角以空中飞行的方式被转送到目的地（G1），拾到金子，消除缺乏（K6），安全返回（↓）。哥哥打探金子的来历（ξ1），主角据实相告（ζ1），哥哥欲得金子（a5），亦如此这般，但最后违反了禁令（δ1），受到惩罚（U）。

故事包含两个序列，在第一序列将近结束时插入第二序列。在第二序列里，反角未经考验便获悉金子所在（f2：没有魔力的物品被指明），可能是讲述者在叙述故事时的省略。老雕既是捐助者，又是助手，帮助飞行往返目的地。在这类"兄弟分家"故事中，有时只有一个反角（长兄），有时出现共谋作恶的两个反角（长兄长嫂）。在本故事中，虽然起初恶行的执行者是老大媳妇，但从故事的发展和角色在叙事中的作用来看，真正的反角是老大。

故事编号：12
故事出处：《中国民间故事选》，贾芝、孙剑冰编
　　　　　人民文学出版社 1980 年版
故事记录：李泽有
流传地区：河北　交河一带

一个"善心"的老太婆

　　从前，在人烟稀少的黑龙港河畔，有一间孤零零的茅草房，里面住着一户人家，这家有一个"善心"的老太婆，还有三个小姑娘。娘儿四个在这里过着又安生又快乐的日子。

　　有一天，三个小姑娘正在院子里补渔网，忽然从北墙缝里爬出了一只大蝎虎子，三姑娘用砖头把它打伤在地上。可巧，"善心"的老太婆走过来，把要死的蝎虎子捧进屋子里去，三个姑娘说："老娘啊，蝎虎子可有毒啊，你快扔掉吧！"（γ1）"善心"的老太婆却厉声说："管它有毒没毒干什么呀，死了怪可惜，是条性命呀！"说着轻轻把蝎虎子放进一个木匣子里喂养起来（δ1）。三个姑娘一起说："老娘啊，你这样将来可会上当啊！"

　　可是"善心"的老太婆始终不肯听三个姑娘的话。

　　又有一天，三个姑娘去场里挑谷草，忽然从谷垛里抖出一窝没长毛的小老鼠来。三姑娘用扁担把它们打得死的死，伤的伤。可巧，"善心"的老太婆一步走了来，把要死的小老鼠捧进屋子里去，三个姑娘说："老娘啊，老鼠可祸害东西啊，你快扔掉吧！"（γ1）"善心"的老太婆却厉声说："管它祸不祸害东西干什么呀，死了怪可惜，是条性命呀！"说着把老鼠轻轻放进一个木匣子里喂养起来（δ1）。三个姑娘一起说："老娘啊，你这样将来可会上当啊！"

　　可是"善心"的老太婆始终不肯听三个姑娘的话。

　　又有一天，三个姑娘早起在门前扫雪，忽然扫出了一只冻僵了的灰色老母狼来。三姑娘用铁镐把狼打得遍身是伤，有一条腿被打烂了。可巧，"善心"的老太婆一步走了来，把要死的狼抱进了家，三个姑娘说："老娘啊，狼可吃人啊，你快扔掉吧！"（γ1）"善心"的老太婆却厉声说：

"管它吃不吃人干什么呀，死了怪可惜，是条性命呀！"说着把狼放在热炕头上用棉被盖了起来（δ1）。

"善心"的老太婆，拿着蝎虎子、小老鼠、老母狼可真当成心尖子养，日子不多久，它们的伤都养得好好的了！这一天，蝎虎子、小老鼠、老母狼向"善心"的老太婆说："我们的伤都养好了，我们要走啦！""善心"的老太婆刚想说什么，蝎虎子、小老鼠、老母狼早跑得无影无踪了。

隔不几天，"善心"的老太婆的脑袋忽然肿了起来。医生说是中了蝎虎子的毒。姑娘们想卖件衣裳给老娘抓药，打开箱子一看，一家子的衣裳都让老鼠咬得一个个窟窿。姑娘们只好卖米抓药给"善心"的老太婆吃了，"善心"的老太婆的脑袋才好了。这一天，家里没吃的了（a5）。"善心"的老太婆说："今儿你们都到河边去摸点鱼回来，我到你们姥姥家去要点吃的。"

三个姑娘走了，"善心"的老太婆也拄着拐杖，奔向黑龙港河东娘家去了（↑）。刚刚走到苇子坑边，跳出一只老母狼来，"善心"的老太婆一看，原来是她救活了的那只老母狼。老母狼要吃她，她许诺下午从娘家回来给它带东西吃，狼才放过了她。

回来又碰见狼，"善心"的老太婆马上把带来的饺子边、合子边给狼吃了（K-）。

狼还没饱，就把"善心"的老太婆吃了（U+A14）。

三个姑娘从河边回来，天都黑了，老娘还没回来（β1）。正在哭，忽听外边敲门声。

"门吊儿，门鼻儿，大姐二姐来开门儿。"三姑娘搭腔："娘啊，你向来不从前门走，今天怎么不叫后门啊！"

话刚落地，从后门就传来叫门声：

"门吊儿，门鼻儿，大姐二姐来开门儿。"（η3）

三姑娘去开了门（θ1）。一看，走进来的这个肥大的东西不像老娘，三姑娘就问："娘啊，你身上怎么还有毛哩？""这不是毛，这是你姥姥怕我冷，给我个皮袄翻穿着哩。"二姑娘见娘裆里还有尾巴，忙问："娘啊，你怎么还有尾巴？""这不是尾巴，是你姥姥怕没绳子给你们上鞋，给我的一把蒿麻。"

三个姑娘一见这个样子就知道是老母狼装娘来吃自己来了（Ex）。她们装作要撒尿，跑到院子里，爬到荣花树上了。

老母狼在屋里等急了，走了出来（Pr5）。一看姐仨在树上，就问："你姐仨爬树上去干什么呀？"姐仨合伙说："娘啊，你快上来看呀，一树叶呀一树花，花花哩哩好看哪！"

"我爬不上去呀！"

"我们这儿有条绳子，你把绳子拴到你大腿上，我们姐仨拽你上来。"

老母狼一想，上了树把姐仨都吃了，才是一顿饱饭哩，马上说："好吧，我上去开开眼界！"这时从树上扔下一根绳子头来，老母狼把绳子在腿上拴得结实又结实，三个姑娘喊一声"拽呀"，把老母狼头朝地脚朝天给悬了起来（Rs8）。姑娘们不敢松动，拽到了头，把老母狼摔在地上，摔得老母狼直发晕。老母狼急忙挣扎喊叫："姑娘啊，别摔啦！老娘受不了哇！"

三个姑娘一起说："你不是俺娘，你是老母狼！"又急忙拽绳子，不大一会儿，就把个老母狼给摔成肉饼子了（U）。

故事形态分析

（1）功能图式

Ⅰ.（γ1 δ) a5 ↑ K－U

Ⅱ. A14 β1 η3 θ1 Ex Pr5 Rs8 U

（2）说明分析

故事开始时，三个姑娘连续三次给"善心"的老太婆下禁令（γ1）让她扔掉蝎虎子、老鼠和狼，但她均不听从，违反了禁令（δ1）。接着出现缺乏（a5），老太婆出门（↑）要食物，结果食物被狼所吃，缺乏未能消除（K－），老太婆自己被狼吃掉，受到惩罚（U），对狼而言则是犯下杀人恶行（A14）。长辈外出不归（β1），狼乔装为娘，前来欺骗（η3），三个姑娘受骗开门（θ1），但随即识破狼的伪装（Ex），逃到外面。狼追捕之（Pr5），三个姑娘用计逃脱了追捕（Rs8），狼被摔死，受到惩罚（U）。

这是"狼外婆"故事的又一则异文，共包括两个序列。第一个序列结尾时老太婆被狼吃掉，是一个复合功能：既是对破坏禁令的惩罚（U），又是反角的恶行（A14），引致第二序列的展开。此故事有两个主角，"善心"的老太婆在第一序列中充当主角；而在第二序列中则是由三姐妹共同充当主角。反角老母狼冒充老太婆，故又是假主角。

故事编号：13
故事出处：《山东民间文学资料汇编》
中国民间文艺研究会山东分会、山东大学民间文学教研室编，1982 年
故事记录：黄学友
流传地区：山东

王小的故事

很久以前，在一个小山村里，住着一个叫王小的人，七岁没了爹，八岁没了娘（β2），靠上山打柴为生，因为穷，二十四五岁了还没找到个媳妇。

一天王小上山打柴回来，见几个小孩用石头砸一条小长虫（D11）。王小说："你们如果放了小长虫，我就把我的干柴送给你们。"（E4）他们便停手了。

王小回家，晚上做了个梦，梦到一个大山上有很多柴草。天明后，王小想：如果找到那山，拾到柴卖掉，不就有了吃穿吗（a5）？于是便打点行装走出了家门（↑）。

走过几十条河流几十座大山，在一片沙漠上，王小又渴又饿，晕倒在地上。一个人救醒了他，告诉他："我就是你救活的小长虫，名叫小白龙。"小白龙让王小趴在自己背上，不一会就飞到了小白龙的家（G1），见到了小白龙的爷爷。

小白龙领着王小游玩，来到西楼，小白龙指着墙上的竹篮子说："王小哥你临走时爷爷给你金子银子都别要，就要这只竹篮子。只要有了它，你这一辈子都不会饿着。"

过了一个月，王小想回家，小白龙的爷爷给他金银，他没要，想要那只竹篮子，爷爷答应了（F1）。小白龙又让王小趴在背上，飞回王小的家（↓）。

王小把竹篮子挂在墙上。以后每次上山打柴回来，桌上总是摆满了好饭好菜（K6）。王小觉得奇怪，有一天假装出门砍柴，悄悄回来，从门缝

里看见竹篮子跳出一个姑娘，摆饭摆菜。王小推门进去把姑娘抱在怀里，二人便成了婚（W*）。村上人见姑娘长得俊都叫她仙姑。

有一天仙姑说："咱住的房子又窄又黑又漏雨，不如另盖房子。"王小领着她来到村西的荒坡，仙姑飞上半空转圈，落地一踩，一座楼房便出现了。俩人搬了进去。

这一天县官下乡寻案，路过王小家，看见美丽的仙姑，便告诉王小要带她去做县太太（A20）。王小拒绝了。县官便限王小三天时间把村西的那座大山铲平，不然就别想要老婆（M）。

仙姑知道后，和王小来到大山下，仙姑朝着西北一指，一把银铲落下来，仙姑拿起它挥了三挥，大山立刻变成了平原（N）。

县官又说："想要老婆，必须当天夜里在这片平原上种一百七十二棵槐树，要当夜发芽开花，每棵树上要有一个老雕窝。"（M）

仙姑听说，便叫王小不回头去不回头来，到东山槐树林走一步拾一粒槐籽，一共拾一百七十二粒。王小照做了。王小和仙姑来到平山的地方，种好槐籽，回头一看，槐树又粗又高，开满槐花，树上都有老雕窝（N）。

县官又心生一计："王小，我用一个丫头换你老婆，你干不干？"王小说："不干！"县官说："在三天内，你必须把'不干'带进县衙门，要不就别想要老婆。"（M）

仙姑拿出一捆红丝绸，告诉王小如何如何。第三天一早，王小来到衙门，一见县官就把那捆红丝绸摔在地上，说这就是"不干"（N）。县官叫人打开丝绸，见里面包着一个蓝色琉璃蛋，觉得奇怪，便弯腰去看，那蛋突然炸响了，把县官的胡子炸没了，吓得瘫倒在地上（U）。王小高兴地回了家。

故事形态分析

（1）功能图式

Ⅰ. β2 D11 E4 a5 ↑ G1 F1 ↓ K6 W*

Ⅱ. A20（M N）U

（2）说明分析

父母双亡（β2）的主角王小在故事开始就遇到了考验：小长虫将被

砸死（D11），他以自己的干柴换取小长虫放生，通过了考验（E4），但并未立即得到魔物。主角为了消除缺乏（a5）而出发（↑），在小白龙的帮助下飞到小白龙的家（G1），获赠魔物（F1）。回家（↓）后缺乏消除（K6），并与仙姑成婚（W*）。反角县官欲抢仙姑为妻，做出恶行（A20）。被主角王小拒绝后，县官连续三次出难题（M），均被王小解决（N），县官亦受到惩罚（U）。

故事由两个序列接续而成。故事中出现了两个助手：在第一序列里是小白龙，它飞行接送主角，并告知魔物的消息；在第二序列里，同其他许多中国民间故事一样，主角的妻子是帮助主角解决难题的助手。

故事编号：14
故事出处：《聊斋汉子》
故事记录：董均伦　江源
流传地区：山东省

奇异的宝花

古年间，在一条大河边，有一座县城，叫下洼城。有个小伙子叫万生。他上无爹娘，下无兄妹，只有一个表哥，是下洼城里的大财主。说起来，城周围的好地，都是他的，他还是贪心不足，算计着发财的门道。人们送他一个外号叫红眼子。

红眼子把万生找来说："表弟啊，咱亲故亲故无亲不顾，给你几个钱就够你花的了，你以后在我这里住吧。"（η1）万生看透了他的坏心，说："我人穷志可不短，用不着你那号心，也用不着你那钱花。"说完唱着小曲走了（θ-）。

万生往前走了不远，迎面碰见了一个老铁匠，万生问："老大爷，钢一张锄多少钱？"老铁匠说："钢一张锄四个钱，四张锄八个钱。"（D11）万生听了一寻思，这账不对，忙告诉他："老大爷，您算差了，一张锄四个钱，两张锄就是八个钱。"（E11）老铁匠笑了几声，说："小伙子，天不早了，你能不能留我个宿哇？"万生说："老大爷，我只有一间破屋，炕上连块席头都没有，您要是不嫌的话，我给您挑着担子一块走吧。"

老铁匠就和万生一起睡在土炕上了。第二天收了万生做徒弟。万生跟着老铁匠学了整整一年，老铁匠什么都教给他。

一天，老铁匠要走了，告诉万生："我家就在七宝山，坐北朝南三间屋，大山做街门，荆条是钥匙，"说着递给万生一个金黄色的小袋子。"这是一个宝袋，有它在你身边，我就放心了。"（F1）

老铁匠走了以后，万生还是靠打铁过日子。不管打个什么家什，他都舍得用劲头，费心思。来找他打家什的人越来越多。

红眼子眼更红了。他硬把万生拉到家，大厅里早已摆满好酒好菜。红眼子说："我树大也不能只遮自己的凉，你尽管搬上你那老铁匠炉来罢，我指头缝漏出的钱，也够你做本钱了。"（η1）万生又拒绝了，头也不回走了（θ-）。

红眼子想出了一个鬼主意，立刻带上银子，坐上轿去见县官（A20）。这一天，万生打铁打到天黑，刚回屋，三班衙役，两班官差，长矛大刀地拥来了。万生连忙拿起宝袋掖进腰里，官差和衙役生拉硬拽把他押到了大堂（A15）。

这县官更是一个贪财害命的东西，他按照红眼子的计谋，要万生在一宿的工夫，打出一千把钢刀、一千把宝剑，打不出来就要他的命（B4）。

万生被关在监牢里，三更天的时候，他摸出那个宝袋："宝袋，你能帮我忙吗？"话刚落音，就听见宝袋里叮叮当当的，好像有人在里边打铁。看监牢的也听到了响声，他们刚刚到了门口，忽听哗啦一声，牢门大开，一道白光，冲了出来，吓得看监牢的只顾逃命。那道白光流星样地朝后衙冲去。这时万生揣上宝袋，出了监牢，回到自己小屋去了（K10）。

到了第二天，满城的人都知道那可恶的县官叫飞刀取了头去。（U）红眼子可生气，差人悄悄报告了皇帝。皇帝马上派了武状元带领三千御林军，直奔下洼城来了（A19）。这一天，兵马已经离下洼城不远了，武状元一道令传下去，要杀个鸡犬不留，眼见下洼城就要遭殃了。万生听人一说（B4），便手提宝袋上了城墙，向城外望望，一片人马，一片刀枪，拥了过来。万生对宝袋说："宝袋，我自己一个人好说，全城的性命要紧。"宝袋又叮叮当当响了起来。眼看人马要来到城根下，万生把袋口上的红丝线一扯，袋口张开，一团银光冲出（H1），原来是一个铁圈，越转越大，把三千御林军和武状元都套进去了，铁圈立了起来，向天边滚去了（I1）。

一场大难过去了，万生一心想念老铁匠。万生带着宝袋出了门（↑），不知走了多少天，终于到了七宝山。好不容易找到了师傅，在老铁匠家住了三天。第四天，万生说："师傅，我左眼不跳右眼跳，左耳不热右耳热，是不是下洼城的人又在遭难了？"老铁匠掐指一算："可是了不得啦，皇帝又派文状元带着人去了（A19），要掘开城边的河堤，水淹下洼城啊。"（B4）

老铁匠拿出四个铁钩子，挂在院子的四个角上，好像上面有什么拽着，连房子带院子整个升到了空中。二人坐在屋里，听着外面风呼呼响。过了一阵，万生向下一看，眼看大水就到城根下了，老铁匠把钩子一摘，连房带院落到万生的小屋边了（G1 + ↓）。

老铁匠把钩子递给了万生，又嘱咐几句，万生一边答应，一边朝门外跑去。

万生围着城跑一圈，把四个钩子挂在四个城角。下洼城被四个钩子钩着往上升了不一阵，下洼城吊在大水上面了。万生忽然想："不能长久这样下去啊。"

万生正在犯愁，那叮叮当当的打铁声又响起来了，满天都散满了星星样的七色宝花。万生连忙跑回去，果然老铁匠正在打铁。老铁匠停手把炉灰扫在一起，叫万生撒到城外去（F1）。

万生端着炉灰，沿着城墙往下倒去。立时暴土满天，等到暴土落下，城的周围尽是一片黑黑油油的好地（K13）。

万生回到家，老铁匠已不在。

这下好啦，城周围的地都是大家的了，红眼子使尽坏心眼，又没了地，连气带疼过了不多日子就死了（U）。

那文状元也不知在什么时候溜走了（U）。

万生还是干他的老行业，和大伙一块过了一辈子太平日子。

故事形态分析

（1）功能图式

Ⅰ. η1 θ − D11 E11 F1 η1 θ − A20 ──────────────── | U

　　Ⅱ. A15 B4 K10 U

　　　　　　Ⅲ. A19 B4 H1 I1

　　　　　　　Ⅳ. ↑ A19 B4 G1 + ↓ F1 K13 ── U

（2）说明分析

反角红眼子试图诱骗（η1），主角万生没有上当（θ-）。捐助者老铁匠故意说错价钱，来考验主角（D11），主角通过了考验（E11），获赠宝袋（F1）。红眼子再次诱骗（η1）不果（θ-），便向县官密报（A20：其他恶行）。县官将万生抓去，下达了灾难通告：拿不出刀剑就取他性命（B4）。万生利用魔物逃脱灾难（K10），杀死了县官（U）。武状元带兵前来（A19：反角宣战），再次出现灾难（B4）。万生与御林军人马交战（H1），击败了御林军及武状元（I1）。万生出门（↑）找到师傅，得知文状元又宣战（A19），灾难再度出现（B4）。老铁匠带万生返回（G1+↓），将魔物（炉灰）直接交给万生（F1），终于消除了灾难（K13），红眼子和文状元均受到惩罚（U）。

故事共有四个序列，在第一个序列将近结束时，接续插入三个由不同反角恶行引发的新序列。老铁匠在第一、第四序列中是魔物的捐助者，同时在第四序列中充当助手角色。在本书研究的50个故事中，该故事的反角数目最多，四个反角（红眼子、县官、武状元和文状元）分别在四个序列中充当恶行的实施者。

故事编号：15
故事出处：《民间文学》1956年第10期
故事记录：孙剑冰
流传地区：内蒙古

有个讨吃的，有个鞭杆子

有个讨吃的，有个鞭杆子，鞭杆子是个讨吃的，讨吃的也是个鞭杆子。

天晚了，两人下到一个店里，讨吃的不痛快，叫鞭杆子给他扎针，扎好了，两人就结拜了。讨吃的是老大，鞭杆子是老二。

两人打算上山砍柴。那天他们正在山上捆柴，迎头刮来一股通天的旋风，风中有个妖怪背着个穿红衣的女子（A1）。二人要开大斧向风中劈去，讨吃的劈下来一只绣鞋，鞭杆子劈得妖孽流出一股腥血。

天又晚了，两个就回了。

皇帝的闺女叫大风刮跑了。皇帝张榜说，谁能找回他的女儿，要金给金，要银给银，想做官做官，要娶他闺女就娶他闺女（B1）。

讨吃的和鞭杆子把榜扯了。皇帝就问他俩："你们能找到我闺女？""能哩！"讨吃的说（C）。

拿上干粮和盘缠，他们就出发顺着山头的血迹寻来了（↑）。

不知走了多少日子，来到个黑老山谷里。有户人家，老婆老汉两个，正哭着给一个男娃剃头哩。

鞭杆子问为什么哭。"今黑夜要把这小子送给九头蟒，要不全村都遭殃。"

"两位老人家别害怕，俺弟兄替这娃娃。"

鞭杆子晚上到庙堂，把来领人的妖怪用斧头劈出桶粗一股血（H1）。卷走一阵黑风不见了（I6）。鞭杆子也回了。

第二天，他俩又出发顺着新旧血迹寻来了。

走进个老荒山窝，见血迹顺着一个石洞下去了（G6）。俩人商量好，老大就叫老二下。鞭杆子顺绳吊下到洞底就往前走。

皇姑见到鞭杆子，得知缘由，让鞭杆子先杀妖怪："它枕着把一百二十斤的大刀，你举刀砍它的正头，再把身子剁成几截，它就死了。"鞭杆子进去举刀砍死了妖怪（I5）。二人跑到洞口底下（K10），争着让对方先吊上去。

皇姑答应先上，问鞭杆子想要什么。鞭杆子说要和她成婚。皇姑把一只金镯子一掰两半，拿两块花手叉包了，给鞭杆子一半（J2），自己留一半，说："咱二人上去成婚，以这为记。"

讨吃的把皇姑拉上来，一看皇姑生得好，变心了，搬了块大石头朝洞里猛一掼（A14），要不是鞭杆子躲得快，就把他砸死了。

鞭杆子在洞底串到个地方，见铁柱上锁着一条小白龙。龙直向他点头，怪可怜的（D4）。按小白龙的指点，鞭杆子拿到天书救下小白龙（E4），小白龙变成个小后生，说自己是五海老龙的三小子，那天出来行云布雨被九头蟒打下地狱，"你救了我，咱们就是兄弟"。

鞭杆子骑着小白龙飞出洞，来到一个孤岛。又坐上二骡轿车子。小白龙给他大哥说："回头我爹给你金银你不要要，就要他背后墙上那个瓢葫芦，说拿上耍个几天再还他。"见到五海龙王，喜得不行，就留鞭杆子住了下来。

讨吃的招驸马去了（L）。皇姑知道他是个灰猴，就叫皇帝问他：

"你有什么表记？"

"我没有表记。"

"那你是假的，给你五十两银子，自己讨老婆去吧。"（Ex）

鞭杆子在龙宫住着，想回家。龙王给他金银都不要，就要拿瓢葫芦，龙王给了他。他兄弟告他："你想要什么就弹他一指头，吹一口气，就要吧。"（F1）路上鞭杆子走累了，就掏出瓢葫芦，弹了一指头，吹了一口气，要了辆二骡轿车子赶起走了。天黑了，他下店。一高兴，给瓢葫芦要来龙宫十二美女，又弹又唱。这是家贼店，叫刽子手听见了，进来一看，只有他一人，都说奇怪，认定他有宝，就先将他捆起，搜来搜去，搜出个瓢葫芦和一团花手叉，刽子手齐拿上了（A2）。反手将鞭杆子压在大石槽底下（A15）。鞭杆子叫他兄弟三声，小白龙来了，变成只猫，找到瓢葫芦、手叉金镯，衔起就跑，刽子手就断，猫要了一对兵，把刽子手捆上了（U）。小白龙救出他大哥（K10），又分手了。

鞭杆子招亲去呀，皇姑一看，乐得说："我丈夫来啦。"

皇帝问他俩有啥为证。二人拿出金镯子往起一对，正好好（Q）。

皇帝说："这是真的。"这就拜了花堂（W3）。

鞭杆子和老婆回家看他妈去（↓）。离家剩一里路了，就给葫芦要了处大院子。第二天把妈接来。

第二天，鞭杆子请结拜大哥吃饭，给葫芦要了桌上好的酒席。他结拜大哥、大嫂趁他出去，想偷墙上的葫芦，讨吃的老婆骑在讨吃的肩膀上，往起站一节，那东西往上高一节，最后鼻子碰到墙上，和墙头长在一起了。讨吃的往外跑，一头撞在门上，想动也不能动，脑眉骨长在门框上了。

瓢葫芦的期限满了，鞭杆子将要用的东西一起要下，瓢葫芦就飞回龙宫了。

讨吃的夫妇俩也下来了，一个鼻子二尺长，一个眼窝长到顶皮上（U）。

故事形态分析

（1）功能图式

Ⅰ. A1 B1 C ↑ H1 I6 G6 I5 K10 J2 —————————— Q W3 ↓

Ⅱ. A14 D4 E4 L Ex F1 —————————— U

Ⅲ. A2 A15 U K10

（2）说明分析

故事开始，妖怪抢走皇姑，做出恶行（A1）。皇帝发布求援通告（B1），讨吃的和鞭杆子应承下来（C），出发去寻找（↑）。鞭杆子与妖怪搏斗，打跑了妖怪（I6）。鞭杆子循血迹到洞底（G6），未经战斗就杀死了妖怪（I5），最初的灾难得以消除（K10）。鞭杆子得到定情的金镯子，实际是被标记（J2）。讨吃的变心杀人，做出恶行（A14）。小白龙求救是一种考验（D4），鞭杆子设法解救小白龙（E4）。讨吃的冒功邀赏（L：假主角提出无理要求），结果被人识破（Ex）。鞭杆子获赠魔物（F1），却被刽子手抢走（A2）并囚禁（A15），小白龙赶来惩罚了刽子手（U），救出了鞭杆子（K10）。鞭杆子凭信物被确认（Q），与皇姑成亲（W3），返家探母（↓）。最后讨吃的受到惩罚（U）。

这是一个由三个序列交错组成的复合故事。在第一个序列未结束时插入第二序列，而在第二序列中又插入整个第三序列和第一序列的结尾部分。三个序列中"反角"不同，分别为妖怪、讨吃的和刽子手，其中讨吃的又是假主角。主角是鞭杆子，皇帝、皇姑、龙王、小白龙分别充当差遣者、被寻求者、捐助者和助手的角色，普罗普界定的民间故事七种角色均有出现，这在本书所涉及的 50 个故事中是仅有的。

故事编号：16
故事出处：《山东民间文学资料汇编》
　　　　　中国民间文艺研究会山东分会、山东大学民间文学教研室编，1982 年
故事记录：简涛　学广　光乐
流传地区：山东

金指头

传说早年在沂河边上，有个要饭的名叫王得宝。这天他在路上碰见一个老和尚，见这个老和尚的耳朵透亮闪光，觉得这个人有不凡之气，便跟着走，一连走了十五天。老和尚问他，王得宝说要拜他为师（a6）。

老和尚说："收你不难，不知你有没有真心。"（D2）

"我有真心。"

"你想学点什么呢？"

王得宝说："如今穷人得病的多，又没有钱请医抓药，我想学个医生，给他们治病，不收他们的钱。"（E2）老和尚说："那不难，快把你的右拇指放进我的嘴。"

王得宝照办了，不大功夫，他抽回手指，原来的肉红色已经变成了金黄色了（F1）。老和尚说："今后你这个手指头就能治病了，不管什么病，一摸拉就好。你给人治病是不要钱的，倘若食言，佛法不容。"（γ1）说完不见了。

天要黑了，王得宝走到山下神庙碰见一个要饭的瘸子和一个瞎子。吃完他们要来的饭，应两人之求用金手指治好了他们的瞎眼和瘸腿。消息很快在山下村子里传开。王得宝又治好了鲁掌柜儿子的罗锅驼背（K13）。

在一千多里路远的地方，有个高员外，生个闺女二十八岁还瘫在床上，送到王得宝处（M），用金手指一摸拉就好了（N），高员外为答谢，把女儿许给王得宝（W*）。

结婚后，妻子就经常劝王得宝收点钱，王得宝总是拒绝。后妻子说自己有喜了，为孩子将来的生计也应收钱，渐渐地王得宝开始收钱，到后来更是没钱就不动手（δ1）。两年下去，他的土地论了顷，骡马成了群，建了一所像样的宅子。

这一天，从北边来了个要饭的，见了王得宝就说："我不小心把腿折断了，听说你给穷人治病不要钱，我走了半年才来到这里，你给我治治吧。"（*D7）

王得宝冷冷地说："你这个病，没有两只金元宝治不好，要是花不上，死就死去，只要别在这地方死就行。"（E7-）要饭的从破席包中拿出两个金元宝。王得宝这才给他治好了腿。要饭的又拿出一些银子，求王得宝给治治喉咙眼。王得宝把金手指续到他的嗓子眼里，那要饭老头猛地把嘴一合，把王得宝的金手指齐根咬了下来（F=）。那要饭老头把棉帽一揭，正是恩师到了。王得宝顿时吓得魂出九窍坐在地上（U）。老和尚用手一指，他的金银财宝、红堂瓦舍转眼无影无踪，只剩下原来那根要饭棍，四周是一片荒山野坡。

故事形态分析

（1）功能图式

Ⅰ. a6 D2 E2 F1 γ1 K13 M N W*

Ⅱ. δ1 *D7 E7 – F = U

（2）说明分析

故事开始，王得宝欲拜师，可视为某种缺乏（a6）。老和尚问话考验（D2），王得宝作出许诺（E2），得到魔物（F1），老和尚接着下达禁令（γ1）。王得宝借助魔物治病，达到了最初拜师之目的（K13）。高员外让王得宝诊治病女，实际是出难题（M），王得宝解决了难题（N），得以与高员外之女成亲（W*）。王得宝开始收钱治病，违反了禁令（δ1），老和尚再度考验之（*D7），王得宝未能通过考验（E7 –），结果失去了魔物（F =），并受到了惩罚（U）。

故事包含两个接续的序列，结局一正一反，构成一个单一故事。老和尚是捐助者，而第一序列里的主角和第二序列里的反角，均由同一出场人物（王得宝）充当。

故事编号：17
故事出处：《民间文学》1961 年第 4 期
故事记录：曹吉林
流传地区：不详

铁锁救太阳

故事发生在很早以前，聂村有个叫聂范公的老人和一个老婆婆住在一间茅屋里。他为人好，人称"好公公"。他是年过半百的人了，还不见有个孩子，他天天愁眉苦脸，成天想着孩子。

有一天，老婆婆从河边淘米回来，偶然吃下了一颗熟梅子，回家后肚子就大了起来。后来生了个小子，起名叫铁锁。

铁锁快二十岁时，父母都去世了（β2）。铁锁力大无比，开了新田就分给乡亲们。

这天，铁锁上北边荒野去开荒。忽听石头下有人说话，"东海龙精要到南山龟精处做客，打算把太阳劫到洞里去照亮，它们的人头宴要开十万年，那太阳要让万年千金锁锁上，除非从西方盘精山上的蛤蟆精胆里取来'千年陈稻粒'，喂给北面公鸡山上的公鸡怪吃，它吐出金钥匙来，才能打开那大锁，太阳才能出来"（B4）。

乡亲们知道此事，都慌了手脚。铁锁看见乡亲们有难，说："老乡们，俺去救太阳，救不下来是熊种！"（C）这时天刷的一下黑了起来（A5），飞沙走石，冷得人们浑身发抖。铁锁就上路了。（↑）

铁锁走了三十多天，来到一座山脚下。从一只老鸦处得知：只要把东山大毛竹上蛤蟆精的生灵摔破，就能制服它。铁锁取到大毛竹上的蛋，爬到山顶的洞口，把蛋一摔（D9），立刻从洞里滚出一个怪物，喷口气死了（E9）。铁锁从它的胆里取出"千年陈稻粒"。又过了四五十天，来到公鸡山。他抓住一只公鸡的鸡爪飞上山，溜进楼阁，把"千年陈稻粒"放进盆里让大老公鸡吃了。铁锁接住公鸡吐出的金钥匙（F10），又往南山走去。

走了二十天，来到一个村子里，只见尸骨成山，鲜血成河。一个老太太告诉他：那天来了一条乌龙，把全村人的头都摘下来了（A14）。铁锁说："大娘，我替大伙报仇去。"（C）"孩子，你还小，不能去。"（d7）"我一定要去。"（E7）"孩子记住：龙王有三法——水法、石法、火法，我这里有四件宝，让它帮你的忙吧。"她从草垛里拿出一条丝带，一根挂棍，一件破衣裳，一把缺刃的菜刀，教给了他使用的方法（F1），一转身就不见了。铁锁又走了十天十夜，来到一条大河边，扎好丝带下到河里，河水分开一条路，他忍冷过了河。又来到一条火沟子，他穿起那件破衣服跳入火沟，忍着火烧过了沟。

这天，到了一座高山下。看见一只小黄雀把腿摔断了，就把它的腿扎好，老黄雀为报答铁锁，就领他找到龙精的住处（G3）。铁锁向龙精挑战（H1），龙精吐出一口水，又吐出石头块，喷出大火，都失败了（I1）。铁锁抓住龙须，掏出菜刀用力一砍，杀死了龙精（U）。又把龟精捆好。铁锁顺着地道找到太阳，用金钥匙打开了"万年千金锁"。太阳说自己被妖气熏黑，要用鲜人血全身擦一遍才能恢复光明（M）。铁锁用刀在腿上一划，用流出的血擦太阳。太阳越来越亮（N），铁锁的血却越来越少。太阳升起，人间又恢复了光明（K5）。铁锁据说化成了一朵红云，升上了天空。

故事形态分析

（1）功能图式

Ⅰ. β2 B4 C A5 ↑ D9 E9 F10 ——————｜ G3 H1 I1 U M N K5
Ⅱ. A14 C d7 E7 F1 —｜

（2）说明分析

故事开始，主角铁锁父母去世（β2）。铁锁闻知灾难通告：太阳要被劫走（B4），他决心去救太阳（C）。这时天黑下来，表明劫走太阳的恶行已实施（A5）。主角出发（↑），与怪物战斗是一种考验（D9），他通过考验（E9）获得魔物（F10）。乌龙又做出杀人恶行（A14），铁锁决心复仇（C）。老太太问话考验（d7），铁锁应答（E7），又获赠几样魔物。老黄雀将他领到目的地（G3），与反角龙精展开战斗（H1），结果打败了龙精（I1），并将之杀死，反角受到了惩罚（U）。故事到此并未结束，又出现一个难题（M），铁锁用自己的血解决了难题（N），最初的灾难才被消除（K5）。

故事的第一序列中间，插入了由新的恶行（A14）引发的第二个序列，但两个序列的反角相同，故合成共同的结尾。故事结尾的功能顺序较为特殊：作为故事常见结尾的（U）被放在功能对难题—解题（M－N）和灾难消除（K5）的前面。两个序列中各有一个捐助者：公鸡和老太太，而太阳是被寻求者。

故事编号：18
故事出处：《民间文学》1961年第4期
故事记录：湘江
流传地区：河北怀柔一带

施勇成亲

老早以前，有个年轻小伙叫施勇。他父母去世很早（β2），他一个人住着三间破草房，靠打柴过日子。

正月十五他上山打柴，忽然从西北刮来一股黑风，隐约看见一个像狐狸的怪物用尾巴卷着一个女人（A1）。施勇挥斧砍去，黑风叫一声向东南去了。

施勇沿着地上的血迹一路追踪，找到一个洞口。夜深了，他沿原路回了家。

施勇早上进城卖柴，听说三皇姑被妖风摄走了。城里张贴皇榜：谁能救回三皇姑有赏，要是年轻人就招为驸马（B1）。

施勇揭了皇榜。皇上问："你能救三皇姑么？"施勇回答："我能。"（C）

第二天，施勇腰别板斧，怀揣两只鸽子，带着五百御林军，抬着滑车出发了。（↑）

来到洞口，施勇坐滑车下到洞底。一道加锁金门挡住了去路。门边锁着一只蜜蜂，掉泪说："你把我放开吧，我让你进去。"（D4）施勇砍断锁链（E4）。蜜蜂是被妖怪捉来的蜂王，把金门撬开了，说："以后你要是遇着大灾大难，有用我的地方，你就朝空中喊三声'小蜜蜂'，我就来了。"（F9）说完化阵黄风去了。

施勇走着走着，又一道银门拦住了去路。门边锁着一条小白龙，掉泪说："你把我放开吧，我让你进去。"（D4）施勇砍断锁链（E4）。小白龙是被妖怪捉来的东海龙王的三太子，把银门打开了，说："以后你要是遇着大灾大难，有用我的地方，就朝空中喊三声'小白龙'，我就来了。"（F9）说完化阵清风去了。

施勇走着走着，又一道铜门拦住了去路。门边锁着一头大野猪，掉泪说："你把我放开吧，我让你进去。"（D4）施勇砍断锁链（E4）。大野猪是被妖怪捉来的野猪精，把铜门拱开了，说："以后你要是遇着大灾大难，有用我的地方，你就朝空中喊三声'猪大哥'，我就来了。"（F9）说完化阵红风去了。

施勇走着走着，又一道铁门拦住了去路。门边锁着一大蚂蚁，掉着泪说："你把我放开吧，我让你进去。"（D4）施勇砍断锁链（E4）。大蚂蚁是被妖怪捉来的蚂蚁王，把铁门顶开了，说："以后你要是遇着大灾大难，有用我的地方，你就朝空中喊三声'蚂蚁大哥'，我就来了。"（F9）说完化阵黑风去了。

施勇走着走着，又一道锡门拦住了去路。门边锁着一只大白蝴蝶，掉泪说："你把我放开吧，我让你进去。"（D4）施勇砍断锁链（E4）。大白蝴蝶是被妖怪捉来的蝴蝶精，把锡门打开了，说："以后你要是遇着大灾大难，有用到我的地方，你就朝空中喊三声'蝴蝶大姐'，我就来了。"（F9）说完化阵白风去了。

施勇在河边碰到三皇姑，三皇姑把玉镯给他做定礼（J2）。三皇姑带着施勇找到妖怪，三皇姑借给妖怪洗伤之机用布条缠住妖怪的眼，施勇举斧砍下了妖怪的头（I5）。

二人来到洞底，三皇姑坐滑车先上（K1）。皇上变了心，令人把洞口堵上了（A13）。

施勇在洞底叫来小白龙，小白龙背着施勇飞出洞，来到龙宫。过了三天，小白龙又把施勇送到皇城（G1）。皇上不愿把女儿嫁给他，就说："我有十亩没耕的御地，不给你犁和牛，限你一夜耕出来，还要翻三尺深，耕出来我就把女儿嫁给你，耕不出来就杀了你。"（M）

施勇回去喊来猪大哥。猪大哥召来一群野猪，不到半个小时把地拱好了。（N）

皇上又说："我把二斗小米撒在土里，限你一夜都捡起来，一粒不少，捡起来就让你们成亲，少一粒就杀你的头。"（M）

晚上，施勇喊来蚂蚁大哥。蚂蚁大哥叫来成群蚂蚁，把小米粒全捡了出来。（N）

皇上又说："我有九个女儿，都长得一模一样，明早在御花园里排起来，你认出哪个是三皇姑，就领去，认错了就杀了你。"（M）

晚上，施勇叫来蝴蝶大姐帮忙。第二天见了九个皇姑，白蝴蝶落在第三个皇姑头上，施勇上前拉住，认出了三皇姑。（N）

当晚施勇和三皇姑成了亲（W3）。娘娘进来，告诉他们皇上今夜要暗害施勇（A13）。二人忙逃出城。皇上领着人马在后面追（Pr6）。

前有大河，后有追兵，施勇忙喊来小蜜蜂。蜜蜂迎着官兵蛰下去，众官兵丢盔卸甲跑回去了（Rs11）。皇上也被蛰得不能动弹了（U）。

施勇和三皇姑回到家（↓），相亲相爱过日子，过了一年，三皇姑生了一对白胖小子。

故事形态分析

(1) 功能图式

$$\text{I} . \ \beta2 \ A1 \ B1 \ C \uparrow \ (D4 \ E4 \ F9) \ J2 \ I5 \ K1 \text{———————} | \ W3$$

Ⅱ. A13 G1（M N）— | ——————— | U↓
Ⅲ. A13 Pr6 Rs11 — |

（2）说明分析

许多民间故事一开始就交代主角的父母双亡，本故事也不例外（β2）。妖怪抢人，做出恶行（A1）。皇上发布灾难通告（B1），主角施勇揭了皇榜（C），次日出发（↑）。五个捐助者分别进行考验（D4），主角皆接受之（E4），得以获赠魔物（F9）。主角获赠玉镯而被标记（J2），未经战斗就杀死了妖怪（I5），救出皇姑，最初的灾难被消除（K1）。皇上下令谋杀，犯下恶行（A13）。主角施勇被转送到皇城（G1），皇上三次出难题（M），均被主角解决（N），得以与皇姑成亲（W3）。皇上再次欲杀施勇（A13），领兵追捕（Pr6），施勇在蜜蜂的帮助下逃脱（Rs11），反角皇上受到惩罚（U），主角至此方得以返家（↓）。

故事共有三个序列。第二个序列中主角成亲（W3），既是本序列解决难题（M N）的结果，又与第一序列有关联，因为最初的灾难通告（B1）中已有招为驸马的许诺，皇姑亦有定礼相赠（J2），因此成亲（W3）又是第一序列的结局。第二序列与第三序列有共同的结局，即反角受到惩罚（U）。故事中的五个捐助者，同时均充当助手的角色。

故事编号：19
故事出处：《聊斋汉子》
故事记录：董均伦　江源
流传地区：山东

大冬瓜

有一个庄里，一家子，弟兄两个过日子。哥哥一肚子坏心眼。弟弟心眼好，和一个长得很俊的姑娘结了婚，快快活活过日子。

哥哥要分家。统共只有三亩地，哥哥要了两亩长枝地，余下平分，弟弟只分了半亩。（a5）

开春，弟弟把半亩地种上了瓜。地头结了个冬瓜，后来长得跟小屋一样大。弟弟一直守在瓜地。

一天晚上下大雨，媳妇到瓜地让他回去，他要看瓜不回。媳妇走后他就躲进冬瓜里睡觉。半夜豺狼虎豹来了,把瓜抬到一座大庙里。趁豺狼虎豹出去打柴,弟弟出来躲到泥胎后面。

那些动物回来把瓜烧熟了,猴子说:"这回可得把咱那宝器拿出来,要个饽饽就着吃。"猴子出去拿了个小铜锣来,敲着说:"铜锣!饽饽快来!"

眨眼工夫,地下堆了一大堆饽饽,老虎忙说:"够了,敲碎了就了不得啦。"(γ1)

弟弟冲出来抢起铁索鞭把豺狼虎豹打跑(E9),拿起小铜锣往外跑(F8),天晌午才跑到家。媳妇不信有宝器,弟弟便用小铜锣要来饺子,小两口吃得饱饱的(K6)。

哥哥成天吃喝玩乐,把家里东西都卖光了,就到弟弟家来想赖些东西。见弟弟变出一锅面条,便问:"你怎么想药死我?怎么没动烟火就出来面条啦?还不知是些什么东西呢!"(ξ1)弟弟忙把得宝的事原原本本告诉了哥哥(ζ1)。

哥哥想把弟弟灌醉,把宝器骗来(a5)。弟弟却要去打柴,说:"有了吃穿更应干活,那宝器敲的回数多就碎了。"(γ1)

春天要刨地,弟弟敲铜锣要来一头黄牛。这时哥哥在外面猛一咋呼,黄牛受惊蹿出去,弟弟跟着跑去赶牛。

哥哥把宝器揣在怀里就跑回家(A2)。他使劲敲着宝器说:"铜锣,金子来!"地上顿时堆上了一堆金子。"铜锣,银子来!"地上又堆了一堆银子(K6)。

他不断地狠敲(δ1),金银埋到了腰。小铜锣被敲碎了,敲碎的地方变成一个大洞,从洞里冒出一股旋风,旋出了大的小的石头,打在他身上,他被金银埋住而逃脱不得(U)。

弟弟和媳妇把牛赶回来,见哥哥的屋变成一座大山,哥哥和宝器都不见了。

弟弟使牛去耕地,两口子还是靠劳动过日子。

故事形态分析

(1) 功能图式

Ⅰ. a5 γ1 E9 F8 K6

Ⅱ. ξ1 ζ1 a5 γ1 A2 K6 δ1 U

（2）说明分析

故事开始，主角弟弟只分到半亩地，表示缺乏的出现（a5）。他偶然知道了禁令（γ1），通过了考验（E9：战胜敌对者）得到了魔物（F8），从而消除了最初的缺乏（K6）。哥哥试探（ξ1）并获悉（ζ1）了魔物的秘密，欲用魔物获得金银，出现缺乏（a5）。弟弟下达禁令（γ1），哥哥拿走魔物，犯下罪行（A2）。哥哥虽使用魔物消除了缺乏（K6），但他由于贪心而违反了禁令（δ1），受到惩罚（U）。

故事由两个序列接续组成。角色方面，同大多数"兄弟分家"型故事一样：主角是弟弟，反角是哥哥。与大部分故事不同的是，魔物的拥有者是一群（而非一个）"豺狼虎豹"，它们与主角的搏斗应视为是对主角的考验，败走后将魔物留给主角，故实际上成为捐助者。

故事编号：20
故事出处：《聊斋汊子》
故事记录：董均伦　江源
流传地区：山东

三个儿子

许多年以前，咱这地方挺荒凉的，缺了水，就什么也不长了，看不见树，一刮风暴土满天，庄稼老是长不好（a5）。

有一个精明的老汉，有三个儿子。一天他到大北山打柴，见一块青石边长着一棵好谷子。老汉想青石下一准有什么缘故。

第二天，他带上了锤和凿子去凿那青石，没几天把凿子磨光了，可是连拳头那么大的青石也没凿进去。他回家收钢收铁打锤打凿，打的凿使铁页子捆了三大捆，打的锤使铁页子捆了两大捆。他对三个儿子说："这三捆凿、两捆锤，是我留给你们的宝器，就怕你们没这么大的福气。"

三个儿子都说："我们兄弟三个就没一个有福气的？"

老汉说："你们抬着这两捆锤、三捆凿，围着大北山右转三圈，左转三圈，把捆凿捆锤的铁页子磨断了算完。"

三个儿子问道："能这样，我们就有福了么？"

老汉说："不，这只是试一试。山脚下有一块青石，把这些凿锤磨光了，青石也就凿光了，你们就有好日子过了，说不定咱这地方的人都能好过了。"（D1）

三个儿子都说："爹，我们能办到。"

过了些日子，老汉死了（β2）。

三个儿子想着爹的话，抬起了三捆凿、两捆锤往大山那里走去。他们围着山才转了两圈，大儿子觉得累，不抬了，走了。

二儿和三儿抬着还往前走，右转完了三圈，左转了才两圈半，铁页子断了。两个儿子开始凿石头，震得手生疼。二儿子不凿走了。

三儿子留在那里，不知道凿了多少日子（E1）。

三儿子也有三个儿子，有一天他把他们叫到跟前说："我这么大的年纪，说不定什么时候就要死了。你爷爷说这青石下面是有宝器的，就怕你们没有这么大的福气。"

三个儿子都说："我们兄弟三个就没一个有福气的？"

爹说："青石我凿完了一大半了，你们把剩下的凿完，你们就有好日子过了，说不定咱这地方的人都能好过了。"（D1）

三个儿子都说："爹，我们能办到。"

过了些日子，爹死了（β2）。

三个儿子想着爹的话，到大山脚下凿青石去了。

一凿一冒火星，大儿子不凿了，把锤一扔走了。

凿了半天，二儿子也把锤一扔走了。

三儿子留在那里，不知道凿了多少日子（E1）。终于这一天来了，凿子、锤子磨光了，青石也快凿完了，他用手使劲一掀，青石被掀起来了，底下飞出两只凤凰向东南飞去（F6）。飞过的地方，起来了两道高高的大堤，两面一色青苍苍的树林。

三儿子又弯腰去挖，把一块石板提起来，清水流出来，向两道大堤中涌去了。

从这以后，咱这地方变样了，大伙引这河里的水浇地，谷穗子有一尺长，树也长起来了，刮风也没那些暴土了，天也没那么干旱了（K6）。

故事形态分析

（1）功能图式

a5（D1 β2 E1）F6 K6

（2）说明分析

故事开始出现缺乏（a5），接着是重复两次的考验（D1），接受考验（E4），中间插入功能 β2（父亲亡故）。通过考验而找到魔物（F6），从而使最初的缺乏得以消除（K6）。老汉和他的三儿子告诉下辈魔物的秘密，并提出考验的条件，故均是捐助者。

故事编号：21
故事出处：《河南民间故事集》
　　　　　中国民间文艺研究会河南分会、河南大学中文系编
　　　　　中国民间文艺出版社 1985 年版
故事记录：胡汉卿
流传地区：河南

宝珠

伏牛山下有一个很深的水潭，山上流下来一股泉水，长年不断。附近村里的老百姓，祖祖辈辈都吃这潭里的水，还用它浇庄稼苗儿。

一天，从悬崖上流下的这股泉水突然断流了（A7），停一阵，又流一阵，水潭里的水越来越少了。土地干得裂了缝，庄稼旱得卷了叶，大伙又焦急又发愁（a5）。

村里有个小伙子，胆大聪明，力气过人，一心想爬到悬崖上，去看个究竟，想让泉水长流，让乡亲们都过上好日子（C）。他不顾大伙的劝阻，背上猎枪拿上钢叉，向山上爬去（↑）。

他爬啊爬啊，终于爬到了山顶。山顶上有个大石洞，洞口有一条青龙。只见它一抬头，吐出个宝珠，泉水被挡住不流了，再一低头，吞下那个宝珠，水又流起来了。

过了一会，那条青龙又开始戏珠了。小伙子冲上前，把钢叉扎过去，正好把青龙的角钉在石缝上（D9）。小伙子跳到青龙背上就要打。

青龙就向小伙子求饶："我是东海龙王的儿子，在这游玩，为什么打我？请你放手吧。"（E9）

小伙子怒斥道："宝珠挡住流水的去路，老百姓怎么活？"青龙忙说："我有错，只要你放了我，我把宝珠送给你，啥时有山洪，你就用它挡住。啥时旱了，你就把它含在嘴里，眼睛一闭向东海喊我三声，我就一定前来行雨，决不迟误。"

青龙把宝珠吐给小伙子之后（F1），小伙子便拔下了钢叉，放青龙回东海去了。

小伙子捧着宝珠从山上下来（↓），大家都高兴得跳了起来。从此，山上的泉水又源源不断地流开了（K6）。

故事形态分析

（1）功能图式

A7 a5 C ↑ D9 E9 F1 ↓ K6

（2）说明分析

青龙截断泉水，做出恶行（A7），导致缺乏（a5）。主角（小伙子）决心反抗（C），出发上山（↑）。通过双方搏斗式的考验（D9 E9），获得魔物宝珠（F1），返回家园（↓），最初的缺乏得以消除（K6）。

这是一个单一序列的故事，功能的排列基本符合普罗普给出的顺序，只有最后两个功能位置颠倒。故事中的反角（青龙）并未受到惩罚，因为它同时又是魔物的捐助者。

故事编号：22
故事出处：《聊斋汊子》
故事记录：董均伦　江源
流传地区：山东

虎口屋

从前有个庄里住着娘儿两个，靠租地种过日子，揭不开锅那是常事（a5）。有一天吃早饭，娘儿两个只守着一个糠窝窝头，你推我让谁也舍不得吃。这时有一个讨饭的老妈妈到了门上，好几天没吃饭了（D7）。

娘儿两个把那个糠窝窝给她吃了（E7）。老妈妈又说她离这里还有七十多里路，自己怎么也走不到家啦（D7）。

大拴很乐意把老妈妈送回家。上了路，老妈妈就走不动了，大拴背着她，从早走到日头偏西，累得筋疲力尽，大拴还是一句怨言没有（E7）。又走了一阵，一片大湾挡住去路。老妈妈叫大拴放下她说："好心的小伙子，你送我到家啦，呆会儿从里出来个什么，你就拿着，那是我送给你的。"说完老妈妈向湾里一跳，没到水里了。

大拴什么也不顾就想往下跳。这时只见老妈妈从水里露出来，双手捧着一只花母鸡说："你不用为我担心了。我送你这只花母鸡，它愿意和你一块过日子。"（F1）说完就不见了。

大拴抱起鸡回了家。

明了天，大拴上坡去了。大拴娘掀开锅盖：锅里是黄黄的米面饼子，还蒸的有咸菜。左思右想不知是谁做的。

她挑上饭送到坡里给儿子，大拴听说也很奇怪。晌饭晚饭又是如此。娘儿俩从此有了饭吃，不再受饿（K6）。

过了些日子，做晌饭的时候，大拴娘偷看见花母鸡跳进门里，变成一个很俊的媳妇，灶门口冒了一阵烟，又变成花母鸡跑出去了。大拴娘把见到的都对儿子说了。

第二天，大拴偷偷躲在门后，待花母鸡变成媳妇，大拴猛地跑出来抱住了她（W*）。媳妇红了脸，说："咱两个可说定了，碰到什么事也不能三心二意。"（γ1）

大拴有了个好媳妇，传到这庄老尊长耳朵里了。

老尊长把大拴娘叫了去，骂她家伤风败俗，逼她回去把媳妇撵走。要不，过两天就把她儿子和媳妇活埋了（A9）。

大拴娘回到家，怎么也不愿意说出那样的话来，又难受又焦急，就得了急病，半天的工夫就不行了。临死嘱咐儿子媳妇："这里不能呆了，你们两个赶快去逃难吧！"（B4）

大拴和媳妇埋了娘（β2），便向远远的大山里奔去了。

这天来到大山半腰，迎面起了一阵旋风，一条青龙向他俩扑来。大拴吓得浑身直抖，媳妇用身子挡住他，拾起一块石头扔过去，打在龙眼上。龙逃了，旋风也止了。

大拴想起刚才的情景来，不觉说道："从来也没受到这样的惊吓。"（δ1）媳妇脸色忽然变了，冷冷地说道："你也不用后悔。我走了，你要回就回吧！从今以后我再不带累你了。"

大拴要解说，她却如飞一样地走了。他赶着赶着就看不见她的身影了（a1）。

大拴爬山翻沟，还没找到媳妇，他还是往前走（↑）。

一直找了三年，在一个山洞里碰到一只大老虎，大拴忘了害怕，问："老虎！你看到我媳妇了吗？"

老虎张开口，只见媳妇在虎口里坐着（D11）。大拴想也没想，扳着虎牙就跳了进去（E11）。

从这以后，那老虎张着口，大拴夫妻两个就把虎口当屋过起日子来（K13＋W2）。虎口慢慢变成石头的了。大拴和媳妇的孩子生了孩子，孩子又生了孩子，到现在已经是个大庄了，庄名就叫"虎口屋"。

故事形态分析

（1）功能图式

Ⅰ. a5（D7 E7）F1 K6 W*

Ⅱ. γ1 A9 B4 β2 δ1 a1 ↑ D11 E11 K13＋W2

（2）说明分析

故事一开始就表明缺乏（a5）。讨饭的老妈妈作为魔物的捐助者，两次考验主角（D7），主角均通过考验（E7），从而获赠魔物（F1），缺乏得以消除（K6）并成亲（W*）。媳妇提出成亲的条件，实际是下达禁令（γ1）。老尊长威胁杀人，做出恶行（A9），大拴娘通报灾难（B4）后死去（β2）。夫妻出发（↑），大拴在危险关头吓得发抖，违反了当初成亲时的禁令（δ1），从而导致妻子出走，缺乏出现（a1），大拴出发寻妻（↑），路遇妻子坐在虎口内，这自然是对大拴胆量的考验（D11）。大拴曾因胆怯而失去妻子，这次为了得到妻子，不顾一切跳入虎口（E11），通过了考验，从而与妻子复合，缺乏亦被消除（K13＋W2）。

故事由两个序列持续而成。第二序列中，恶行（A9）的实施者并未受到惩罚，即功能（U）最后未出现，这是较少见的情况。或许是由于缺乏（a1）并非为反角的恶行（A9）所直接导致，而是主角违禁（δ1）的结果，故事讲述者便可以忽略反角的结局。

故事编号：23
故事出处：《河南民间故事集》
　　　　　中国民间文艺研究会河南分会、河南大学中文系编
　　　　　中国民间文艺出版社 1985 年版
故事记录：宋宇鹏　腾云
流传地区：河南

李宝和翠翠

从前有一个孩子叫李宝，他从小死了亲娘（β2），跟着后娘过日子。后娘惦记着家产，总想把李宝害死，让自己亲生儿子独得家财。

有一天，后娘说："宝子，你如今长大了，该娶媳妇了，可咱家太穷，要赶快想个办法积攒些钱，好娶个媳妇。今年我给你一头公牛、一头母牛，你赶上山去放，等到生够一百头小牛犊时再赶回来，卖了钱给你娶个媳妇。你要是等不及提前回来了，我决不养你这个没出息的孩子，决不叫你进家门。"（A14* + B2）

李宝知道这是后娘要害死他定的毒计，无奈咬牙答应了（C）。

当天，李宝就赶着牛挑着行李上山了（↑），在一片山坡中间的山神庙里收拾住下。

一天早饭后李宝上山放牛，忽见一条青蛇和一条白蛇在打架（D11）。李宝用鞭子向中间猛一抽打（E11），两条蛇受惊掉头窜了。

第二天李宝又上山放牛，碰见一个人，穿一身青，说："我叫青青，昨天和白白在这打架，要不是你救了我，我就给咬死了。俺爹娘请你到我家玩一玩。"

李宝担心放的牛。青青说："你的牛没了，包赔你一百头大叫驴。"李宝跟着青青来到一个大山洞。青青说："这就是俺的家。俺爹要送你东西，你就要门后挂的那根枣木棒，如你遇见豺狼虎豹、土匪强盗，你只把神棒往天上一扔说：'神棒！神棒！显威风！保护李宝得太平！'它就能把伤害你的猛兽和强盗打死。"青青的父母招待李宝吃饱喝足，还要送李宝礼物，李宝要那根枣木棒子，青青的爹答应了（F1）。

青青送李宝出来，说："昨天我和白白打架，是为了要他家那盆玉簪花。他家要酬谢你时，你什么也别要，单要他家那盆玉簪花。"说完变成蛇走了。

第二天碰到一个全身穿白的青年。青年说："我叫白白。前天你救了我，请你到我家玩一玩。"

李宝担心放的牛。白白说："你的牛没了，包赔你一百匹马。"

李宝跟着白白来到一个大山洞。白白说："这就是我的家。"

吃完饭，白白的父母要送李宝金子和珍珠，李宝要那盆玉簪花。白白的父母最后同意了（F1），说："你要好好对待它，千万不要为难它！"

李宝端花回庙，忽听有人叫他："我叫翠翠，是白白的姐姐，刚才你端的花，就是我。我知道你是个好心人，一月来我天天都来偷看你。青青是我表哥，总想让我嫁给他，我不愿意，叫白白告他，他竟和白白打起来了。"

翠翠变出食物家具，他俩便成了一对亲热夫妻了（W*）。

翠翠再三劝他回家，李宝就同意了。来到村头，翠翠拿过李宝的鞭子说："东一鞭，西一鞭，一百头小牛来这边！"转眼跑来一百头小牛（K6）。

李宝到了家院（↓）。后娘没害成李宝，夜里又想出一条毒计，急忙起床开门走了。

第二天早上，李宝家突然闯进几个衙役来，嚷道："李宝！你娘告了你，抢劫牛群，拐骗人家大闺女，大老爷叫你立刻到大堂听审！"一面说，一面用绳子将李宝捆住，赶着牛带着翠翠回城了。

在大堂上，后娘说李宝是强盗，拐骗了翠翠（A20）。翠翠说从小跟爹爹学过法术，用法术弄来了这一百头小牛。后娘说："大老爷，可不能相信她的胡言乱语，要是能用法术把这一百头牛弄走，才算她说的是真话。"

县官听了，就令翠翠立即把牛送走，如送不走，就要和李宝一起治罪（M）。翠翠提起鞭子到牛群前，一面抽打一面说："东一鞭，西一鞭，一百头小牛回深山！"眨眼间庭院中一根牛毛也找不到了（N）。县官只好判翠翠和李宝无罪，并把李宝的后娘打了四十大板。后娘当堂就断了气（U）。

县官要把翠翠抢过来当小老婆。这天他点齐了兵马亲自去抢亲

（A1），围住了李宝的院子。只见李宝拿出枣木棒来，往天上一扔说："神棒！神棒！显威风！保护李宝得太平！"那神棒指东打东，指西打西（H1），不大一会工夫，就把县官和兵马都打死了（I1＋U）。从此，李宝和翠翠过着幸福美满的生活。

故事形态分析

（1）功能图式

$\text{I}. \beta2\ A14^* + B2\ C \uparrow D11\ E11\ F1\ W^*\ K6 \downarrow \text{———} | \ U$

$\text{II}. A20\ M\ N \text{—} |$

$\text{III}. A1\ H1\ I1 + U$

（2）说明分析

主角李宝自小亲娘亡故（β2），反角后娘派李宝上山放牛，其实是欲害死他，构成复合功能（A14* ＋ B2）。主角李宝答应（C）并出发（↑）。青蛇白蛇打架是对主角的一种考验（D11），李宝做出反应，将蛇打散（E11），结果两次获得魔物（F1），与翠翠成亲（W*），最初的危机得以消除（K6），二人返回家院（↓）。后娘再设计诬告，做出恶行（A20）。县官出难题（M）并未难倒李宝和翠翠（N），只好惩罚反角（U）。县官抢亲，犯下恶行（A1），主角与之展开战斗（H1），打败官兵，县官亦受到惩罚（I1＋U）。

故事共有三个序列。第一、二序列均为同一反角的恶行所引发，以反角受到惩罚为共同的结局。第三序列亦为由恶行引起，只是实施者为另一反角。在第一序列里，反角同时又是差遣者；捐助者有两个，捐助了两项魔物（F1）。在第二序列中，翠翠帮助解决难题，充当了助手的角色。

故事编号：24
故事出处：《聊斋汉子》
故事记录：董均伦　江源
流传地区：山东

长鼻子

在离山很远的一个庄子里，住着一户人家，就两口子过日子。这一年遇上荒年，地里连种子也没收，到了来年种地的时候，把个小伙子愁得不得了（a5）。

只好到地主家去借粮，地主让他明天来拿。

当晚地主对老婆说："今春借他半斗高粱，秋天就要他那五亩地。把高粱种放在锅里炒炒，叫他种不出来。"（A3）

地主老婆炒高粱时，没留心一粒掉在锅台上，也盛进了斗里。

第二天地主对小伙子说："秋天你还不上我的粮，你那五亩地就归我了。"（η3）小伙子答应了（θ1）。

小伙子和老婆把地种上了，可只长出一棵。眼看高粱快熟了，小伙子天天守在那里。一天早上来了个老雕，叼起高粱穗子就飞，小伙子就在后面赶（↑），赶着赶着天黑了，老雕钻进大山的洞里去了（G3）。

小伙子爬到洞边的松树上过夜。不一会，狮子、狼、老虎、猴子等跑来了。猴子说："我还想吃点。"

老虎从松树根上扒出个铮亮的带把宝器，敲了两敲，念道："金头金把，敲两敲，酒菜饽饽一起来。"

转眼通红的食盒来了。野兽们吃完，又把宝器埋在松树根下，走了。小伙子爬下树，挖出宝器（F5）回家去了（↓）。

小伙子到了家和老婆说了，拿出宝器敲了两敲，念道："金头金把，敲两敲，半斗高粱快快来。"

说话工夫，半斗高粱就在眼前了（K6）。他拿上高粱就上地主家去了。地主问他："你的高粱种上没出，怎么有粮还我？"（ξ1）

小伙子从来不说谎，就原原本本告诉了他（ζ1）。

第二年地主也种上了一棵高粱，地主天天守在那里（a2）。这一天老雕飞来了，叼起高粱穗子就飞，地主也在后面赶（↑），天黑了，老雕又钻进大山里的洞里去了（G3）。

地主也爬到洞边的松树上。不一会，狮子、狼、老虎、猴子等跑来了。他们闻出了生人味，猴子跳上树，拧着地主的鼻子把他揪了下来。狼、老虎、猴子都上去拧着他的鼻子转几圈，把地主的鼻子拧了三丈长，才把他放了（F=）。

地主拖着鼻子跑回家（↓），到了水缸边，一不小心叫脚底下的鼻子绊了一下，一跟头竖在水缸里淹死了（U）。

故事形态分析

（1）功能图式

Ⅰ. a5 A3 η3 θ1 ↑ G3 F5 ↓ K6 ——————————————｜ U
　　　　Ⅱ. ξ1 ζ1 a2 ↑ G3 F = ↓ ——————｜

（2）说明分析

故事以出现缺乏（a5）开始。同故事11一样，反角的恶行是将种子炒熟（A3），并以此设下圈套，骗取主角的土地（η3），主角不知有诈，答应了反角地主的条件（θ1）。主角跟随老雕出发（↑），老雕将他引进山洞（G3），主角未经考验便获得了魔物（F5：魔物偶然落入主角手中），返回家来（↓），用宝物变出粮食，最初的缺乏得以消除（K6）。反角进行试探（ξ1），获悉了魔物的来历（ζ1），亦欲得到魔物，出现缺乏（a2）。他亦出发（↑），被老雕引进洞内（G3），但却未能获得魔物（F =）。回家（↓）后淹死，受到惩罚（U）。

故事的两个序列，第一个结尾是正向的，第二个是反向的，故为一单一故事，两个序列有共同的结尾。本篇故事与故事11显然是同一故事的两种异文，略加比较可见：本篇故事缺少禁令—违禁（γ-δ）、考验—反应（D-E）等功能，而这些功能在故事11中起着重要作用。这种同一故事不同异文中的变异，是民间故事流传过程中常见的现象。

故事编号：25
故事出处：《聊斋汊子》
故事记录：董均伦　江源
流传地区：山东

天女散花

从前有一个地方，有一座叫天门山的高山，山前有一个庄，庄里有一个地主，外号叫二胖子。他又贪又狠，恨不得把佃户打下来的粮食都装到自己囤里。

有一天，他叫伙计王斗赶着车去收租，到了一个庄里，二胖子嫌王斗车赶得慢，夺过鞭子抽马。街上有个老汉领着小孙子，躲避不及，那孩子

被大车撞死了。(A14)

晚上,王斗给牲口添草加料,想起白天死的那孩子,心如刀绞,掉下了眼泪(a6)。身边一头老牛说话了:"小伙子,你哭什么?"(D2)

王斗就把白天的事说了(E2)。老牛听了,张口吐出一粒葫芦种子(F1),说:"你把它种在天门山下,用不上一夜工夫,葫芦蔓子就能爬到山顶。你踏着叶子上到山顶,等着天女来散花,你只拾一朵鲜花就赶紧下来(γ1),千万记着,时间一长,那花就谢了。只要把这花放在孩子身边他就会活过来。"

王斗赶忙找到了那孩子的家,原来那老汉是孩子的亲爷爷。王斗安慰了他们一家人,就往天门山上跑去(↑)。到了山脚下,把葫芦种子种上了。眼看葫芦叶子越长越多,蔓子越长越高。王斗踏着叶子向上爬去。天明爬到山顶(G3),天女已飞到上面,伸手撒下鲜花。王斗拿起一朵花下山,那葫芦裂开了,撒出一些用钻石、珍珠等刻成的花朵,王斗怕花谢没去拾它们,风快地跑进了那个小孩家,把花放在小孩身边。小孩活了,身上的伤也全好了(K9)。

王斗想起那些宝物来,又去把宝物拿回来,分给了小孩家一半。

王斗回到二胖子家(↓),辞工不干了。没过两天,二胖子就全知道了(ζ4)。他忙赶着大车,朝他自己的孙子冲过去,大车把孩子轧成重伤(A14)。二胖子去给老牛添草加料,装着用手去擦眼泪(a5),老牛问他(D2),说车把他的小孙子轧死了(E2),老牛听了,也张口吐出一粒葫芦种子(F1),说:"你把它种在天门山下,用不上一夜工夫,葫芦蔓子就能爬上山顶。你踏着叶子上到山顶,等着天女来散花,你只拾一朵鲜花就赶紧下来(γ1),千万记着,时间一长,那花就谢了。只要把这花放在孩子身边他就会活过来。"

二胖子到了山脚下(↑),也把葫芦种子种上,不多一会发芽长叶了。二胖子踏着叶子往上上,天明也爬到山顶了(G3)。天女把花撒下来,二胖子拾了一大堆宝花玉花(δ1),下到山的半腰,葫芦蔓子折断了,二胖子跌到了山底。

这一天,他儿子和媳妇找到他的尸体,却没见到半点金珠宝玉,全是石头(K - +U)

故事形态分析

（1）功能图式

Ⅰ．A14 a6 D2 E2 F1 γ1 ↑ G3 K9 ↓ ——————————————｜ U

Ⅱ．ζ4 A14 a5 D2 E2 F1 γ1 ↑ G3 δ1 K- + ——｜

（2）说明分析

反角二胖子撞死孩子，犯下杀人恶行（A14）。主角王斗想念死去的孩子，缺乏出现（a6）。捐助者老牛的问话是一种考验（D2），王斗回应（E2），获得魔物葫芦种子（F1），并下达禁令（γ1）。王斗出发（↑），到达目的地（G3）。使小孩复活，最初的缺乏消除（K9），返回家来（↓）。反角获知此事（ζ4），再次犯下撞人恶行（A14），意欲获得金银珠宝，缺乏出现（a5）。接下来的经历与主角相同，但最后反角违反了禁令（δ1），结果缺乏未能消除，自己也受到惩罚，构成复合功能（K - + U）。

故事共有两个序列，其结局一为正向，一为反向，构成一个单一故事。同前面已分析的类似故事一样，在第一序列中下达的禁令（γ1），通常在第二序列中被反角违反。两个序列拥有共同的结局，即反角受到惩罚（U）。

故事编号：26
故事出处：《聊斋汉子》
故事记录：董均伦　江源
流传地区：山东

葫芦娃

从前有一个庄里，住着一个老妈妈，她只有闺女，叫春姐。

春姐长大了，模样俊，手艺巧。

一天，春姐正在院子里织布，一只被鹰啄伤的小燕子掉了下来，把腿摔断了（d7）。春姐很心疼，老妈妈说："雀鸟吃了朝阳花种，腿就会接起来的。"春姐就把小燕子养起来，给它吃朝阳花种（E7），果然过几天燕子的腿就好了。第二天，小燕子又飞回来，把一粒葫芦种送到春姐手里

(F1)。看着她种在柳树底下,才飞走了。

第三天早晨,春姐开门一看,葫芦蔓子长大了,结了一个绿玉样的小葫芦。她伸手一摸,葫芦崩开了,一个小娃娃掉在她手掌上。娘儿两个非常欢喜,给他起名叫葫芦娃。

葫芦娃只有一寸长,却是个勤快的好孩子。

这一天,春姐又在院子里织布,忽然从西北面刮来一阵大风,风过后春姐不见了(A1)。

老妈妈眼哭红了,泪哭干了。葫芦娃要去找春姐,老妈妈不放心。

葫芦娃说:"好妈妈,秤砣虽小压千斤,你不要为我担心。"

这时白蝴蝶飞过来,葫芦娃问:"你整天到处飞,你一定知道哪里有害人精,你一定知道大风把春姐刮到哪里去了。"(ξ3) 白蝴蝶说:"听说在很远的西北面,有一座很高的聚宝山,山上有一个绿脸妖怪,专抢天下的巧姑娘。"又说:"葫芦娃,千万去不得啊,听说那绿脸妖怪喝一声就山摇地动,吹口气就结成冰,要上那山比登天还难。"(ζ3)

不管葫芦娃怎么说,老妈妈还是不放他走。

葫芦娃对着蓝天叫道:"金翅鸟啊,你和我一块去吧!"

金翅鸟很愿意,飞到他跟前。

老妈妈还是不放心,葫芦娃对着柳树叫道:"百灵鸟啊,你也和我一块去吧!"百灵鸟也飞了下来。老妈妈嘱咐它们照顾好葫芦娃(B3)。

百灵鸟让葫芦娃坐在它的背上,与金翅鸟并排向西北面飞去(↑)。半路上金翅鸟因害怕而掉头飞回。

飞过草地,飞过沙漠,百灵鸟也飞回去了。

葫芦娃忍饥挨饿走了七天七夜。这一天看到了高大的聚宝山。

山顶的绿脸妖怪闻到有生人气,大喝一声,山摇地动,半山腰的冰块塌了下来。

葫芦娃走着走着,一股黑水挡住了去路。葫芦娃抓住树枝藤条漂了过去。

绿脸妖怪架起黑云飞到半山腰,吹了口气,大河、瀑布都冻住了(H1)。

从黑云里扑出一阵狂风,把葫芦娃吹向一个万丈深谷(I-),后被一颗马尾松接住。

正巧一只老雕从山谷飞过,葫芦娃跳到老雕背上,到了山顶(G1)。

找到了关在石头小屋里的春姐。

春姐告知开石屋的金钥匙在绿脸妖怪的手腕上。葫芦娃跳出石屋,走进绿脸妖怪的大殿。绿脸妖怪正在睡觉。葫芦娃解下了钥匙,却把绿脸妖怪惊醒了,用手来抓他(Pr6)。

葫芦娃躲进墙缝,又跳上了柱顶,绿脸妖怪抓不到他(Rs9),气极了,张嘴啃起大柱子来。大柱子都啃断了,大殿塌下来把绿脸妖怪砸死了(U)。

葫芦娃打开石屋门救出春姐(K10)。两人走着,眼前忽然闪出了一个明亮的山泉,葫芦娃正喝着山泉水,春姐忽叫:"葫芦娃呀!你怎么一下子长得这么高,这么大了啊!"果然他已长成一个高大壮实好看的小伙子。

葫芦娃和春姐高高兴兴地回了家(↓)。

故事形态分析

(1) 功能图式

d7 E7 F1 A1 ξ3 ζ3 B3 ↑ H1 I− G1 Pr6 Rs9 U K10 ↓

(2) 说明分析

小燕子是魔物的捐助者,它受伤落地,是对春姐的考验(d7),春姐为它治伤(E7),通过了考验,获得魔物(F1)。妖怪抢走春姐,做出恶行(A1)。主角葫芦娃试探(ξ3)并获悉(ζ3)反角的消息,得到了家人允诺后(B3)出发(↑),路遇反角妖怪,与之战斗(H1),主角战败(I−),由老雕转送到目的地(G1)。妖怪追捕主角(Pr6),主角逃脱(Rs9),反角妖怪被砸死,受到惩罚(U)。春姐得救,最初的灾难被消除(K10),主角和春姐返家(↓)。

在这类"葫芦娃""桃太郎"型故事里,主角本身就是身形奇小而本领高强的异人,因此主角自己并不获得魔物,通常是魔物以奇异出生的方式被别人所获得。在本篇故事里,是被寻求者春姐通过考验而获得魔物,即故事的主角。考验—通过考验—获得魔物(d7 − E7 − F1)的过程就是交代主角来历的过程,因而这几个功能的位置处于故事的开头。整个故事只有一个序列。

故事编号：27
故事出处：《聊斋汉子》
故事记录：董均伦　江源
流传地区：山东

两兄弟

从前有一个地方，有兄弟两个，大的叫大柱子，小的叫小柱子。虽说少爹无娘（β2），弟兄两个你敬我爱，好得只差没并成一个人。

大柱子宁肯自己多干活，也叫小柱子到书房念书。

这一年清明节，兄弟两个到南山打柴，抓了一只会学话的鹦哥。

转眼间，小柱子也快长大成人了。他不愿哥哥一个人去做活，也不再上学了。过了一年又一年，兄弟两个日子过得越来越好，两个人都出息得健壮好看。

有一天，有人来提亲了。提的是南庄北村都出名的巧闺女，论模样更是谁也比不上。

兄弟两个你推我让，最后约好，只要那鹦哥说要谁该要媳妇，谁就得要。

鹦哥说该哥哥要。大柱子娶了媳妇，也就是在媳妇进门这一天，鹦哥不见了。

哥哥心里不安，一直想给弟弟找个媳妇，可一直没有找到（a1）。他把心事给媳妇说了，媳妇让他到远处去找。

大柱子假装去南海贩鱼，上路向南走了（↑）。

走过不知多少庄子和集店，远远望见大海和村庄，一闪村庄又不见了，忽然在身边又闪出一片树林，从林中走出一个好看的闺女。大柱子问她要水喝，问她住在哪个庄。

闺女答："海里村，岛上庄，月亮出来那一庄。"说完就走了。

大柱子继续往前走，遇到一户人家，一个黑衣女人招待他吃饭。吃完，女人说她的一些干妹子来了，出去把她们领进来，围桌坐下，吹拉弹唱。忽然呜呜风响，从门口跳进一个长毛妖怪，一把抓住黑衣女人就走。大柱子拔刀赶到门外，朝妖怪捅了一刀（D9），妖怪痛叫一声扔开女人就逃走了（E9）。这时除了那个黑衣女人，别的闺女媳妇都不见了。

女人说："你救了我一命，我怎么报答你啊？"

大柱子说："只要俺兄弟能有个好媳妇，我别的什么也不想了。"

女人让他放心。第二天，女人叫他尽管回家等着（f1）。

大柱子回到家（↓），一家人欢天喜地，只等新媳妇来。

新媳妇来了，正是大柱子在路上碰到的那个闺女，名叫巧英。小柱子就和巧英成了亲（K4＋W*）。一家四口过得比以前更快乐了。

过了整整三年。这天头午，大柱子媳妇看见巧英在哭，便追问原因。巧英说与小柱子的夫妻到了头："临来的时候，俺爹只让我在这里住三年，我要是不回去，塌天的大祸就要来。"（γ1）又说："一年一次牡丹开，到明年这时来看你。"

小柱子回来听说便哭起来。（a1）嫂子劝他：明年她再来的时候把她留下。

又过了一年，这天小柱子从山上回来，一进门就听见巧英在和嫂子在里面说话。他急忙进去，巧英掉头就往外走。小柱子追出去却不见巧英的影子，只有一根绿光光的雀毛落在手上。

他把雀毛拿到家里，一见它就像看见巧英在身边。他的眼泪每滴在雀毛上，万里之外的巧英也要落一滴眼泪。

哥哥以到南海贩鱼为名，和弟弟一起去找巧英（↑）。这天走到一个地方，到了半山腰，从山顶来了一伙拿刀拿枪的强盗，眼看兄弟两个的性命就要完了，这时天突然黑了，两人只得站住。

山顶上的强盗却看见了一个遮天蔽日的大黑雀，落到了山半腰，头伸向山顶（H1），强盗们吓得四散逃跑了（I1）。

大雀飞到半空，天又明了，大雀变成一个女人落了下来，正是那个黑衣女人。

大柱子求她让兄弟夫妻团圆。黑衣女人答应着走进树林里不见了。不多一阵，一个红嘴绿毛的鹦哥飞来了，落地变成了巧英，夫妻悲喜交加。黑衣女人又站在身边，说："巧英，你爹那里有我去说合，放心跟小柱子去吧。"

巧英跟着兄弟两个回了家（↓），一家过得更幸福了（K5＋w2）。

故事形态分析

（1）功能图式

$$\text{I}. \beta 1 \ a1 \ \uparrow \ D9 \ E9 \ f1 \ \downarrow \ K4 + W^*$$
$$\text{II}. \gamma 1 \ a1 \ \uparrow \ H1 \ I1 \ \downarrow \ K5 + w2$$

（2）说明分析

故事开始，先交代主角父母双亡（β2）。弟弟找不到媳妇，出现缺乏（a1），哥哥出发代为寻找（↑）。与妖怪的搏斗是一个考验的过程（D9，E9），结果捐助者黑衣女人答应给他媳妇（f1：得到没有魔力的奖品）。哥哥回家（↓），弟弟与巧英成亲，最初的缺乏也得以消除（K4＋W*）。但对巧英的禁令（γ1）使她不得不回家，导致缺乏再度出现（a1），兄弟俩一起出发去寻找巧英（↑），路遇强盗，大黑雀与之战斗（H1），击败强盗（I1），返回家园（↓），夫妻破镜重圆，缺乏自然亦消除（K5＋w2）。

故事由两个序列接续组成。两个反角（妖怪、强盗）分别只在两个序列中涉及"考验"和"战斗"两组行动场。黑衣女人在第一序列中是捐助者，在第二序列中是助手，而哥哥、弟弟均是主角。

故事编号：28
故事出处：《聊斋汉子》
故事记录：董均伦　江源
流传地区：山东

镜里媳妇

不知在什么地方，有一片大平原，平原上的一个小村庄里，有一个心肠很好的老妈妈。她的两个儿子都既聪明又英俊。老妈妈一心想给儿子们说上媳妇，快些抱上孙子，儿子们却好像一点也不了解娘的心情，最后也没说成一门亲事。

有天半夜老妈妈睡不着，起身到院里，自言自语地说："孩子，谁知道什么样的媳妇才能对你的心思？"

她看见从西南升起了一团亮光飘近，落进了院子里。光环里站着一个浑身发亮的白胡子老汉，说："我是给你儿子送媳妇的呀！"

又说："我这里面有两面菱花镜，每年三月三，半夜子时中，只要把这镜子对西南上一耀，便能看见那媳妇的大道了。"说完递给老妈妈两个小圆镜（F1），向西南飘走了。

老妈妈回屋给两个儿子一人一面镜子，老大在镜子里看到了一个穿红衣裳的闺女，手里拿着一朵红牡丹花。老二在镜子里看到了一个穿绿衣裳的闺女，手里拿着一朵绿牡丹花。兄弟俩都想和镜子里见的闺女成亲（a1）。娘把神仙老人的话告诉了他们。

到了三月三半夜子时，老大把镜子对着西南一耀，立刻射出一道白光，一直亮进山里，又变成明晃晃的大道。老大顺着大道往前走去了（↑）。

天亮时走到大山的脚下，看到一个石洞里坐着那个神仙老人，便问他如何才能找到那个闺女（ξ3）。神仙老人说："那闺女就住在这山西面的大山里，可是到她家去，要过老虎山和水怪涧，那闺女被一个妖婆霸占住，关在后花园里，变成了一棵红牡丹。你得悄悄爬进后花园，用这镜一照，她才能重新变成人（ζ3）。小伙子，去不去全在你了。"（D2）

老大说："既然到了这里，怎么还能就这么回去啊。"（E2）神仙老人说："我给你一杆鞭子，一个线穗子，可你千万记住，在用这些东西的时候，不能有一点胆怯。"（γ1）神仙老人把两样东西给了老大，教他怎样用（F1），才把路指给了他（G4）。

老大朝着那大山走去了。忽从山顶上扑下两只大老虎（M）。老大扬起那鞭子，说："我是到这里寻亲的人，快给我闪开。"老虎便跑走了（N）。

爬到山顶，有一个很大山涧（M）。老大把线穗头扔进水里，又大喝："我寻亲的人到此，还不快快出来搭桥。"水怪把线头拉到对岸，变成了一座独木桥。老大走到桥的一半胆怯了（N neg. +δ1）。小桥又变成一根线，老大和水怪们一起沉到水底下了（K-）。

一年过去，三月三又到了。

半夜子时，老二把镜子对着西南一耀，立刻也射出一道白光，一直亮进山里，又变成明晃晃的大道。老二也顺着大道往前走去了（↑）。

天亮时走到大山脚下，也看到一个石洞里坐着那个神仙老人，也给了他一根鞭子，一个线穗子（F1），并且把对老大的话也对他说了（γ1+

ζ4)。还说:"你哥哥掉进那水怪涧去了(B4),今天你去不去也全在你了。"老二说:"怎么的我也要去啊!"(C)

神仙老人也把路指给了他(G4)。

老二摇鞭过了老虎山(M N),到了水怪涧(M)。老二把线穗头扔进水里,也大喝:"我寻亲的人到此,还不快快出来搭桥。"水怪把线头拉到对岸,变成了一座独木桥。老二平安过去了(N)。

翻过两座山,来到后花园。老二爬进去,找到两棵牡丹,他把镜子对着那绿牡丹照去,又叫一声:"绿妹!"绿牡丹立刻变成人了,她愿意跟他走,可又不忍丢下红牡丹,但又无哥哥的菱花镜。这时妖婆子回来了,两人躲进屋里。妖婆子衣襟顿起妖风,可因为有了镜子,再也不能把绿妹变成花草。妖婆见状说:"这小伙长得好,我就把你许给他吧。咱家牛羊成群,今夜有贼来偷,让小伙子帮我看一宿吧,明天我就叫你跟他走。"(A8)

妖婆走后,绿妹说:"它是想害你,去招呼狼虫虎豹去了。"(B4)

妖婆子把老二领到一片荒山上就不见了。天黑了,狼虫虎豹都来了,可都不敢近身。

妖婆子见害不了他,假装舍不得绿妹,也要跟着走(H5)。

绿妹知道她不怀好心,便让她变小以便装在铜瓶子里带走。妖婆子中计变小钻了进去。绿妹和老二忙把瓶盖塞上(I7)。

到了水怪涧,把她扔进了水里(U)。绿妹想念红姐,老二想念哥哥,都哭起来。忽然神仙老人从半空中落下,大喝:"水怪听着,给我把那送亲的人赶快送上岸来!"水怪把老大送上来,神仙老人把他一拉,他就站了起来(K9),看到弟弟,欢喜地把他抱住。

神仙老人升到半空不见了。

他们回到后花园,老大用镜朝红牡丹一照,叫一声,"红姐!"红牡丹也变成了一个穿红衣的闺女了。

人间好事成了(K5),娘看到大儿子、二儿子都领回了媳妇(↓),恩爱夫妻,自然会过上快乐的日子(W*)。

故事形态分析

(1) 功能图式

Ⅰ. F1 a1 ↑ ξ3 ζ3 D2 E2 γ1 F1 G4 M N neg. + δ1 K - —

　　　　　　　　　　　　　　Ⅱ. ↑ F1

────────────────────────────── | K5 ↓ W*

γ1 + ζ4 B4 C G4（M N）────── K9 ──|

　　　　　　　　Ⅲ. A8 B4 H5 I7 U

(2) 说明分析

捐助者白胡老汉在故事开始就直接赠送了魔物（F1）。弟兄俩都欲成亲，出现缺乏（a1），老大先出发（↑），问寻神仙老人（ξ3）而获得有关消息（ζ3），神仙老人的问话是一种考验（D2），老大回话（E2）通过了考验，老人下达禁令（γ1）后才赠与魔物并指明道路（G4）。老大第一次用魔物解决了遇虎的难题（M N），第二次遇到过桥的难题（M），却未能解决，而且违反了不得胆怯的禁令（N neg. + δ1），故缺乏未能消除（K-）。老二亦出发（↑），但未经考验便获得魔物（F1），神仙老人在下达禁令、告知消息后（γ1 + ζ4），还告知哥哥落水的灾难（B4）。老二决意反抗（C），老人指明道路（G4）。老二靠魔物两次解决了难题（M N）。妖婆试图害人，做出恶行（A8），新的灾难出现（B4），老二、绿妹与妖婆展开战斗（H5），用计击败之（I7）并扔到水里，使妖婆受到惩罚（U），哥哥得以复活（K9），两人最初的缺乏被消除（K5），返回家园（↓）成亲（W*）。

故事的第一序列未完成时，插入第二序列，而第二序列中亦插入了第三序列。故事有两个主角，依次出发去寻找意中人，即两个被寻求者红妹和绿妹。第一序列的主角哥哥因未解决难题，违反禁令而失败，而与此形成对比的是：第二、三序列的主角老二解决了难题，战胜了反角，使灾难和缺乏均被消除。两个被寻求者之一的绿妹，在第二序列的战斗中帮助主角，故又充当了助手的角色。

故事编号：29
故事出处：《聊斋汉子》

故事记录：董均伦　江源
流传地区：山东

三个儿子和三个媳妇

早年间，咱这里有个老汉，六十岁上下，小日子过得挺好，有三个儿子，都长得怪喜人见的，老汉好的只是下棋，常说天下无敌手。

一天，一个又黑又高、三角眼、麻疤脸的凶老婆子走了过来，要和老汉赛棋，说："我有三个闺女，你有三个儿子，要是我输了把三个闺女给你，要你输了把你那三个儿子给我。"（η3）老汉答应了（θ3）。

下了半个时辰，老汉输了。

老汉的老伴听到了他俩的话，忙进屋，刚把小儿子扣在了一个大瓮里，老婆子闯了进来，拉走了大儿子和二儿子（A1）。

三儿子长到十四岁了。一天，他问起两个哥哥之事，老汉便把事情的经过都说了。三柱便说要去找回哥哥来（a1）。他离家出了门（↑）。

走了不知多少日子，这天过了一条河，忽听后面一个老妈妈喊："谁背我过河去？"（D7）

三柱忙又回到河对岸，不顾河浪变大背着老妈妈下了河（E7）。越走浪越小，老妈妈越轻，顺顺当当过了河。老妈妈摸出一条红手巾、一条绿手巾、一条紫手巾给了三柱，并告诉了手巾的用处（F1）。

三柱走了又走，碰到了第一座大山，爬到半山腰，迎面走来了一个穿红衣的闺女。红闺女哈哈笑起来，三柱手扯树枝树枝断，脚踩石缝石缝滑（M）。三柱按老妈妈所说，拿出红手巾向红闺女摆了摆，她立刻收住笑走了（N）。在红闺女走过的地方，闪出了一条白光光的小路，三柱顺着小路，翻过了第一座大山。

走了又走，碰到了第二座大山，三柱爬到半山腰，迎面走来了一个穿绿衣的闺女。绿闺女哈哈笑起来，三柱拨倒的荒草又竖了起来，分开的树枝又搭上了（M）。三柱按老妈妈所说，拿出绿手巾向绿闺女摆了摆，她立刻收住笑走了（N）。在绿闺女走过的地方，闪出了一条白光光的小路，三柱顺着小路，翻过了第二座大山。

又走了不远，到了一条小河，河对岸是一片高高的瓦房。一个穿紫衣的俊闺女正在河边洗衣。三柱按老妈妈的话把紫手巾丢在河里，漂到她面前，她捞起手巾向瓦房走去。

三柱跟着她进了屋。紫闺女说："俺那后娘今夜一定要生法害你（B4）。我给你一个黄帖拿着，不管她叫你到哪里去宿，出门时，你把它贴在门旁的石狮子头上。"说完拿出黄纸给了三柱（F1）。这时后娘来了，正是那个又黑又高的老婆子。她让三柱宿在西北面的石头屋里。

三柱出门时把黄帖贴在石狮子头上。石狮的眼立刻亮了，跟着三柱进了石屋，趴在床底下。半夜那老婆子变成一条青花蛇，要去喝三柱的血，吃三柱的心（A14），却被石狮踩死了（U）。

这关过去了，三柱心里又难过起来：没见着两个哥哥，怎么回去见爹娘啊。紫闺女告诉他："你两个哥哥都叫妖精后娘害死了，把他们的身子骨压在了那两座大山底下。"（B4）

两人翻上那第一座大山，把绿手巾扔给绿闺女，绿闺女便欢欢喜喜跟着他们走。

三人翻上那第二座大山，把红手巾扔给红闺女，红闺女便欢欢喜喜跟着他们走。

两座山都过去了，四人正在伤心，忽听有人喊："谁来帮我刨出这棵树啊？"（D7）原来是给三柱手巾的那个老妈妈正在刨一棵大树。三柱跑过去接过大锄（E7），正要刨，大树却自己倒下了。老妈妈从树窝里拿出一个蘑菇让三柱吃下（F7）。三柱吃完，身也长力也长，推倒了两座大山，露出大哥二哥的身子骨。红闺女剪了一颗心放在大哥身上，大哥活了；绿闺女剪了一颗心放在二哥身上，二哥也活了（K9）。

六个人回到家（↓）。后来红闺女给大哥做了媳妇，绿闺女给二哥做了媳妇，三柱跟紫闺女成了亲（W*）。

故事形态分析
（1）功能图式

Ⅰ. η3 θ3 A1 a1 ↑ D7 E7 F1（M N）——————｜U——————｜K9 ↓ W*
　　Ⅱ. B4 F1 A14 ——｜
　　　　　Ⅲ. B4 D7 E7 F7

（2）说明分析
凶老婆子欲通过下棋骗得老汉的儿子（η3），老汉果然上当（θ3）。

老婆子拉走老汉的两个儿子，犯下恶行（A1）。三柱想找哥哥回来，缺乏出现（a1）。三柱出发（↑），路遇老妈妈的求助——捐助者的考验（D7），他通过考验（E7），获赠魔物（F1）。红、绿闺女两次阻挡三柱前进，是给主角出难题，均被解决（M N）。紫闺女通告灾难（B4），并直接赠送了魔物（F1），老婆子欲杀人（A14）却受到了惩罚（U）。紫闺女告诉三柱两个哥哥已死，再次通告新的灾难（B4）。老妈妈再次考验三柱（D7），三柱乐意帮她干活，通过考验（E7），获赠魔物（F7）。三柱吃下魔物，救出哥哥，故事开始时的缺乏被消除（K9），大家返家（↓），三兄弟均成亲（W*）。

  故事共有三个序列。第一序列中插入了由新的灾难（B4）引致的第二、三序列。一般来说，反角受到惩罚（U）后，故事就基本结束，但此故事又附加了第三序列，主角再次经受考验而获得魔物。故事中两个哥哥是被寻求者，而捐助者有两个，即第一、三序列中的老妈妈和第二序列中的紫闺女。

故事编号：30
故事出处：《民间文学》1961 年第 2 期
故事记录：范枫
流传地区：河北省

"红山"的故事

  河北省的武安县，有一座大山，山上的石头都是红的，当地人都叫它红山。为什么是红的呢？

  很早以前，这山是蓝色的。山脚有一个村庄，村里有个姓谭的财主，大伙叫他"贪不够"。他有个小羊倌叫刘宝。

  刘宝每天给贪不够上山放羊，经常挨打（a5）。这天他放羊来到山坡上（↑），心想："到啥时才能放上自己的羊呢？"忽然一只羊掉下山崖摔死了，刘宝正想往回跑，这时一个白胡子老头拉住了他，用手指着西边的山说："那个山嘴上，有块青石板。"又指着东边的山说："那边山崖上有棵小松树，下面有个小石头，那就是开山的钥匙，你用它在西山嘴上的青石板上连敲三下，石板就会自己敞开，现出一个石洞，往里走就能看见一个姑娘在簸豆子，她要问你，你就说要把豆子还财主的债，然后抓上一把豆子就往外走，只要你能走出山洞，你就能有自己的羊，也能离开贪不够。"（F2）

又说："你可千万记住，必须在数一百个数以前跑出山洞，然后把钥匙送回松树底下。"（γ1）

刘宝照白胡子老头所说，找到钥匙，开了石洞，走了进去。碰见一个姑娘，问："谁呀？"刘宝说："是我，拿点豆子还地主的债。"姑娘说你自己拿吧。刘宝抓起一把豆子就往外跑，刚跑出去石板就合上了。再看看手里，是一把金豆子。

刘宝把钥匙送回松树底下，赶羊往家走（↓）。刚进大门，贪不够看出少了一只羊，就要打刘宝。刘宝说赔羊就是。拿了一粒金豆子到城里买了一只羊还给了东家。第二天，刘宝给贪不够三十块银元，辞了羊倌。又拿着剩下的金豆子，换了羊、盖了房（K6）。

有一天，贪不够来到刘宝家，说："你竟敢从我家偷元宝！走，跟我去见县官，这羊就是证据。"（A20＋ξ1）刘宝只好把金豆子的来历全告诉了他（ζ1）。

贪不够忙拿条口袋（a5），跑到山上（↑）找到钥匙进了石洞。那个姑娘还在那里，问："谁呀？"贪不够说："是我，拿点豆子还地主的债。""你自己拿吧。"贪不够一把一把往口袋里装，实在装不下了，才往外走（δ1）。正在高兴（K6），身后一阵大风，石板合在了一起，把他关在了里面（U）。

从那以后，没有钥匙再开这座宝山，里面的宝贝一年一年长大，天长日久，就把大山憋红了。

故事形态分析

（1）功能图式

Ⅰ．a5 ↑ F2 γ1 ↓ K6

Ⅱ．A20＋ξ1 ζ1 a5 ↑ δ1 K6 U

（2）说明分析

故事开始，主角刘宝出现缺乏（a5）。他上山放羊（↑），捐助者白胡老头给他指明了魔物（F2），随后下达了禁令（γ1）。刘宝回到家里（↓），缺乏被消除（K6）。反角"贪不够"的诬陷恐吓既是一种恶行（A20），又是一种试探（ξ1），构成一复合功能。从主角处获得魔物的秘密后（ζ1），反角亦欲获得金豆子（a5），他跑上山（↑），因违反了禁令（δ1），虽然得到了金豆子，但却招致惩罚（U）。

与其他同型故事一样，故事的两个序列一正一反，在第一序列中主角未违反禁令而如愿以偿，而在第二序列反角因违禁而受到惩罚。

故事编号：31
故事出处：《蛇精的传说》
　　　　　芜湖市文化局、芜湖民间文学工作者协会编
　　　　　安徽文艺出版社 1986 年版
故事记录：施玉清
流传地区：安徽

绿鱼姑娘

从前，在陵阳城以东的谢村，有一个讨人喜爱的小伙子，他从小就失去了父母（β2），也没有个名字，由于他忠厚、善良、勤劳，人们都叫他"小好子"。

小好子在大财主谢秦家做伙计。谢秦是个有名的恶霸，全村人都不敢沾他，绰号"三不沾"。

一天，小好子进城买盐（↑），见一群人围着一个卖鱼的白胡子老人，瓦钵里盛着一尾绿色的鱼。那鱼不时张嘴，摇头摆尾，好像是在和他说话，又像是在向他求救（d7）。小好子想起了昨晚做梦的情景：他去河里挑水，河边站着一个漂亮的姑娘，穿一身绿衣笑望着他，后来姑娘跳进水里，变成一条绿鱼游走了。

小好子问老人这条鱼多少钱，老人说："你要买，便宜一些，银子一锭，我这鱼是宝鱼，你买了会发家的。"小好子用买盐的那锭银子买下了鱼（E7＋F4）。回来时却发现银子还在口袋里，便又买盐回家（↓）。

小好子把鱼放在瓶中细心饲养。一天，绿鱼变成了一个美丽的姑娘，她告诉小好子，鱼龙洞里有个绿鱼仙翁，有几百个女儿，长大后他就派她们到人间救灾济贫，她就是其中的一个。

从此，二人相处得像亲兄妹一样。小好子辞了工，自己种地，日子一天天好起来，盖起了新瓦房。

三不沾知道后，一心想把绿鱼姑娘弄到手。一天他派家人偷来了绿鱼（A5），养在大水缸里。绿鱼姑娘突然出现，把三不沾拉进水缸里淹死了（U）。

小好子来找三不沾，路上碰上绿鱼姑娘和当年卖鱼的老人。老人把姑娘许配给小好子，并让她每年三月三要去看望他一次。

小好子和绿鱼姑娘回到家，一起幸福地生活着（W*）。每年到三月三，绿鱼姑娘和姐妹们都化鱼入水，游进鱼龙洞去看望父亲。

故事形态分析

（1）功能图式

$\beta2 \uparrow d7\ E7 + F4 \downarrow A5\ U\ W^*$

（2）说明分析

故事开始先交代主角小好子父母亡故（$\beta2$）。小好子进城（↑），路遇捐助者卖鱼老人的考验（d7：求助者未提出请求，只将施援的可能提供给主角）。小好子买下了鱼，既是对考验的反应，又直接买下了魔物（E7 + F4）。反角三不沾偷取魔物（A5），受到惩罚（U），主角小好子与绿鱼姑娘成亲（W*）。

功能 A5（反角的恶行）在故事接近结束时才出现，除此之外，其余功能的位置均与普罗普所列相同。绿鱼姑娘最后惩罚反角，充当了助手的角色。

故事编号：32
故事出处：《蛇精的传说》
　　　　　芜湖市文化局、芜湖民间文学工作者协会编
　　　　　安徽文艺出版社 1986 年版
故事记录：徐国华
流传地区：安徽

凤凰蛋

很古的时候，有位皇上的三公主得了一个怪病：三天才吃一顿饭。太医开下药方，要一个凤凰蛋做药引子（a3）。皇上下旨刷下一张皇榜：献凤凰蛋者赐以高官厚禄（B1）。

老韦村大户韦老五站在榜前叫人念了一遍又一遍，恨不得把它揭下揣回家去，把同村青年韦水牛笑坏了。韦老五打他一个耳光，骂道："敢笑你五老爷，看你这个穷相，别说凤凰蛋，就是凤凰毛你要是弄到一根，我就在这村口爬三圈学狗叫。"

韦水牛回家突然想起后面的竹园里天天夜里有只鸟叫，说不定就是凤凰，决定先逮住再说。

半夜韦水牛用罗网罩住了那只鸟。那鸟流泪说："我不是凤凰，是活了五百年的山鸡，只要你肯放我，我就告诉你得到凤凰蛋的办法。"（D4）

韦水牛答应了（E4）。鸟说："你家村外那块五分地的高田是宝地，是凤凰台。你在那种七棵梧桐，每棵四周打七个眼，每天太阳一露脸，就往眼里浇一勺甜米酒。等到第七天早上，把七棵梧桐锯倒，再锯成四十九根，每个眼里插上一根，用梧桐叶子盖严，到了夜里就会飞来一只凤凰，第一遍鸡叫时，它会产下一只蛋，你要用你家竹园里的花斑紫竹编一个小篮，用竹梢编一个耙子，用耙子耙蛋放进小竹篮里（F2），千万别用手去碰蛋！"（γ1）说完韦水牛就让它飞走了。

韦水牛按鸟所说去做了。到了第七天夜里，韦水牛早早来到高田，韦老五也跟踪而至。果然飞来一只凤凰。第一遍鸡叫了，韦水牛把蛋和一根羽毛耙进了竹篮，谁知韦老五在后面用手一把抓住了蛋（δ1）。忽然一声轰响，把韦老五的腿震断了（U），凤凰蛋变成了一个大土丘。

韦老五只好在地上爬了三圈学狗叫，还被巡视的知府大人用链子锁上了。皇上派人来挖，什么也没挖到（K-）。

从此，这块高田就被大伙称为"凤凰蛋"。

故事形态分析

（1）功能图式

a3 B1 D4 E4 F2 γ1 δ1 U K –

（2）说明分析

三公主需凤凰蛋治病，出现缺乏（a3），皇帝发布通告（B1）。鸟向主角韦水牛求救，是一种考验（D4），韦水牛答应了（E4），结果获悉得到魔物的方法（F2）。但禁令（γ1）被反角韦老五违反（δ1），他遭受断腿的惩罚（U），最初的缺乏亦未能消除（K–）。

在本文分析的故事材料中，有一些以反向结局的序列，但常常是与正向结局的序列对比进行，也就是说一个故事常包含一正一反两个（或以上）序列。像本篇故事这样只有一个反向序列的情况，较为少见。

故事编号：33
故事出处：《蛇精的传说》
芜湖市文化局、芜湖民间文学工作者协会编
安徽文艺出版社 1986 年版
故事记录：徐国华
流传地区：安徽

九莲塘的传说

不知多少年前，九莲塘这地方还是个小村子，三五户人家共用着一口山塘，年年山塘都要开出三五朵荷花，却从来不结莲蓬。

这一天，塘里忽然结出了一个莲蓬，全村人谁也不敢去碰。

村里有个叫藕香的美丽姑娘，心灵手巧，菩萨心肠。有天早上，她上山砍柴，来到山塘边，那莲蓬向她漂过来（D11），藕姑剥出九颗莲子都吃了下去（E11）。

过了半个月，藕姑的肚子渐渐大了起来，生下了一条青蛇。藕姑把它放进了山塘，天天来喂它，直到它长到二尺长才不常来了。

这天，藕姑下塘来洗衣，忽然从塘里钻出一条丈把长的大青蛇来，原来是长大了的青蛇。青蛇说："孩儿要到湖海里去了。母亲但有为难之事，只要把我嘴里这颗珠子托在掌心，喊一声'青儿!'我自会来帮母亲排忧解难。"说完把嘴里的珠子喷在藕姑的手上（F1+F9），不见了踪影。

一晃三年，碰上大旱，禾苗枯焦，急得全村人不住地烧香拜佛（a5）。藕姑忽想起那颗珠子，立刻取出，喊了一声："青儿!"只见满天狂风大作，一朵五彩祥云之上站着一位青衣少年，丢下九颗莲子来，变成九口池塘。一声惊雷，大雨倾盆而至，灌满了九口池塘（K5）。

从此，九莲塘便一代一代传下来了。

故事形态分析

（1）功能图式

D11 E11 F1 + F9 a5 K5

（2）说明分析

莲蓬漂向藕香，是一种考验，因为全村人都不敢碰它（D11），藕香大胆地吃下莲子，通过了考验（E11），结果获得魔物（F1），魔物还允诺在需要时出现（F9）。碰上大旱，缺乏出现（a5），藕香用魔物消除了缺乏（K5）。

这是一个功能、角色数目均少的简单故事。功能缺乏（a5）的位置处于故事的后面而非开头，即在获得魔物后才出现缺乏，与普罗普的位置顺序有异。

故事编号：34
故事出处：《甘肃民间故事选》
　　　　　甘肃人民出版社 1980 年版
故事记录：黄莺
流传地区：甘肃

金耳环

大石山下有座草房，住着一个小伙子，爹妈都死了，单身一人（β2）。他是个采药的行家，有个怪脾气：有钱有势的人家来买药，千贯万贯不卖，没钱的穷汉来求，得啥病给啥药。大伙给他起名叫金不换。

有一天，金不换上山采药（↑），下起了大雨。他刚跑到一个小山洞的洞口，忽然从里面跑出一只梅花鹿，腿上带着伤，望着金不换掉眼泪（d7）。金不换就让它钻进洞，自己在洞口淋雨（E7）。

一会儿天晴了。金不换望着石山尖，想起了老爹爹的话："在最高的山尖上，长着一种仙草，遍身儿黄，开着金花花，人要吃了它，骨头断了也能长好。"可是山高路险人上不去，金不换不禁叹气（a3）。忽听梅花鹿问道："小伙子，你要的是金子还是银子？"

金不换答道："不要金不要银，要棵仙草治病人。"

梅花鹿张口吐出一颗红豆豆（F1），说："六月六，金鸡叫，百草仙子散仙草。你把这颗豆种在山尖下，等长了蔓，你抓着蔓儿就能上山了。"说完不见了。

到了那天，金不换来到山尖下，种下红豆豆，转眼豆儿蔓就入云钻天了。金不换踩着豆叶爬上山尖，上面是金山银山宝石山，金花银花珍珠花，金不换偏偏采了一棵遍身黄，闪着金花花的仙草（K5）。

回到家（↓），把仙草插到墙上。后来连着两天，金不换采药回家时都有人做好了饭。第三天他藏在树上，发现屋里的仙草变成了一个姑娘。原来姑娘是百药仙子，叫金耳环。两人便结了亲（W*）。

小两口采的药，不知救活了多少人。金耳环的名望传到皇上耳朵里（ζ1），马上派了个官儿带着人马来找金耳环。官儿拿出金银对金不换说："万岁爷圣旨，黄金白银二十两，来换你的金耳环。"（η3）金不换严词拒绝了（θ-）。官儿便令手下进屋去抢，可就是找不到金耳环。官儿就把金不换推进茅草房，一把火点燃了（A14）。忽然火苗中飘出两朵金花，站着两个人，向山尖飘去。官儿忙令手下追赶（Pr6）。追到山尖下，一起抓着红豆蔓往上爬，忽然蔓断了，把这些皇上派来的人马一起摔死了（Rs1+U），变成"蛇心草"。

不知过了多少年，有个孩子被蛇心草咬伤。大伙看见绝壁上同根生着两棵金草，男人们叫它金不换，女人们叫它金耳环，老人们说它既是金不换也是金耳环。有人采下它，果然把孩子的伤治好了。

故事形态分析

（1）功能图式

Ⅰ. β2 ↑ d7 E7 a3 F1 K5 ↓ W*

Ⅱ. ζ1 η3 θ-A14 Pr6 Rs1+U

（2）说明分析

故事开始交代主角金不换父母双亡（β2）。金不换上山（↑），遇到梅花鹿求救——捐助者的一种常见的考验方式（d7），金不换通过了考验（E7）。他想得到仙草，缺乏出现（a3），梅花鹿送给他魔物（F1），使他采得了仙草（K5），回家后（↓）与百药仙子金耳环成亲（W*）。皇上得知金耳环之事（ζ1），派人来换金耳环（η3），被金不换拒绝（θ−）。官儿放火烧房，做出恶行（A14），并追捕两朵金花（Pr6），但未能追上，而且被摔死，受到惩罚（Rs1＋U）。

故事由两个序列连续构成。在第一序列中，功能a3（缺乏奇异物件）的位置处于E7（主角的反应：提供帮助）和F1（魔物直接转交）之间，这种情况较为少见。其余功能位置皆符合普罗普的顺序。

故事编号：35
故事出处：《甘肃民间故事选》
　　　　　　甘肃人民出版社1980年版
故事记录：王哲
流传地区：甘肃

钻天帽和挖银锄

从前，一个村庄里住着一位老妈妈，她只有一个儿子叫张才。家里很穷，吃了上顿没下顿。这天，家里没粮了（a5），张才就上山打柴去了（↑）。

到山上打完柴，张才睡着了，梦见一个白胡子老汉对他说："我住在南山后面，你到我那里去，我给你过日子的本钱。"（D1）

张才醒来，爬过一山又一岭，太阳落山才到了南山，到了白胡子老人家（E1）。第二天，老汉也不留他，送他一顶草帽、一把锄头（F1）。张才回到打柴的地方，锄头一落就挖出白花花的银子（K6）。

张才装满银子回到家（↓），日子越过越好了。

这村有个地主，外号叫"生来急"，听说张才得了宝锄（ζ3），就想把它骗到手。一天，张才推着小车到集上买东西，碰到一个闺女，说自己累了，求张才捎她一下。张才便用车把她捎到了集上。

过了一些日子，张才路过"生来急"的后花园，坐他车的那个闺女从里面出来，甜言蜜语要和张才成亲，又说："我看你不是有钱人，我去收拾行李银钱，以后好过日子。"（ξ1）张才以为姑娘是真心，便告诉她宝锄之事，又拿出小锄给她看（ζ1）。姑娘刚接过，"生来急"就跳出来把姑娘推进门里去了（A2）。

张才失了小锄（a2），又愁又气，就起身到南山去找白胡子老汉（↑）。路上睡着了，梦见老汉对他说："你还有一顶帽子，戴上它能钻天，愿上哪儿就上哪儿，谁也看不见。"（F2）张才回家戴上帽子，飞到"生来急"姑娘的房中（G1），要姑娘还他小锄。姑娘哭道："我天天盼你来。"张才心软了，便背起姑娘，飞到一个海岛上。

姑娘问："咱俩是两口子了，你不用瞒我，到底什么缘故，一阵风就飞到了这儿？"（ξ1）张才便告诉她帽子的来历（ζ1）。姑娘让张才去采果子，自己戴上帽子，飞回自家后楼（A2）。

张才回来，帽子不见了，才知道又受了骗（a2）。天黑了，张才爬上一棵大树。一只猴子和一只狐狸从树下经过，猴子说："刚才看见的一树桃、一树李，吃了桃就会变成咱这个丑样，吃了李就会变成俊俏的人。"（F2）天明后，张才找到桃树、李树，摘到了桃子和李子。

当晚，张才抓住白胡子老汉的衣服，飞回自己家（↓）。

第二天张才来到"生来急"的后花园，把桃子放在树上。"生来急"的姑娘发现桃子，吃了下去，一会便全身长毛，眼突嘴长。"生来急"夫妇跑出来看，吓得一跤跌死了（U）。

张才忙跑到"生来急"家，把挖银锄和钻天帽拿了回来（K5+1）。

故事形态分析

（1）功能图式

Ⅰ．a5 ↑ D1 E1 F1 K6 ↓

Ⅱ．ζ3 ξ1 ζ1 A2 a2 ↑ F2 G1 ——————————| U K5+1

Ⅲ．ξ1 ζ1 A2 a2 F2 ↓——|

（2）说明分析

故事一开始就出现缺乏（a5），主角张才上山（↑），梦见一白胡子老汉相邀，实际是对他进行考验（D1）。张才做出反应，不辞辛苦前去

（E1），获赠魔物（F1），得到银子，消除了缺乏（K6），回到家里（↓）。反角生来急获知此事（ζ3），派女儿甜言蜜语行骗（ξ1），张才上当，示以魔物（ζ1），生来急借机抢走了魔物，做出恶行（A2）。张才失去魔物，出现缺乏（a2），出发去找老汉（↑），老汉指明魔物（F2）。张才飞到姑娘处（G1），姑娘再次打听魔物帽子的秘密（ξ1），获知后（ζ1）抢走了魔物（A2）。张才又出现缺乏（a2），无意中得知魔物桃子的用处（F2），回家后（↓）用魔物惩罚了生来急和他姑娘（U），用计谋和魔物夺回被抢的魔物，消除了缺乏（K5+1）。

　　故事包括三个序列，第二、三个序列共同的结尾：两个序列的反角受到惩罚（U），魔物失而复得（K5+1），故事里出现了两个反角，分别在第二、三序列里充当恶行的实施者；捐助者亦有两个：除第一、二序列中的白胡子老汉外，第三序列中的猴子指明了魔物，故亦是捐助者。在民间故事里这种偶然"偷听"到魔物秘密的情况并不少见，有的故事中需先经过考验，也有的故事同本故事的第三序列一样，并不需要考验就获得魔物。

故事编号：36
故事出处：《甘肃民间故事选》
　　　　　　甘肃人民出版社 1980 年版
故事记录：周学义
流传地区：甘肃

玉石瓶

　　古时有一个勤劳善良的小伙子，名叫石龙。父母去世得早（β2），他孤身一人，给村子里一家财主东家放羊。他天天想，月月盼，盼望着找上个称心如意的媳妇（a1）。

　　有一天中午，石龙正要掏出黑面馍来吃，从土地庙里走出一个白发苍苍、衣裳破烂的老人，说："好心的小伙子，把你的馍馍给我吃一些。"（D7）石龙把馍馍给了他（E7）。日子久了，每天都是这样。

　　一天，老人邀石龙来到庙里，要还他的馍馍，老人指着土地神像说："你到他身后去取吧。"石龙过去一看，都是金银元宝。石龙说用不着这些金子银子，只想要一个好心的姑娘。

　　老人从怀里掏出一个小玉石瓶（F1），说："这里面装的是治百病好百病、起死回生的神药水，离这很远的地方有座九云山，山上有个山神大王，他有个美丽聪明的姑娘叫玉凤，不幸三年前双眼失明（a2）。山神大王说过，谁能治好她的眼睛，就把玉凤许给他。就让这玉石瓶给你做个媒人吧。"（B1）石龙去找九云山了（↑）。

不知走了多少日月，终于来到九云山。石龙爬上山顶，进了山神大王庄院，把神药水滴进玉凤的眼睛，把她的眼睛治好了（K13）。山神大王却说女儿不能嫁给凡人，把石龙赶走了（A9）。

玉凤偷跑下山，要跟石龙一起走。她变成一匹骏马，石龙骑上飞跑，来到离家不远的小镇。一个老商人用三十两银子把马买下。原来这个商人受了山神大王的嘱托，说玉凤变成了一匹马，叫商人买下，然后杀了它（Pr6）。

玉凤变成一个蜜蜂逃脱了（Rs6），追上石龙，告诉他变马、遇害等事。两人来到石龙的小屋（↓），成了亲（K5 + W*）。

山神大王派了两个神兵，用神火点燃他们的草房，烧死了这对夫妻（A14）。

第二天，土地老人发现了他俩的尸体（a2），从石龙身上找到玉石瓶（F5），将神水洒到两人身上，两人又活了过来（K9）。

老人说："山神大王以为把你们烧死了，不会再来找麻烦了，你们相亲相爱的过日子吧。"石龙和玉凤从此过着幸福美满的生活。

故事形态分析

（1）功能图式

Ⅰ. β2 a1 D7 E7 F1 ——————————————| K5 + W*
   Ⅱ. a2 B1 ↑ K13
     Ⅲ. A9 Pr6 Rs6 ↓ ——|
       Ⅳ. A14 a2 F5 K9

（2）说明分析

主角石龙的父母早逝（β2），他盼娶媳妇，缺乏被指明（a1）。老人以要饭为考验（D7），石龙通过考验（E7），获得魔物（F1）。老人告知玉凤失明之事，新的缺乏出现（a2），山神大王的求援（B1）导致了石龙的出发（↑），用神药治好了玉凤的眼睛（K13）。山神大王食言并赶走石龙，做出恶行（A9），并追杀石龙和玉凤（Pr6）。玉凤变形逃脱（Rs6），回到家（↓）石龙和玉凤成亲，最初的缺乏得以消除（K5 + W*）。山神大王派人烧死了他们（A14），土地老人发现这一灾难（a2），找到魔物（F5），使他们死而复生（K9）。

故事由四个序列组成。第一序列快结束时插入了由缺乏（a2）和恶行（A9）引致的第二、三两个接续的序列。主角成亲后（W*）故事并未结束，又由恶行（A14）引发第四序列。值得注意的是反角山神大王两次做出恶行（A9 A14），却未受到惩罚，即对应的功能 U 没有出现，这种情况较为少见。

故事编号：37
故事出处：《甘肃民间故事选》
　　　　　甘肃人民出版社 1980 年版
故事记录：张得祥
流传地区：甘肃

宝珠

从前，有个叫拴狗的青年庄稼汉。

有一天，拴狗赶着车子回家，把一只蛤蟆的肚子碾破了，眼看就要死去（d7）。拴狗忙给它包好伤口，带回家放在院角一个小洞里，每天送点吃的东西给它（E7）。

一天，蛤蟆对拴狗说："有了金银财宝，就能中状元做官，我送你一颗宝珠，到京城求一名进宝状元。"蛤蟆剖开前爪滚出一颗宝珠来，说："不管什么东西死了，只要用它在身上轻轻一按死东西就能立刻复活。"

拴狗拿上宝珠（F1），进京献宝（↑ + a6）。

走到一条小河边，看见有人用铁锄把一条小花蛇切成两截（d7），拴狗使用宝珠把它救活了（E7）。它向拴狗点一下头走了（f9*）。

走到一个庄子外边，看见有一只死了的小黑猫（d7），就用宝珠救活了它（E7）。它向他叫三声，点三下头走了（f9*）。

又救活了一只小蜜蜂（［d7］E7［f9*］）。

一天，拴狗来到一座大山，碰见一个上京赴考的学生被强盗挖掉了双眼，拴狗便用宝珠治好了他的眼，两人结拜为兄弟，一同赴京。

学生知道拴狗有宝珠，要看看，拴狗认为自家兄弟，就给他看，谁知宝珠刚一到手，学生就将拴狗推下山崖（A2＋A14）。

拴狗没摔死，就进京去找那学生。

进城后第二天，在街上碰到了已当了进宝状元的学生，便扑上去论理。那家伙令手下将拴狗捉住，下在大牢（A15）。

有一天，拴狗正饿得两眼发黑（a5），忽见一只小黑猫脖子上挂着一篮子馒头进来。原来是以前救活的那只小黑猫，从此它天天从窗洞进来给拴狗送饭（K5）。

过了些日子，忽听屋梁上有人说："朋友，前天我把皇姑给咬了一下，全国医生没人能治好（a3）。皇上已出榜文，谁能治好招为驸马。你快去吧。你只要往皇姑身上喷口凉水，她的病就好。"（B1）拴狗就托看牢人转告皇上（C）。皇上下令押出拴狗，给皇姑看病。拴狗果然把皇姑给治好了（K12）。

皇上不愿意把皇姑嫁给拴狗，想出一条坏主意，对拴狗说："明天我准备二十四顶一模一样的花轿，其中一顶坐的是皇姑，其他的是宫女。花轿抬到校场，左转三圈，右转三圈，任你挑，挑上皇姑你就是驸马，挑上宫女就是宫女的丈夫。"（M）

半夜，拴狗正为难的时候，飞来一只蜜蜂，说："恩人呀，明天你看我在哪顶轿子上飞，里面就是皇姑。"

第二天，拴狗仔细看轿，只有倒数第二顶轿顶上有蜜蜂飞，就拉住那轿，果然是皇姑（N）。皇上只好招拴狗为驸马（W3）。

拴狗马上到皇上面前告那进宝状元。皇上问何以为证。拴狗想起了蛤蟆说过的话，便对皇上说："我是这宝珠的主人，它会听我的话，我叫它三声，它就会滚到我身边来。"皇上就叫人把宝珠放到一张桌子上，叫拴狗和那学生各站一边。那家伙一连叫了十多声，宝珠不动（Ex）。拴狗轻叫三声，宝珠便滚到跟前。皇上只好下令杀了那忘恩负义的家伙（U），拴狗被封为真正的进宝状元（K4）。

故事形态分析

（1）功能图式

I. d7 E7 F1 ↑ a6 ——————————————————| M N W3 Ex U K4
　　II．(d7 E7 f9*) A2 + A14 A15 a5 K5 ——————|
　　　　　　　　　　　　III．a3 B1 C K12 ————|

（2）说明分析

蛤蟆将死，将施救的可能性放在主角拴狗面前，进行考验（d7）。拴狗通过考验（E7），获得魔物宝珠（F1），进京献宝——这一行动是为了获得某种奖赏，实际是一种缺乏（a6）。路上碰到三次考验（d7），均做出恰当的反应（E7），魔物均暗示在将来需要时出现（f9*）。其中小蜜蜂的考验（d7）和赠送（f9*）在这里被讲述人所省略，实际上与前面两节构成三段叙述式。学生抢物杀人，犯下双重恶行（A2 + A14），接着又将活过来的拴狗囚禁（A15）。拴狗的饥饿是一种缺乏（a5），由小黑猫消除（K5）。皇姑得了不治之症，新的缺乏出现（a3），皇上求援（B1），拴狗应承（C），治好了皇姑的病（K12）。皇上出难题（M）被解决（N），拴狗得以与皇姑成亲（W3），假主角暴露（Ex）并受到惩罚（U），拴狗被封为进宝状元，消除了最初的缺乏（K4）。

故事由三个序列组成，第一序列中插入了接续的第二、三序列。第二序列中连续出现了多种恶行（A2 + A14 A15），其实施者既是反角，又是冒功领赏的假主角，最后被揭露（Ex）。捐助者共有四个，其中有小花蛇、小黑猫和小蜜蜂，后来又是助手，而在第三序列中，小花蛇还充当了派遣者的角色。

故事编号：38
故事出处：《汉族民间故事》（下册）
　　　　　香港海鸥出版公司 1978 年版
故事记录：不详
流传地区：不详

龙眼

在一座大山前面，住着一个光棍汉叫崔黑子。他没有田地，光靠挑着个小担子给人家锔盆子锔碗吃饭。有一天，他走在道上碰着条小龙（d7），就把它拾到箱子里，天天喂它（E7）。这条小龙慢慢长得箱子装不下了，崔黑子就把它送到北山那个洞里。

过了年把，洞口长出了一棵人参，有龙守着谁也不敢去挖。后来皇帝知道了，非要这棵人参不可（a2），州官知道龙是崔黑子养大的，逼他去挖那棵人参，弄不来就杀他的头（B2）。

崔黑子没法，壮着胆子去了（↑）。对龙说："我养你一场，你救我这一命吧。叫我把那棵人参刨出来吧！"龙点了点头。

崔黑子刨出人参（F10），交给了皇帝［↓］（K4）。

过了些日子，皇帝的老婆害了眼病，哪里的好大夫都请到了，越治越重，末了眼瞎了。有人告诉皇帝："龙眼能治眼病，一擦就好。"（a2）于是皇帝下旨给崔黑子，如果拿到龙眼的话，封他为大臣，拿不到，要把他全家杀死（B2）。崔黑子硬着头皮去了（↑）。

他又对龙说："皇帝逼着我要龙眼，我养你一场，你救我一命，把你的眼挖一个给我吧。"龙又点了点头，让崔黑子把左眼挖了出来（F10）［↓］。皇帝得了龙眼，往皇后眼上一擦，马上全好了（K12+K4）。皇帝就封了崔黑子做大臣。

崔黑子坐吃坐穿，享尽了人间的荣华富贵，慢慢变得又狠又毒，只顾自己享福，不管别人死活（A20）。看到龙眼真是个宝物，心想：我再把那只龙眼也要来吧（a2）。就坐着轿子去了（↑）。到了山里，对龙说："我养你一场，你再把那右眼给我吧。"龙点了点头。他走到龙头那里刚要去挖，龙张开大口，把他给吞下去了（F=+K-）。

故事形态分析

（1）功能图式

Ⅰ. d7 E7 a2 B2 ↑ F10 ［↓］ K4

Ⅱ. a2 B2 ↑ F10 ［↓］ K12+K4

Ⅲ. A20 a2 ↑ F=+K-

（2）说明分析

崔黑子路遇小龙，是一种等待施救的考验（d7），崔黑子做出反应

（E7）通过了考验。皇帝想要人参，出现缺乏（a2），逼派崔黑子挖参（B2）。崔前去（↑）挖到了参，实际是通过考验而得到魔物（F10），返回［↓］后交给皇帝，消除了缺乏（K4）。皇帝又缺乏龙眼（a2）。再次派出崔黑子（B2），他前去（↑）又获得魔物（F10），回来［↓］治好病人（K12 + K4）。崔做官后开始犯下恶行（A20），他想要另一只龙眼（a2），前去索要（↑），却受到惩罚，缺乏自然也未能消除（F = + K －）。

故事由三个序列接续而成，第一、二序列的结局为正向，第三序列为反向，形成对比。在这类故事里，负向结局或是因主角违禁，或是因主角做出恶行而致。本故事的主角在第三序列里做出恶行，导致受罚，实际上已演变成反角。

故事编号：39
故事出处：《汉族民间故事》（下册）
　　　　　香港海鸥出版公司 1978 年版
故事记录：不详
流传地区：不详

太阳瓜

好多年以前，福禄村住着一个张百万，他雇的长工里头有一对苦兄弟，天天给他到眼泪河边去放羊。

有一天，南山的一只狼拖走了一只羊羔，张百万硬说是苦兄弟把羊羔给吃了，用皮鞭把他们打得血肉模糊，赶出了家门（A6 +9）。

苦兄弟上天无路，下地无门（a5），只好跑到河边大哭，一直哭到眼泪河的河水涨到了岸边。

这时河上漂来一只小船，上面坐着一个白胡子老头。老头问："年轻人，你们哭什么？"（D2）苦兄弟便把自己的遭遇说了（E2）。

老头说："你们沿着这条河往南走吧，走上七七四十九天，就会走到一座太阳山。太阳山上有个太阳老汉，他是太阳底下最公平的人了。太阳老汉种了一棵太阳瓜，已经长了四百九十七年了，到了五百年就要熟了。那时候，你们苦兄弟就会有饭吃了（F2）。种这瓜每天要从太阳山上转七七四十九个圈子，去挑眼泪河里的水来浇瓜，每一担水里要滴一滴自己中

指的血（γ1）。年轻人，有志气就快去吧。"（B2）

苦兄弟按照老头的话走去（↑），果然走到了太阳山。

太阳老汉让他们看看怎样干活（D1）。苦哥哥数清有四十九个瓜，有四十七个人干活，连自己弟兄在内，正好一人一个瓜。苦弟弟问一个人干了多少年了，那人说大概三十年了。苦弟弟觉得不好意思，便拼命干起来，别人挑一担他挑两担，别人滴一滴血他滴两滴（E1）。

苦哥哥每天只挑一担水，用红土蘸水假充鲜血，浇在瓜上。还选了一个最大最香的瓜（δ1 + E1）。

五百年到了，七月七这天，开始分瓜。太阳老汉说："太阳瓜，都滚到自己主人跟前去吧。"

太阳瓜放出金光滚动起来，最大的瓜朝苦弟弟滚过去了（Fvi），苦哥哥跟前滚来一个又小又青的瓜（F-）。

这太阳瓜真是宝贝，你要什么，里面就钻出什么，人人都穿起新衣，吃上好东西（K6）。单单是苦哥哥的瓜不好，里面钻出来的是破衣服和臭饭。太阳老汉把瓜藤拔起来，摇了几下，叶子就变成一张张白纸，变成一个大账本，太阳老汉翻到四十八页看了看，说："你每天浇的不是血，是红土水，你每天大半时间不挑水……"

苦哥哥没话可说了，只好哭丧着脸吃臭饭（K-）。

故事形态分析

（1）功能图式

$$\text{I}. A6+9\ a5\ D2\ E2\ F2\ γ1\ B2 \uparrow \text{————————} | K6$$
$$\text{II}. D1 \text{————} E1 \text{————} Fvi \text{————} |$$
$$\text{III}. δ1+E1 \text{————} F- \text{————} K-$$

（2）说明分析

张百万毒打、驱逐苦兄弟，做出恶行（A6+9），两兄弟无路可走，出现缺乏（a5）。老人的问讯是一种考验（D2），苦兄弟回答（E2），老人指明魔物（F2）并下达禁令（γ1），然后派出（B2），苦兄弟出发（↑）。太阳老人开始考验（D1），苦弟弟以滴血通过考验（E1），而苦哥哥的反应是作假，违反了禁令（δ1+E1）。结果弟弟获得了魔物（Fvi），缺乏得以消除；哥哥未获魔物（F-），缺乏未被消除（K-）。

故事由三个序列组成：第二序列与第一序列有共同的结尾，而第三序列与第二序列交织进行。在第一序列里，魔物仅被指明，而两个主角怎样经受考验以求获得魔物导致了二、三两个序列，结局一为正向（K6），一为反向（K-）。苦哥哥、苦弟弟均为主角，白胡子老头和太阳老人为捐助者，前者同时还是差遣者。至于反角，并未受到惩罚，即与 A（恶行）对应的 U（惩罚）未出现。

故事编号：40
故事出处：《汉族民间故事》（下册）
　　　　　香港海鸥出版公司 1978 年版
故事记录：不详
流传地区：不详

熬海钱

从前有两兄弟，互帮互爱，哥哥结了婚，弟弟也结了婚。哥哥养了四个孩子，弟弟却只有夫妇两人。

弟弟想：收进来的粮食都跑到几个侄儿的肚皮里去了，不合算，就和哥哥分了家，搬到另外的地方住。

哥哥很伤心，弟弟一走，恐怕家里人会挨饿（a5）。坐在家里闷得很，便上外面走走（↑）。

走到海边，看见地上有一个小钱，上面有三个字："熬海钱"（F5）。哥哥随手把它扔进海里。忽然海水向远处退去，海干了，现出一座水晶宫殿。走到门口，海龙王出来说："今天第一次有人到这里来，欢迎！"（D2）哥哥也不害怕，直往里走（E2）。

进宫后他看见一只像猫的动物，龙王告诉他，它叫"应该有"。哥哥向龙王要，龙王答应了（F1）。哥哥带了"应该有"出来，又在路上捡起那个"熬海钱"放进口袋。

回到家（↓），第二天起来，发现"应该有"屙出的是一块块的黄金。哥哥用金子换来米、布，修好房子，日子就好起来了（K6）。

消息传到弟弟的耳朵里。有一天，在路上遇见哥哥，就问："哥哥，日子过得好么？"（ξ1）哥哥就把"应该有"的事告诉了弟弟（ζ1）。

贪心的弟弟（a5）借来那个"熬海钱"（F10），跑到海边（↑）扔到海里，海水退了，露出水晶宫。龙王说："今天第二次有人到这里来，欢迎！"（D2）弟弟没等龙王说完话就问："像猫一样的东西有吗？"（E2）

龙王说有，把弟弟带到一个像猫一样的东西面前，告诉弟弟这是"应该有"的弟弟，叫"不该有"。

弟弟就向龙王要，龙王答应了（F1）。弟弟走出来，在路上碰见那个"熬海钱"，心想："要发财了，要你一个小钱干什么。"伸手扔了（δ1）。

回到家（↓），第二天，"不该有"什么东西都没屙。弟弟又喂它鱼肉，但还是不肯屙金子。

弟弟天天给它吃鱼肉，还是不屙（K-）。慢慢把弟弟的钱都吃光了，等到没有东西吃的时候，"不该有"就死了。弟弟想切开它的肚皮取金，从肚皮里冲出一股臭气来，弟弟忙掩着鼻孔逃走（U）。弟弟晓得这是龙王捉弄他，想到水晶宫找龙王讲理，又找不到"熬海钱"，只好自叹倒霉。

故事形态分析

（1）功能图式

Ⅰ. a5 ↑ F5 D2 E2 F1 ↓ K6

Ⅱ. ξ1 ζ1 a5 F10 ↑ D2 E2 F1 δ1 ↓ K-U

（2）说明分析

哥哥的担心是缺乏所致（a5），他外出（↑）偶得魔物（F5），面对海龙王的考验（D2）他并不害怕（E2），从而获得另外一个魔物（F1），返家（↓）后用魔物消除了最初的缺乏（K6）。弟弟试探哥哥（ξ1），获知魔物之事（ζ1），亦想得之（a5），便借来"熬海钱"（F10）到海边（↑）。他亦经受了海龙王的问话考验（D2 E2），得到魔物（F1），但却违反了禁令（δ1），回来后（↓）缺乏未能满足（K-），还受到了惩罚（U）。

故事由两个序列接续而成，其结局一为正向，一为反向。故事中虽未明确下达禁令（γ），但不可丢掉"熬海钱"显然是潜在的禁令，第一序列中哥哥捡起了它，魔物便可发挥作用消除缺乏；而在第二序列中弟弟将它扔掉，魔物便失效，这是违反禁令的结果。

故事编号：41
故事出处：苏胜兴等编：《瑶族民间故事选》
　　　　　上海文艺出版社1980年版
故事记录：云南民族民间文学文山调查队
流传地区：云南文山

隆斯与三公主

从前，我们瑶族有个青年叫隆斯，自小聪明伶俐。刚满十五岁那年，不幸父母都得了重病，不久便都死了（β2）。从此，他靠自己打猎为生。几年后他成了打猎的神手，他的名字，竟传到了瑶王的耳朵里。

瑶王下了一道命令，要隆斯每月献上二十只山鸡等猎物，如不按数交纳，就要罚他到皇宫里去做苦工。后来，瑶王见他交不上，便派人把他抓去了（A1）。从此，隆斯在宫里度着苦难的岁月。

瑶王有三个女儿，尤以三公主最美丽。她从不看别人，也不愿让人看到自己。她说："不是我心里喜欢的人，他就不能看到我的脸。"她要自己选丈夫，说不管是什么人，谁能使她抬起头来就嫁给谁（M）。

宫里的房子漏雨了，瑶王令隆斯去修理。隆斯揭开瓦，看见下面三公主在绣花。三公主早就听说隆斯这个英勇的猎人了，她要看看隆斯爱不爱她，试试他会用什么办法，使自己抬起头来。隆斯两次计策都失败了，就把手割破，三公主撕一块缎子用竹竿挑给他，最后三公主抬起了头，隆斯看见了她美丽的容颜。（N）

两人互诉爱慕之情（W1），隆斯请人去向瑶王求亲（a1），瑶王非常生气。他对隆斯说："你如有能压倒我宫楼的金银，我就把三公主嫁给你，否则就给我滚。"（M）隆斯没法，只好走出皇宫，愁眉苦脸，仍旧上山去打猎。

一天，在回家的路上隆斯遇见一位白发仙翁，问他为什么发愁（D2），他便把事情说出来（E2）。仙翁说："你去捉一对啄木鸟放在宫楼的柱子上，那就行了。"（F2）隆斯照做了，那鸟一啄木头，真像宫楼发出要倒塌的声音。瑶王出来一看，似乎堆满了金银，忙叫隆斯把金银搬开，算输了（N）。

瑶王又想了第二计。他对隆斯说："如果你能用绸缎从你家大门口铺到我的宫门口，我就把三公主嫁给你，要办不到就快滚！"（M）隆斯又上山去请仙翁帮助。仙翁砍了三张芭蕉叶给他（F1），说："在你家大门口放下一张，中途放上一张，宫门口放下一张，然后回过头来，在每张叶子上吹口气，沿途就都是绸缎了。"隆斯照做了，果见铺满了绸缎。瑶王出来一看，说不出话来（N）。

瑶王又令隆斯造一幢和皇宫一样大小、一样富丽的房子（M）。三公主知道了这件事，叫宫女去告诉了隆斯一个方法。这天，隆斯拿了一条长绳量大头人石宗的屋子。石宗问他，他答："我想娶三公主做妻子，你这屋，与皇宫一样大小，我来量一量，好照样去建造。"石宗不信，说："如果你能娶三公主，我把这房子白送给你。"

第二天，隆斯和三公主有说有笑朝他家走来，石宗大惊。一个宫女走上来对他说："三公主要嫁给隆斯了，你赶快搬出去，让他们准备婚礼吧。"石宗不能反悔，只好从后门溜出去。

隆斯有了和皇宫一样大小富丽的房子，瑶王再不能说什么了（N），隆斯和三公主成了亲（K4＋W3），过着美满幸福的生活。

故事形态分析

（1）功能图式

Ⅰ．β2 A1 M N W1

　　Ⅱ．a1 M D2 E2 F2 N M F1 N M N K4＋W3

（2）说明分析

主角隆斯父母辞世（β2），瑶王抓他入宫（A1）。三公主出难题（M），隆斯设法解决之（N）。和三公主互诉爱情，可视为一种婚誓（W1）。隆斯的求亲是一种缺乏（a1：缺乏新娘），瑶王出难题（M）阻挡。白发仙翁通过应答考验（D2 E2）而指明魔物（F2），使隆斯解决了难题（N）。瑶王再出难题（M），隆斯获得魔物（F1）解决之（N）。瑶王第三次出难题（M），又被解决（N），隆斯最终消除缺乏，与三公主成亲（K4＋W3）。

故事由两个接续的序列组成。在这类"难题求婚"型故事中，功能对难题（M）和解题（N）起着核心作用，整个故事里共出现四组。在第一序列中出难题者是被求婚的一方（三公主），她在第二序列中成为协助主角隆斯解题的助手。

故事编号：42
故事出处：苏胜兴等编：《瑶族民间故事选》
　　　　　上海文艺出版社 1980 年版
故事记录：萧甘牛
流传地区：不详

金芦笙

从前，山里住有母女俩，女儿爱穿红衣裳，叫小红妹。

有一天，母女俩在田里耕种，忽然一阵大风吹来，天空出现一条恶龙，把小红妹抓住朝西方飞去（A1）。娘隐约听到女儿的声音：

"救小红，靠弟弟，

娘啊娘啊莫忘记。"

娘抹泪说："我只有一个女儿，哪里来的弟弟啊。"她往家走，走到半路，路旁一棵杨梅树勾住她，她见树上结有一颗鲜红的杨梅，便顺手摘下吃进肚。

娘回家以后，生下一个圆头红脸的孩子，取名叫杨梅仔。

杨梅仔几天就长成了一个十四五岁的小伙子。

有一天，一个老鸦飞到屋檐口叫着：

"姐姐苦哇！姐姐苦哇！

恶龙洞泪沙沙，

龙尾打背手凿岩，

姐姐苦哇！姐姐苦哇！"（B4）

杨梅仔听了就问娘："我有姐姐吗？"娘告他姐姐被抓之事。

杨梅仔操起大木棍："我要去杀恶龙，救姐姐，救众人！"（C）

娘含泪看儿子走了（↑）。

杨梅仔走着走着，看见一块大石头拦在路中间（D11），便用力把石头掀下山（E11）。石坑下现出一支金闪闪的金芦笙（F5），杨梅仔拾起一吹，路边的动物都跳起舞来。

杨梅仔走到一座大石山边，看见恶龙盘在一个洞口，一个红衣姑娘在凿岩洞。

杨梅仔吹起金芦笙（H1），恶龙不由自主跳起舞来。杨梅仔边吹边向一个大潭走去，恶龙也跟着来到潭边。金芦笙一停，它就沉下潭底（I1）。

杨梅仔拉着姐姐的手（K10），走了不远，见恶龙又向他们飞来（Pr1），杨梅仔忙跑回潭边吹起来，一直吹了七天七夜（Rs11），到了第八天，恶龙浮在潭面死了（U）。

姐弟俩抬起恶龙的尸体回家（↓）。他们犁田种粮，生活得很好。

故事形态分析

（1）功能图式

A1 B4 C ↑ D11 E11 F5 H1 I1 K10 Pr1 Rs11 U ↓

（2）说明分析

恶龙抢人，做出恶行（A1）。老鸦通告了灾难（B4），主角杨梅仔决意救人（C），操棍出发（↑）。拦路的大石头是对他的考验（D11），他掀石下山，通过考验（E11），捡到了魔物（F5），用之与恶龙战斗（H1），击败恶龙（I1），救出姐姐（K10：被囚者得以释放）。恶龙追逐他们（Pr1），杨梅仔用魔物摆脱追捕（Rs11），杀死恶龙（U），返回家园（↓）。

故事中的功能位置，除了最后的"返回"（↓）之外，均符合普罗普给出的顺序。故事中共出现三种角色：主角杨梅仔，被寻求者小红妹和反角恶龙。主角自己捡到了魔物，故没有出现捐助者。

故事编号：43
故事出处：杨通山等编：《侗族民间故事选》
　　　　　上海文艺出版社 1982 年版
故事记录：王继英
流传地区：贵州天柱

三圭

　　从前有个孤儿叫三圭，父母死时他才三岁（β2）。长大后他想给父母扫墓，到了山上，却找不到父母的墓。正在发愁，天上飘下七个美丽的姑娘，来帮三圭找坟（D11）。

　　七姑娘找到了，三圭挂起青来，祭奠父母（E11）。七姑娘看到三圭这样孝敬老人，便爱上了他。她没跟别的姑娘回天上，说："我不想回去了，我看人间比天上还好，就让我和你一起过活吧。"他俩来到坡脚，七姑娘口中念个不停，把手一招，空地上马上立起一幢高大的印子屋，里面样样东西都有。这一夜，俩人在屋里成了亲（W*）。

　　财主听了这事，心中盘算怎样谋得那个姑娘（A1*）。他叫人把三圭喊来，说："我的活还没做完，明天我想砍掉寨头的两棵大树，你一个人砍一棵，寨里人共砍一棵。要是人家砍倒了，你还没砍倒，我要把你那婆娘接到我家来。"（M）

　　那树十个人都抱不拢。三圭没法，七姑娘叫他不用愁。第二天，七姑娘给他一把旧斧子（F1），叫他在大树四个边砍一斧就行。

　　三圭来到寨头，众人已把另一棵树砍了一半。三圭在树的四边各砍了一斧，树轰然倒下（N）。

　　财主有两个大水塘，财主叫三圭一个人舀干一塘水，全寨人舀另一口塘，若舀得慢，就把婆娘送来（M）。

　　七姑娘还是叫三圭放心。第三天，七姑娘交给他一个破瓜瓢（F1），叫他在水塘的四个角各舀一瓢水，水塘就干了。

　　三圭来到水塘边，去四个角各舀了一瓢水倒掉，一塘水忽然间就干了（N）。

　　财主气苦了，问："你是怎么搞的，砍树树先倒，舀水水先干。"三圭说："这个容易得很。"

　　财主说："你说容易，那你就把'容易'拿来看。"（M）

　　三圭赶紧跟妻子讲。七姑娘拿笔在两张纸上各写一字，捏成纸团给三圭，说（F1）："看见财主，你先放右手，再放左手。"

　　三圭到财主家门口，高喊："老爷，快出来，我把'容易'拿来了。"（N）财主跑出来看，三圭把右手一放，一道白光飞出来向财主冲去。财主惨叫一声，翻倒在地（U）。三圭又放开左手，一道红光冲向财主房屋，一团大火，把财主的房屋烧成了灰烬。

故事形态分析

（1）功能图示

$\text{I}. \beta2 \ D11 \ E11 \ W^*$

$\text{II}. A1^* \ (M \ F1 \ N) \ U$

（2）说明分析

主角三圭父母双亡（β2）。七姑娘找坟是一种考验（D11），三圭的反应表现了他的孝心（E11），七姑娘与之成亲（W*）。反角财主欲得姑娘，便出难题（M），三圭得到魔物相助（F1），解决了难题（N），如此三次，最后惩罚了反角（U）。

故事由两个接续的序列组成。在第一序列中，捐助者七姑娘对主角进行考验后，并未立刻赠送魔物，而是在第二序列出难题（M）后赠送（F1），用以解决难题（N），这是本篇故事的独特之处。

故事编号：44

故事出处：杨通山等编：《侗族民间故事选》
　　　　　　上海文艺出版社 1982 年版

故事记录：梁志刚、萧启中

流传地区：广西龙胜、三江

小金包

从前下寨地方，家家户户都很穷苦，最穷苦的要算小金包家，金包从小就失去父母（β2），家里只剩下瞎眼的阿萨相依为命，艰苦过日子（a5）。

金包到河边洗凉，见上游漂来一条小黄狗，叫得很凄凉，金包忙把它救上岸。

阿萨说："我们连饭都吃不饱，拿什么喂它呀？"金包只好把小黄狗放了。小黄狗不愿离开，赶走了又跑回来，眼泪汪汪抽着鼻子（d7）。金包伤心地哭了起来。就这样，小黄狗在这破木楼里安下了家，每天，金包把自己的一小碗糠菜饭留一半喂它（E7）。

一天，金包给小黄狗喂饭，它的嘴却一动不动，怕它受凉，金包烧了一碗姜茶让它喝下。不一会，它拉出一堆金子来（f1）。

得了金子，婆孙俩日子好起来（K6）。这事一传十，千传百，传到财主金百万耳里（ζ3）。他勾结官府，带领打手闯到下寨，硬说金包偷了他家的金狗，一顿拳打脚踢，把小黄狗抢去了（A2）。

金百万抢到宝贝，大摆酒席，把小黄狗抬上桌，等了半天（a5），小黄狗拉出一堆狗屎（K-）。金百万抢棍向小黄狗打去，小黄狗咬了他一口，家丁乱棍打死了小黄狗。

金包伤心地把小黄狗背回来，葬在屋旁桃树下。金百万的伤口总不见好，不多久就死了（U）。第二年，那棵桃树结的桃子特别大。有天早晨，桃果落地，捡起来看，全是金的。婆孙俩就把它们送给穷苦邻居，从此大家都过上了好日子。

故事形态分析

（1）功能图式

Ⅰ. β2 a5 d7 E7 f1 K6

Ⅱ. ζ3 A2 a5 K-U

（2）说明分析

主角小金包自小失去父母（β2），艰苦度日，是一种缺乏（a5）。小黄狗以求救考验金包（d7），金包通过考验（E7），得到金子（f1：得到没有魔力的奖品），日子好起来，缺乏被消除（K6）。反角金百万获悉此事（ζ3），将狗抢走（A2），也想得到金子（a5），却未如愿（K-），反受到惩罚（U）。

故事由两个序列接续组成，结局正反向对比。共出现三种角色：主角金包、反角金百万和捐助者小黄狗。

故事编号：45
故事出处：段伶等编：《傈僳族民间故事》
　　　　　云南人民出版社 1984 年版
故事记录：尚仲豪　祝发清

流传地区：四川

石马

有一个孤儿，一个人没法生活，便到深山老林里打猎，久而久之，他成了远近闻名的猎手。

有一次，孤儿上雪山打猎（↑），看见一只老鹰叼起一条小蛇飞上天空（d7）。孤儿拉弓射出一箭，正中老鹰的嘴，老鹰痛得把嘴一松，小蛇便掉下来了（E7）。

小蛇对孤儿说："你救了我的命，叫我怎么谢你呢？我不是蛇，我是龙公主变的，请你跟我去龙宫玩一圈吧，如果我的父王问你要什么东西的话，你只要他嘴里含的那颗珠珠就行了。"

说完小蛇变成一个美丽的少女，孤儿跟她来到江边，龙公主叫他闭上眼。等了一阵，再睁开眼时，已经到龙宫了（G2）。龙王知道，立刻大摆宴席，招待孤儿。

龙王对孤儿说："你救了我女儿的命，你要什么东西，我都可以送给你。"

孤儿说只要你嘴里含的那颗珠珠。龙王只有忍痛割爱（F1）。

龙王对孤儿说："这是稀有珍宝，你带它可以听懂各种野兽讲的话。但你不能把这事告诉任何人，若泄露了秘密，你就会变成一匹石马。"（γ1）

孤儿回到家里（↓），不久上山打猎，听到树上雀鸟在议论："三天之后，世界要变成漆黑一片，天地要翻覆，洪水要暴发，我们赶快逃生吧。"（B4）

孤儿急忙跑回家，走进每家每户，把可怕的事告诉了所有人（δ1）。大家立即搬家。

不久，这个地方果然天翻地覆，洪水横冲直撞，乡亲们逃脱了灾难（K13），人人都感谢孤儿的救命之恩。孤儿因泄露天机，于是变成了一匹石马（U）。

故事形态分析

（1）功能图式

I. ↑ d7 E7 G2 F1 γ1 ↓

II. B4 δ1 K13 U

（2）说明分析

孤儿上山（↑），面临考验——小蛇遇难（d7），他救下小蛇（E7），被转送到龙宫（G2），获得魔物（F1），同时捐助者龙王下达了禁令（γ1），孤儿回家（↓）。雀鸟通报灾难的消息（B4），孤儿违反禁令，将消息转告别人（δ1），使大家免灾（K13），自己却变成石马，受到惩罚（U）。

故事由两个序列接续而成，第一序列中下达的禁令，在第二序列中被违反，故是单一故事。在本书研究的故事资料中，绝大多数是反角受到惩罚（U），个别故事是主角后来做出恶行，变成反角而受罚。而本故事的主角因为违禁（δ1）而受到变形的惩罚（U），尚属少见。

故事编号：**46**

故事出处：段伶等编：《傈僳族民间故事》
　　　　　云南人民出版社 1984 年版

故事记录：张秀朋

流传地区：四川

白马、神鹰和孤儿

很早以前，有个勇敢善良的孤儿。有一天，他上山开荒，突然从天边刮起一阵大风，随风飘来一匹大白马，鞍子上挂着一把闪闪发光的宝刀。白马对他说："请你带上宝刀，快去救人一命！"（B2）孤儿骑上马（↑），白马腾空飞起，降落在一个峡谷里，又驰进一个深不见底的岩洞，到了洞底（G1），白马就不见了。

孤儿在洞底搜寻，见一张石床上睡着一个怪物，边上坐着一个美丽的姑娘。她见孤儿，忙招手示意，请他斩除怪物，孤儿冲上去，手起刀落，把怪物送上了西天（I5）。

姑娘谢了恩（K10），说："我是土司的女儿，三天前还在父母身边，忽然刮起了一阵大风，怪物把我带到了这儿（A1），苦苦等死，这时一匹白马来到我面前说：'姑娘，我和同伴小黑原来都是仙马，被怪物抓来当差使的，小黑马为它跑黑世界，我为它跑白世界，受尽了苦。我要帮助你逃脱灾难，在怪物睡觉的时候，你偷偷摘下它的宝刀，挂在我身上，我去光明世界寻找除魔的勇士。'我照做了，果然盼来了阿哥你。……要是阿哥还没有成亲，小妹愿终身跟随阿哥（W1），请收下我的半截玉梳吧。"孤儿把玉梳藏在自己胸前（J1）。

他俩来到洞口，小黑马和白马出现了，他俩双双跨上白马。正要飞出洞口，孤儿跌下来，落在黑马背上，白马很快把姑娘送到家，可是孤儿却被小黑马送进了黑世界。

孤儿思念家乡的亲人，思念姑娘（a1），决心回到白世界去。他四处奔走，寻找返回白世界的路。忽然，有个白胡子老头出来对他说："北山坡上有棵万年树，住着一只神鹰，它每年都去一次白世界，你去求求它吧。"

孤儿来到万年树边，看见一只野猪在咬万年树的树根（d7），便抽出宝刀，斩了野猪（E7），在树下睡着了。

一阵响声把他惊醒，一只鹰从天上扑了下来："你竟敢来侵占我的宝地，非啄死你不可！"这时树上有了说话的声音："妈，刚才要不是他救了我们，孩儿们都没命了。"神鹰说："我该怎样来报答你？"孤儿就讲了自己的经历，请神鹰送他到白世界去。神鹰说："只需请你预备九瓶酒、九块肉。我每冲破一层天，要喝一瓶酒，吃一块肉。"（F9）

孤儿向黑世界的人求助，找来了酒肉。神鹰驮着他一连飞通了八层天。不料一阵风卷走了最后一块肉。神鹰慢慢往下落，孤儿急了，从自己大腿上割下一块肉喂神鹰，神鹰冲破最后一重天，停落在白世界（↓）。

神鹰把肉吐回原处，用嘴划一圈，马上就长成原来的样子。神鹰刚飞走，大白马又来到孤儿面前，孤儿骑马来到姑娘家门口。姑娘生病了，原来她因为思念救命恩人，得了一种怪病（a1）。土司出了告示，说谁能治好她的病，敬谢一千两银子，如果是小伙子，愿把她许配为妻（B1），可没有一个人能治好。姑娘说只要找到有半截玉梳的孤儿，她的病才会好。就这样她病得越来越重。忽然，孤儿拿着半截玉梳走了进来，和她见了面（Q），姑娘的病一下就好了（K12）。

土司想赖掉这门婚事，但姑娘以死相迫，土司只得答应，但不许孤儿进门，让姑娘跟着孤儿去另谋生路。

孤儿和姑娘骑上马（K4＋W2），飞到遥远的地方，日子越过越甜。

故事形态分析

（1）功能图式

Ⅰ．B2 ↑ G1 I5 K10 A1 W1 J1 —————————｜W2
　　　　　　Ⅱ．a1 c7 E7 F9 ↓ —————— K4＋｜
　　　　　　　　　Ⅲ．a1 B1 Q K12

（2）说明分析

白马求援（B2），导致孤儿出发（↑），飞到目的地（G1）。孤儿未经战斗便杀死了怪物（I5），被囚姑娘得以释放（K10），她以身相许（W1），并标记了主角（J1）。孤儿思念姑娘，出现缺乏（a1）。他杀死野猪，救了雏鹰，无意中通过了考验（d7 E7），获神鹰相助（F9），得以返回（↓）。姑娘得病出现缺乏（a1：实际是缺乏丈夫），土司求援（B1），孤儿被认出（Q），姑娘病愈（K12），二人重聚，缺乏消除。

故事的第一、二序列有共同的结尾，在第二序列接近结束时，插入由新的缺乏引致的第三序列。在第一序列中，反角怪物的恶行（A1）并未出现在故事开始时，而是通过被寻求者后来的追叙说出，因此位置发生了改变。这种追叙的叙事方式在民间故事中较少见。

故事编号：47
故事出处：傅光宇等编：《傣族民间故事选》
　　　　　上海文艺出版社1985年版
故事记录：德宏傣族民间文学调查队
流传地区：云南德宏

笋叶阿銮

有个小寨子，名叫登象，寨子边上住着穷苦的娘儿俩，他们的屋子只能爬进去，吃的是芭蕉，披的是笋叶，儿子笋叶阿銮，靠给沙铁的儿子种地和卖芭蕉叶养活母亲。

一天，沙铁的儿子拉着笋叶阿銮去串姑娘，姑娘们对着笋叶阿銮唱了大半夜，却没有一个人理沙铁的儿子。沙铁的儿子恨死了笋叶阿銮，一心要陷害他，出出这口怨气。

第二天，他缠着笋叶阿銮陪他到树林里去（↑）。沙铁的儿子假装口渴，让笋叶阿銮到水泉去舀水，他知道泉边有一窝老虎，想让老虎伤害他（A14*）。笋叶阿銮可没想到这一点，来到了水泉边，看见一只大老虎正逗七只小老虎玩。老虎说："你来得正好，我要出门办一件事，你帮我看家，我七天以后回来，一定酬谢你。"（D7）

七天过去了，老虎回来，看见七只小老虎都好好的（E7），非常感激笋叶阿銮，一定要笋叶阿銮收下一颗宝石，并告诉他："你遇到什么困难，只要吹吹它，就会帮助你。"（F1）

沙铁的儿子见姑娘们围着笋叶阿銮唱歌（↓），又打了一个主意。他叫人在往树林的路上挖了一个很深的陷阱（A13），又找笋叶阿銮上山（↑）。走着走着，笋叶阿銮跌进了陷阱。

笋叶阿銮跌下去以后，过了好久，正好跌在龙宫的屋顶上（G7）。龙王把他留下，帮助处理国事（D7）。

笋叶阿銮很能干，把国家治理得有条有理（E7）。过了几天，笋叶阿銮要回去，龙王就送他一颗宝石（F1），叫卫士把他送回了人间（↓）。

这时，笋叶阿銮知道是沙铁的儿子谋害自己，想同他去算账。但回到人间，笋叶阿銮的国家正受到别的国家的侵犯，眼看敌人要打进都城了（A19）。国王四处张贴布告：谁能带兵打退敌人，愿意把公主嫁给他（B1）。

笋叶阿銮到宫里去见国王（C），国王给他五千兵马。他带领兵马去和敌人打仗（↑），但敌人太多，渐渐抵不住了（H1）。这时他想起了两颗宝石，他拿出老虎给他的宝石一吹，立刻变出千万个虎兵，拿起龙王给的宝石一吹，立刻变出千万个龙将，一齐向敌人冲去，把敌人赶出了国境（I1）。

得胜回国那天（↓），国王把公主许配给了笋叶阿銮，不久又把王位让给了女婿（W**）。笋叶阿銮当了国王后，惩办了所有的坏人，其中也有沙铁的儿子（U）。他为百姓办事，把国家管理得很好。

故事形态分析

（1）功能图式

Ⅰ. ↑ A14* D7 E7 F1 ↓ ─────────────── | U

　　Ⅱ. A13 ↑ G7 D7 E7 F1 ↓ ─────────── |

　　　　Ⅲ. A19 B1 C ↑ H1 I1 ↓ W**

（2）说明分析

反角沙铁的儿子和主角笋叶阿銮上山（↑），反角意欲加害主角，做出恶行（A14*）。老虎是捐助者，它的要求自然是一种考验（D7），主角通过考验（E7），获得魔物（F1）返回（↓）。反角又设计加害（A13），主角上山（↑），无意落在龙宫上（G7）。龙王以处理国事作考验（D7），主角通过考验（E7），又获魔物（F1）返回（↓）。敌人入侵（A19），国王求援（B1），主角应征（C），率兵出发（↑），与敌人展开战斗（H1），用魔物战胜了敌人（I1）。回来后（↓）与公主成亲并登上王位（W**），反角受到惩罚（U）。

故事的第一序列和第二序列，以同一反角受惩（U）为共同的结尾。插入的第三序列，是由新的反角的恶行引致。魔物捐助者也有两个，即老虎和龙王，分别出现在第一、二序列，但主角只在第三序列中使用了它们捐助的魔物，普罗普把这类故事归为单一故事。

故事编号：48
故事出处：傅光宇等编：《傣族民间故事选》
　　　　　上海文艺出版社1985年版
故事记录：不详
流传地区：云南

十二个姑娘的眼珠

有一个何罕，讨了十二个老婆，还不满足，他去向神祷告："神啊，让我再娶几个漂亮的妻子吧。"女妖王听到何罕的祷告，变成一个美女来到何罕的花园里，何罕忙用马车把她接回宫去。自此以后她最得宠爱。过了几个月,她想吃何罕的其他几个妻子(Axvii),就装起病来,什么医生来看都不见效。她对何罕说:"把你十二个妻子的眼睛都剜给我吃,我的病就会好了。"

何罕便剜了十二个妻子的眼珠(A6),唯有最小的那个,因为怀了孕,只剜了一只眼睛。妖王拿了眼珠,悄悄飞到她住的妖山藏好,然后回来准备慢慢吃这十二个人。

这十二个妻子一起逃进森林,躲在一个山洞里,靠那个有一只眼睛的同伴每天去采野菜养活大家(a6)。不久,她生了个男孩,取名阿郎。

阿郎长到五六岁的时候,有一天在洞口碰到一个老人。老人问:"你有没有父亲?"他答:"没有。"老人又问:"有没有母亲?"他说:"有十二个,但她们只有一只眼睛。"老人就叫阿郎跟他去过活(D2),阿郎不去,说要养活妈妈(E2)。于是,老人给了他两颗宝石弹丸(F1),叫他用弹丸打东西,来养活妈妈。

阿郎的弹丸打得好,传到了城中,妖王听见了,就对何罕说:"那孩子就是你儿子。快叫他去妖山找仙水来给我吃(a2),没仙水我就要老了。"何罕派人去叫阿郎,十二个妈妈知道了,说:"不要去,他们会害死你的。"他说:"不要怕,他们害不死我。"

何罕对阿郎说:"现在要你到妖山上去找仙水给你妈妈吃,限你七天一定要回来。"(B2)阿郎答应了(C)。他要了宫中的飞马当自己的坐骑。

妖王给女儿写了一封信,让她吃掉这孩子,把信藏在飞马的脖子下(A13)。

阿郎骑马离城向妖山飞去(↑)。在途中睡觉时,给他弹丸的老人经过。老人发现了信,把信改成:这个小伙子一来,你就嫁给他。

阿郎到了妖山(G1),与公主成了亲(W3)。阿郎成亲后,知道父亲皇宫里的那个女人就是害他十二个母亲的妖王,便想探明妖山的情形,设法回去报仇。公主带着阿郎进了花园,阿郎发现了母亲们的二十三只眼珠,被放在一张琴里,便问公主这琴有什么用处(ξ2)。公主指着琴上的弦说:"弹这根弦时,仙女们会出来跳舞,弹那根弦时,我的母亲就会立刻变丑变老,弹断了弦,我母亲就会死去。"(ζ2)

走了一会,看见一棵红枝红叶的树,阿郎问是什么树(ξ2),公主说叫"甜的火"。阿郎又问有什么用处,公主说把它的叶子往下一丢就会燃起大火（ζ2）。又看见一棵白枝白叶的树，阿郎又问公主（ξ2），公主告诉他："这叫'甜的水'，把它的叶子一丢，就会泛起洪水。"（ζ2）后来，又看见一棵绿枝绿叶的树（ξ2），公主又告诉他："这叫作'甜的风'，把它的叶子一丢，就会刮起大风。"（ζ2）最后他们走到一个水塘边，阿郎问这是什么水（ξ2），公主说："这是仙水，谁死了，用仙水洒在身上，马上就活过来，不论什么东西坏了，用仙水一洒，马上就好起来。"（ξ2）

有一天，趁大家喝醉了，阿郎把自己的戒指给公主戴上，再把公主的头巾解下来戴在自己头上，然后骑着飞马到园中，拿了琴、"甜火""甜水""甜风"的叶子，还拿了些仙水（F10），就飞走了。

公主醒来连忙追来（Pr1），看看快追上了，阿郎丢下一片"甜火"的叶子，地上燃起了大火，公主扑灭了大火又追来。阿郎又丢下一片"甜风"的叶子，地上刮起了大风，公主越过风头又追。阿郎又丢下一片"甜水"的叶子，地上泛起洪水把公主隔在那一边了（Rs2）。公主悲痛地说："你走就走吧，只是不要让我母亲看见那张琴，也不要乱用那些叶子。"说完就自杀了。

阿郎非常伤心，把公主埋好，到山洞（↓）把眼睛给母亲们安上，她们的眼睛都好了（K13）。何罕又派人来叫他，他把琴藏在身边，到了皇宫。

阿郎弹琴给何罕听，仙女们飞来翩翩起舞。阿郎见妖王出来，便弹起了另一根弦，妖王立刻变成一个难看的老太婆，阿郎说："她是一个妖怪！"说着把弦弄断，妖王死了（U），现出了原形。

过了几天，何罕问阿郎："你带来的那些仙女，可不可以做我的妻子？"话才说完，地突然裂开一个口把他吞下去了（U）。

从此阿郎做了新的何罕，把母亲们也接进宫来了。一天，他思念死去的公主（a1），心里非常难过。飞马说："你为什么不用仙水把她救活？"阿郎忙骑上飞马（↑），飞到公主死去的地方（G1），把公主从坟中取出，洒上仙水，公主马上活了过来（K9），二人骑上飞马一起飞回皇宫（↓）。

故事形态分析

（1）功能图式

Ⅰ. Axvii A6 a6 D2 E2 F1 ─────────────────── K13 ─│ （U）
　　　　Ⅱ. a2 B2 C A13 ↑ G1 W3 (ξ2 ζ2) F10 Pr1 Rs2 ↓───│
（续 U）Ⅲ. a1 ↑ G1 K9 ↓

（2）说明分析

女妖王想吃人（Axvii：亲戚企图吃人），何罕剜眼珠（A6），均是恶行，导致妻子们均缺乏眼睛（a6）。阿郎不愿丢弃妈妈，通过了老人的考验（D2 E2），获赠魔物（F1）。妖王欲得仙水（a2），何罕派阿郎去取（B2），阿郎答应（C），他不知妖王下令杀他（A13）。阿郎出发（↑），飞到目的地（G1），与公主成亲（W3）。阿郎四次探问魔物的消息（ξ2），公主均告之（ζ2）。阿郎取得魔物（F10），公主追赶他（Pr1），他用魔物逃脱（Rs2），回到家里（↓），治好了母亲们的眼睛，最初的缺乏被消除（K13），两个反角亦受到惩罚（U）。阿郎思念公主，出现新的缺乏（a1：缺乏新娘），便出发（↑）飞至目的地（G1），用魔物使死者复生（K9），返回皇宫（↓）。

故事共有三个序列。第一个序列未结束时，插入了第二序列，两者有共同的结尾，即反角受惩罚（U）。它们结束后，又接续以新的缺乏引致的第三序列。第二序列中导致派出主角的缺乏（a2）并非真正的缺乏，因为反角实欲借此杀害主角（A13），故并无对应的缺乏消除（K）出现。除了妖王、何罕两个反角外，第二序列中的公主亦是反角，因为信被改动，她未犯下杀人恶行，只是追捕主角。但在第三序列里，她变成了被寻求者，这种角色的变化较为独特。

故事编号：49
故事出处：裴永镇：《金德顺故事集》
　　　　　　上海文艺出版社 1983 年版
故事记录：裴永镇
流传地区：东北三省

会笑的花和会笑的水

有一个名叫王松的男孩,他早年死了父亲,剩下个阿妈妮又是个盲人,母子俩过着比苦胆还苦的日子。

王松十六岁的时候,阿妈妮去世了(β2)。那时国王有个王后不知得了什么病,就是治不好,阴阳先生一算卦,说是只有长生不老药才能显效(a3)。要采这种药,只有对父母最孝敬的孩子才能采到,这孝子的名字叫王松。

国王在小山村里找到王松,命令他一定要采回那药,不然就要杀头(B2)。这可愁坏了王松,没办法,只好一直朝南边走去(↑)。

走了三个月零十天,走到这么一个山岭上,看见树下坐着一个白发老人(D11),就朝老人鞠了一躬,诉说了自己的身世,请求老人指点(E11)。老人告诉他:"这岭下有一棵大柳树,旁边有一个湖,你藏在树后,等三个仙女来洗澡的时候,把第三个仙女的衣服藏起来,她就可以成为你的媳妇,你也就不用发愁采不到长生不老药了(F2)。可是有一条,那衣服你说什么也不能还给她。"(γ1)

王松下岭藏在树后,晌午时分,三个仙女飞落湖边,下湖洗澡,王松藏起衣服,三仙女飞不回去,也想在人间过日子,就和王松在大柳树下成了亲(W3),小日子过得像蜜糖罐一样。

过了三年两人已经有了三个男孩,仙女想念父母,想回去看看,要回了衣服(δ1),带着三个孩子回了天宫。

王松没法,只好去找白发老人(a1)。老人交给王松三颗葫芦籽(F1),说:"你把这三颗葫芦籽种上,葫芦秧子能通天,顺着秧子爬到天宫,就可以找到儿子媳妇了。"

王松种下葫芦籽,长了三个月零十天就通天了。王松顺着秧子爬到了天宫(G3)。王松媳妇见到王松,喜出望外,原来仙女的父亲就是玉皇,她回来探亲时就不让她回人间去了。

这天王松拜见了玉皇,恳求玉皇允许他把媳妇和孩子带回人间。玉皇说只有办到三件事,才能放他们回人间。

第一件,让王松在当院找出三个内弟(D1+M)。王松到院里一看,连个人影都没有。他媳妇告诉他:院当腰插着三根针就是三个内弟。王松拿了根线到当院把三根针鼻穿在一起,往上一拽,三个内弟现了原形

(E1＋N)。

第二件，还让王松在天宫找出三个内弟（D1＋M），媳妇又告诉他：在牛马圈吃姐的三只公鸡就是。王松赶到牛马圈，三个内弟现了原形（E1＋N）。

第三件，玉皇命令他的大儿子，朝天外射了一箭让王松把它取回来（D1＋M）。媳妇又告诉王松：骑马圈里最瘦的那匹马去。王松骑上马，只一袋烟的工夫就跑到了南天门，把门上的箭取出往回走。哪知突然飞来一只大乌鸦把箭叼走，又飞来一只老鹰把箭夺去，又一只小雀夺下老鹰嘴里的箭飞入云中。

回到媳妇处，她告诉他：那乌鸦是她大姐，老鹰是二姐，小雀就是自己，说着拿出那支箭，让他交给父王（E1＋N）。

玉皇只好答应了他的请求。临走前，玉皇让姑爷挑几件宝物，王松就照媳妇的吩咐挑了三样东西：那匹瘦马，一头小牛和一只小天狗（F1），离开了天宫。

王松回到人间（↓）安了家（K4＋W2）。有一天，王松的媳妇正在树下做针线活，一个猎人拎着一只野鸡来讨水喝，这时小天狗一口把野鸡给咬死了，猎人大哭，王松的媳妇一打听才知道，病得要死的王后要吃活野鸡，如果十天之内交不上活野鸡，猎人是要被杀头的。

王松媳妇拿过一张纸和剪刀，剪出一只野鸡，再吹一口气，那剪纸的野鸡就变成活的了。

那猎人回王宫交差，告诉国王这番经过（ζ3），国王听说这女子是个举世无双的美人，恨不得马上把她占为己有。当时就令手下把王松抓了起来（A1）。

国王说："你给我找来两样东西，会笑的花和能说话的水，若是找不来就得送媳妇进宫！"（M）

王松回家和媳妇一商量，媳妇给天上的父王写了一封信，让天狗带回，不到三天，天狗就把一朵花和一瓶水带了回来，王松骑着千里马，一眨眼就到了王宫。

在国王面前，王松对花说："笑！"那花嘿嘿嘿笑了起来。国王乐坏了，把花抢了过去。

王松打开瓶盖对水说："说话！"水说："匡当当，匡当当，国王要遭殃！"（N）接着那瓶子"哐当哐当"一个劲儿往外冒水，一会儿就把国王给淹死了（U）。

王松坐上了国王的宝座（*W），不但他们全家获得了幸福，天下的老百姓也都过上了太平日子。

故事形态分析

（1）功能图式

Ⅰ. β2 a3 B2 ↑ D11 E11 F2 γ1 W3
　　　　　　　　　　　Ⅱ. δ1 a1 F1 G3（D1＋M E1＋N）F1 ↓ K4＋W2
（续W2） Ⅲ. ζ3 A1 M N U *W

（2）说明分析

故事开始先交代主角父母皆亡（β2）。王后出现缺乏（a3），国王强派遣王松（B2）。王松出发（↑），路遇老人，虽只坐着，其实也是一种考验——如果主角视而不见，自然也无缘得到魔物（D11）。王松的鞠躬、诉说，都是对考验的反应（E11），结果魔物被指明（F2），但捐助者亦下达了禁令（γ1）。王松与三仙女成亲（W3），他违反禁令，将衣服还给仙女（δ1），结果造成缺乏（a1）。老人赠送魔物（F1），王松到达目的地（G3）。玉皇三次出难题，亦是三次考验（D1＋M），王松解题、通过考验（E1＋N），既完成了难题求婚，又获得新的魔物（F1），返家（↓）夫妻重聚，缺乏消除（K4＋W2）。国王获知消息（ζ3），作恶抓人（A1），出难题（M）却被王松解决（N），国王受到惩罚（U），王松登上王座（*W）。

故事由三个序列接续而成。第二序列中难题——考验（D1＋M）和解题——应考（E1＋N）两个复合功能，在本书的故事材料中是第一次出现，出题者玉皇，同第一序列中的白发老人一道成为捐助者。第二序列的被寻求者三仙女，在第二、三序列中均又是助手。故事开始时的缺乏（a3）最终未被消除，即对应的功能K未出现，给人以不完整的感觉，或许是故事讲述者在口头讲述过程中某种遗漏所致。

故事编号：50
故事出处：裴永镇：《金德顺故事集》

上海文艺出版社 1983 年版
故事记录：裴永镇
流传地区：东北三省

长生不老草

在古时候的古时候，有一个阿妈妮，早年死了丈夫，拉扯着两个儿子，大的叫不孝，对阿妈妮要多坏有多坏；小儿子至诚，待阿妈妮要多好有多好。

这一年，阿妈妮害了一场大病，吃的草药没有数，这病只见重不见轻，眼看就不行了。

有一天，打很远的地方来了一个老先生，摸过阿妈妮的脉后对两个儿子说：“要想治好阿妈妮的病，世上只有一种药长生不老草，你们想办法吧。”（a3）

至诚对阿妈妮说："我就是豁出命来，也要给您采到长生不老草。"（C）说着带了家里的一只信鸽和一把刀上路了（↑）。

至诚一直向南走，不知走了多少天，碰到一个耕地的老农夫。至诚问他到哪儿才能采到长生不老草。老农夫说："那你得帮我耕地，耕完我就告诉你。"（D1）至诚干了整整三天三夜，才帮老农夫耕完了地（E1）。老农夫告诉他："一直往南走，有个哈儿妈妮在小河边洗衣服，你再去问她。"（F10）

至诚又不知走了多少天，在小河边真的碰上了一个洗衣的老哈儿妈妮，就问她到哪里能采到长生不老草。她说："你得帮我洗衣裳，等你把这黑衣洗白了，我就告诉你。"（D1）至诚洗了三天三夜，才把衣裳洗白（E1）。老哈儿妈妮告诉他："一直朝南走，有个渔夫在大江边修船，你再去问他。"（F10）

至诚又不知走了多少天，在江边真的碰上了一个修船的渔夫，至诚问他到哪里能采到长生不老草。渔夫说："那你得帮我修船，修好了我就告诉你。"（D1）至诚干了整整三天，才把船修好（E1）。这时渔夫才告诉他："你坐着这只船一直向南划，江对岸大山上有一个白发老人，你就朝他要长生不老草。"（F10）

至诚不知划了多少夜，终于划到对岸，爬到山顶，真有一个白发老人。至诚一看，原来是给阿妈妮摸过脉的老人。老人拔下一把长生不老草给至诚（F1）。

至诚写了一封信让鸽子捎回。

家里，哥哥抓到鸽子，见到信，知道长生不老草采到了（ζ3），顿时起了坏心眼，自己想吃长生不老草，就跟阿妈妮说要去接弟弟。

不孝不知走了多少天，这天来到大江边，碰到了至诚。至诚刚把长生不老草交给哥哥，不孝用锥子扎瞎了弟弟的双眼，又把他推进了大江（A6+14）。

不孝只拿出一丁点长生不老草给阿妈妮吃，又撒谎说弟弟进山当了和尚。阿妈妮吃了草病就好了（K12）。

话说两头，弟弟命大没死，在江里扑腾来扑腾去，抓住一根树枝爬上了岸。

一天，至诚做了根竹箫来吹，一个新官上任路过被箫声吸引，就把至诚请到了家中。这一天，新官请至诚再吹一遍（D1）。至诚流泪又吹起了洞箫（E1），新官的女儿也被箫声吸引。这时鸽子捎信来，新官的女儿帮他念：

我儿至诚：

……多亏你采来的长生不老草，阿妈妮的病好了，可又添了一块心病。你哥哥成天给我气受。你要是还活着，就赶快打个信来吧（B4）。

你年老的阿妈妮

至诚伤心得流了三天眼泪，毒汁全流了出来，眼睛跟好人一样了。新官就把女儿嫁给了他（F1+W*）。

至诚给阿妈妮回了一封信，把自己的经历都写上了，可这信又叫哥哥截去匿下了（ζ3）。他已是本地掌管军士的小官，算准弟弟回来的日子，派军士带着弓箭堵在江边。

再说这至诚领着媳妇往家走（↓），临行前媳妇带了无数只鸽子。到了江边坐船往对岸划，哥哥朝弟弟射出一支箭（A14），被媳妇抓着，接着把鸽子放出，把所有士兵的眼都啄瞎了。哥哥疼得掉进江中，淹死了（U）。弟弟回到家，全家团圆了。

故事形态分析

（1）功能图式

$$\text{I}. \ a3 \ C \uparrow \ (D1 \ E1 \ F10) \ F1 \ \zeta3 \ A6+14 \ K12 \longrightarrow | \ U$$
$$\text{II}. \ D1 \ E1 \ B4 \ F1 + W^* \ \zeta3 \downarrow A14 - |$$

（2）说明分析

阿妈妮病重出现缺乏（a3），至诚要去寻找（C），随即出发（↑），路遇农夫、洗衣妇和渔夫，均对他进行了考验，他一一通过，从而获知魔物所有者的消息（D1 E1 F10），得到魔物（F1）。哥哥获悉此事（ζ3），加害弟弟，做出恶行（A6+14）。阿妈妮吃了草药，治好了病（K12）。新官请至诚吹箫，是一种考验（D1），至诚做出反应，流泪吹箫（E1）。阿妈妮的来信通报了灾难（B4）。新官嫁女，构成复合功能：既是主角成亲，又是赠送魔物，因为从下文可知，女儿绝非凡人（F1 + W*）。反角哥哥再次获知消息（ζ3），想杀死弟弟（A14），受到惩罚（U）。主角返回（↓），全家团聚，缺乏得以消除（K13）。

故事的两个序列有共同的结尾，即反角受到惩罚（U）。第一序列中的农夫、洗衣妇和渔夫，虽然在对主角进行考验后并未直接赠与魔物，但他们告诉主角如何找到魔物所有者，因此应当视为捐助者。加上白发老人和第二序列中的新官，本故事共出现了五个捐助者的角色。

第 二 章

研 究 篇

第一节 功能论

在本书的第二部分，笔者依据普罗普的功能理论体系并沿用其术语符号，对中国部分民间故事的功能进行了划分。在本章，笔者拟总结划分的结果，并对普氏的功能理论加以验证和修正。

一 功能的数目

普罗普对功能的定义是："根据在行动过程中所具有的意义而确定的人物的某种行动。"[①] 尽管民间故事中有着大量形形色色的人物，但往往做出有限数目的相同功能，功能具体的实现方式是变量，但功能本身是不变的常量。与大量的人物相比，功能的数量却非常之少。据普罗普对所研究的 100 个俄国民间故事的观察，功能共有 31 个。在每一个故事中，这些功能并不一定全部出现。

在所研究的中国民间故事中，这些功能出现的频率次数呈现相当不均衡的状况。下表为所分析的 50 个故事中各个功能出现的次数统计。[②]

[①] V. Propp, *Morphology of the Folktale*, Austin & London: University of Texas Press, 1975, p. 21.

[②] 在表1和表2中，复合功能分开统计，连续重复或三段式的功能则合计为一。

表1

序号	代号	次数1	次数2	序号	代号	次数1	次数2
1	β	21	1	16	H	10	1
2	γ	25	3	17	J	2	1
3	δ	20	3	18	I	12	2
4	ξ	20	6	19	K	84	8
5	ζ	29	6	20	↓	39	3
6	η	11	2	21	Pr	8	1
7	θ	10	2	22	Rs	8	1
8	A	69	4	23	O	0	0
8a	a	64	8	24	L	1	1
9	B	36	4	25	M	22	2
10	C	13	1	26	N	22	2
11	↑	50	3	27	Q	3	1
12	D	61	7	28	Ex	5	1
13	E	63	7	29	T	1	1
14	F	87	9	30	U	44	3
15	G	21	2	31	W	29	2

注：次数1：出现总次数。

次数2：单个故事中最多出现次数。

由上表可见，在所有故事中功能的出现频率差异甚大，出现次数最多的是（F），达87次；最少的是（O），在已分析的故事中尚未发现。

表2是各个故事中所含功能的总数目：

表2

故事编号	功能总数	故事编号	功能总数	故事编号	功能总数	故事编号	功能总数	故事编号	功能总数
1	45	14	25	27	17	40	20		
2	55	15	25	28	33	41	19		
3	8	16	14	29	20	42	14		
4	24	17	20	30	14	43	9		
5	12	18	22	31	9	44	11		
6	18	19	14	32	9	45	11		

续表

故事编号	功能总数	故事编号	功能总数	故事编号	功能总数	故事编号	功能总数
7	23	20	6	33	6	46	19
8	13	21	10	34	16	47	22
9	16	22	17	35	24	48	26
10	11	23	19	36	17	49	27
11	23	24	24	37	22	50	19
12	14	25	23	38	18		
13	14	26	16	39	16		

普罗普并未给出构成一个故事的最少功能数值。在我们所研究的故事中最少只需要 6 个功能即可构成一个完整的故事。功能的多少，取决于故事的行动过程，与角色和序列的数目成正比例。

二 功能的顺序

普罗普认为在民间故事中功能出现的顺序总是相同的。这一结论在普罗普的理论体系中举足轻重，甚至"具有某些科学发现所产生的那种令人吃惊的效果"[1]。

普罗普认为：在童话故事中，某些功能可以从固定次序中消掉，某些功能可以重复，但这并不影响功能的固定次序。对此，荷兰学者弗克马（D. W. Fokkema）和易布思（E. Kunne-Ibsch）指出：

> 但在我们看来，这的确影响固定次序，因为这两个"例外条款"理论上能使我们也把功能的固定次序规律应用于次序颠倒了的童话上，也就是说，以功能 31 开始、以功能 1 结束的那种童话（消掉功能 1 到功能 30；在功能 31 之后，早些时候消掉的功能 30 得到重复；在功能 30 之后，早些时候消掉的功能 29 得到重复，等等）。在普罗普提供的例子中，也有次序颠倒的功能出现，不过范围较有限。总

---

[1] Robert Scholes, *Structuralism in Literature*, New Haven and London: Yale University Press, 1974, p. 63.

之，这两条例外条款，即功能可以消掉或重复的条款，使固定次序的法则变得"不可证伪"了。①

这是从逻辑上进行的推论。在笔者已分析的故事材料中，即使不排除上述功能消掉或重复的条款来加以验证，如果就故事整体而不是就序列而言（因为在复合故事中，某一序列有可能是一个独立的故事），尚未发现有任何故事的功能排列完全符合普罗普所给出的顺序。最接近的也有一个功能位置不符（以*号标出）：

【例1】 故事21
A7 a5 C ↑ D9 E9 F1 ↓ *K6
【例2】 故事42
A1 B4 C ↑ D11 E11 F5 H1 I1 K10 Pr1 Rs11 U ↓ *

在功能顺序上，普罗普承认部分故事有变异，他称之为"倒置顺序"（Inverted Sequence），认为这并没有打破他的顺序定律。但中国民间故事与普罗普的结论有如此令人惊异的差距，使我们不得不考虑这一定律的准确性。

普罗普的结论主要基于对故事材料的经验观察，论证过程实际上并不复杂：事件的顺序有其自身的规则，短篇故事也是由类似的规则所统驭的，就像有机构成物一样。

"事件的顺序"，按照普罗普的意思理解，在这里指的是行动的顺序；所谓故事的规则，应指叙事中行动之间的逻辑关系，正是这种关系制约和决定行动的顺序。这种逻辑关系包括时序关系、因果关系和内在逻辑关系。

如果事件行动的发生是历时的、接续的，事件和叙事的时序是同一的。但另一方面，各种行动过程，在时间上有时具有共时和历时的特质：行动有可能同时发生，又同处在连续的时间流中；在空间上事件的行动分布有时亦是多维的，即在同一瞬间可能处于同一多维空间的不同位置上。

---

① 弗克马、易布思：《二十世纪文学理论》，林书武等译，生活·读书·新知三联书店1988年版，第32—33页。

与事件行动这一多维体性质不同,人类的语言是一种线性的横向组合结构,要把握、叙述事件行动,只能把事件的行动分解,逐一排列在一维的线性序列上。换言之,共时的行动在顺序上有排列的自由。

将事件以逻辑关系组合排列的叙事,可以看成是俄国形式主义学者所说的"故事"(Fáula,亦可意译为"事序结构")。"故事"这一概念与"情节"(Sjuzèt)相对,在形式主义学者看来,情节是"语义成分在文本中的实际组成"(特尼亚诺夫),"故事仅是构成情节的材料"(什克洛夫斯基),情节是"故事"得以陌生化、得以被人创造性地扭曲并使之面目全非的独特方式,是形式的有机因素。[1]

综上所述,我们可以看出,普罗普关于故事功能顺序不变的结论,必须满足三个前提条件:民间故事中的功能(1)必须被逻辑关系中的因果和内在关系决定制约其顺序(位置);(2)是历时地、接续地、单一线性地发展;(3)没有被讲述者或者记录者人为地情节化。

我们不难观察到:普罗普所列的 31 个功能之间,并不完全具有第一个前提中的关系(关于功能间的具体关系,将在下一节详细讨论)。我们固然可以肯定:功能(A)(坏人导致灾厄或伤害了家庭中的某个成员)必在(U)(坏人受到惩处)之前;主角先遇考验(D),再做出反应(E),通过考验而获得魔物(F)。然而,我们并没有令人信服的时空和逻辑关系依据,来说明功能(γ)(对主角下一道禁令)不能出现在与普罗普所定功能顺序不同的位置。

从第二章故事分析中我们可以看到,禁令(γ)往往出现在获得魔物(F)之后,例如:

【例3】故事 10
Ⅰ. a5 D4 E4 F1 γ1 ↑ K6
　　　　　　Ⅱ. a5 δ1 K-U

【例4】故事 16
Ⅰ. D2 E2 F1 γ1 M N W*
　　　　　Ⅱ. δ1 *D7 E7 − F = U

---

[1] 弗克马、易布思:《二十世纪文学理论》,林书武等译,生活·读书·新知三联书店 1988 年版,第 21 页。

在我们的故事材料中，绝大部分符合第二个前提条件，但亦有例外，如故事 39《太阳瓜》：

> 五百年到了，七月七这天，开始分瓜。太阳老汉说："太阳瓜，都滚到自己主人跟前去吧。"太阳瓜放出金光滚动起来，苦哥哥眼看那个最大的瓜朝苦弟弟滚过去了（Fvi），自己跟前滚来一个又小又青的瓜（F-）。

又如故事 15《有个讨吃的，有个鞭杆子》：

> 鞭杆子骑着小白龙飞出洞，来到一个孤岛。又坐上二骡轿车子。小白龙给他大哥说："回头我爹给你金银你不要要，就要他背后墙上那个瓢葫芦，说拿上耍个几天再还他。"见到五海龙王，喜的不行，就留鞭杆子住下来了。
>
> 讨吃的招驸马去了（L）。皇姑知道他是个灰猴，就叫皇帝问他："你有什么表记？""我没有表记。""那你是假的，给你五十两银子，自己讨老婆去吧。"（Ex）
>
> 鞭杆子在龙宫住着，想回家。龙王给他金银都不要，就要那瓢葫芦，龙王给了他。他兄弟告他："你想要什么弹他一指头，吹个一口气，就要吧。"（F1）

故事 39 中瓜的滚动（Fvi 获得魔物和 F- 未获得魔物）是同时发生的，两者的位置是可以互换的。故事 15 中"鞭杆子"同"讨吃的"两个行动序列亦有可能同时发生，讲述者只好把后者（L—Ex）"插入"前者之中。在普罗普之前，维谢洛夫斯基已经明确指出："对任务和遭遇次序的选择（母题的例子）已经构成了某种自由的前提。"①

---

① V. Propp, *Morphology of the Folktale*, Austin & London: University of Texas Press, 1975, p. 21.

即使一个民间故事所包含的功能全部符合第一、第二个前提，它仍面临着被"情节化"的可能。与文学作品不同，民间故事是以口口相传的方式传播的，因此具有变异性的特征，作为接听和放送中介的讲述人，其传述过程往往是再创造的过程。这种再创造除去不影响叙事结构的语调、语气、人名地名的改换之外，至少还有：

（A）将不同的故事混合；
（B）将故事衍生发展；
（C）其他原因而导致故事情节的改动，如记忆失误、因自己的观点或听众的口味、为讲求效果等。

这些变异已为国内外许多学者和搜集者所证实。[①] 布雷蒙指出：普罗

[①] 故事讲述者的身世、气质、性格、审美情趣和民族心理；故事讲述时的现场环境、听众情况等，都会对故事的讲述产生影响。

例如，中国朝鲜族民间故事讲述家金德顺"懂得怎样讲述才有吸引力……有的故事有几种讲法，她选用哪种讲法，也有自己的标准……对前人讲的故事，它不只是机械地加以复述，她也进行一些合理的加工，有所创造和发展"（裴永镇编：《金顺德故事集》，上海文艺出版社1983年版，第10页）。她"记故事就是记大的梗概，小的地方想不起来就现编"（参见赵海州《民间故事讲述家的个性》，《民间文学论坛》1989年第4期）。

著名故事搜集家董均伦、江源记载："有一个老大娘，人家都叫她牟他妈妈……她很会说故事……有时，只想起半截就说半截，像《二小的故事》《枣核》就是她讲的。……沂蒙山区的一个老农民曾这样说：'故事是随心事，愿意说，说半天；不愿意说，三言两语就能说完。'……有一位干部到县里开会，晚上上俺那里玩，说了个《煎饼换金箔》的故事……便再去听一遍，他家离县城七十多里路，没寻思他摊上了事，情绪很不好，把原来说的那个故事里的情节，有的也忘了，语言也没有上次生动，可见，情绪好说得是一个样，情绪不好是一个样。"（董均伦、江源：《聊斋汊子续集》，中国民间文艺出版社1987年版。）刘守华教授在研究印度《五卷书》和中国民间故事的关系时指出："《五卷书》中的一些故事传入我国后，也有改变基本情节，发展演变成新故事的。这有两种情况，一种情况是把原来的情节变成一些'部件'，穿插到别的故事中去，或者把这一'部件'同那一个'部件'结合起来，构成一个较复杂的故事。……例如《五卷书》中的《海怪和猴子》《狮子与豺狼》原来是两个故事，共有四个角色。在蒙古族的《乌龟和猴子》中，已并成一个故事，两个角色了。"（刘守华：《民间故事的比较研究》，中国民间文艺出版社1986年版，第116—117页）

外国学者对民间故事的变异情况论述甚多，如冯·塞杜（Von Sydow）从传播技巧方面进行的考察；精神分析学家巴里特（F. C. Bartlett）对民间故事再生所做的一些实验；罗维（Robert H. Lowie）教授对故事重述再生的研究，等等。参见[美]阿兰·邓迪斯编《世界民俗学》，陈建宪等译，上海文艺出版社1990年版。

普的功能有时被一些插入的功能割裂开，结果普罗普的单线式体系中的结构关系变得模糊起来。① 托多罗夫举过《一千零一夜》中故事被插入在叙述山鲁佐德的故事里的例子。② 有了这种"情节化"的改动，行动顺序的改动自然是不可避免的了。在此需要强调的是，按照普罗普的定义，并非所有的行动都是功能，但功能都是在情节过程中有意义的行动，所以行动的情节化自然包括了功能的情节化。

普罗普关于功能顺序的结论是基于他对俄国部分民间故事的经验观察，也许这些故事是较为简单的形式，"故事"和"情节"恰好重合。"但恰恰是在研究交织着的序列和双重功能时，我们遇到了'故事'和'情节'开始各行其道的情况——也就是说，在这里出现了与各种成分按时间顺序安排的最终序列发生偏离的情况，而且与情节安排有关的因素也突出出来。"③

由于这一原因，加上普罗普功能链中并非所有功能之间都存在时序逻辑关系，就可解释中国民间故事中的功能并非完全以普罗普所发现的顺序出现；但另一方面，作为与俄国故事同类型的中国故事，其部分功能亦与普氏的顺序相吻合。因此，如果我们既不完全拘泥于普罗普顺序定律，又不排斥其中的合理部分，通过对中国民间故事功能关系的具体研究，可以初步揭示出中国民间故事中功能间的关系和一些顺序规律。

三 功能之间的关系

在中国民间故事中，尽管并非所有的功能间都存在时序逻辑关系并有着完全相同的顺序，但作为一种叙事形式，中国民间故事的部分功能之间的某种内在关系，仍是有迹可循的。

---

① Robert Scholes, *Structuralism in Literature*, New Havenand London: Yale University Press, 1974, p. 96.
② 托多罗夫：《叙事作为话语》，参见《美学文艺学方法论》（下册），文化艺术出版社1985年版，第564页。
③ 弗克马、易布思：《二十世纪文学理论》，林书武等译，生活·读书·新知三联书店1988年版，第71页。

（一）功能之间的关系

在前一节中提到，功能的顺序首先受制于功能间的逻辑关系，实际上就是民间故事中所叙述的事件的逻辑关系。

31 项功能之间的逻辑关系，大致可分为下列 3 种：

1. 时序对应关系

这一类中的功能中，每组功能所指的行为可以分出时序的先后，其意义也互相对应，形成普罗普所说的"功能对"（Function Pairs）。[①]

功能编号	先	→	后
2—3	γ（禁令）	→	δ（违禁）
4—5	ξ（试探）	→	ζ（获悉）
6—7	η（欺骗）	→	θ（共谋）
8 \\	A（恶行）		
19		→	K（消除）
8a /	a（缺乏）		
9—10	B（调停）	→	C（开始反抗）
11—20	↑（出发）	→	↓（返回）
12—13—14	D（考验）	→	E（反应）
16—18	H（战斗）	→	I（胜利）
17—27	J（标记）	→	Q（认出）
21—22	Pr（追捕）	→	Rs（得救）
24—28	L（无理要求）	→	Ex（揭露）
25—26	M（难题）	→	N（解题）

---

① V. Propp, *Morphology of the Folktale*, Austin & London: University of Texas Press, 1975, pp. 64-65.

2. 因果关系

功能编号	因	→	果
3—30	δ（违禁）	→	U（惩处）
13—14	E（反应）	→	F（接收魔物）
8—30	A（恶行）	→	U（惩处）

还有一因多果的关系，β（外出）可引致δ（违禁）或η（欺骗）等，以及一果多因：W（主角成亲并登上王座）可能是解决难题（N）的结果，也可能是在战斗中取胜（I）的结果。

3. 独立功能

普罗普认为U和W是独立的功能（Individual Functions），而笔者认为这两个功能可以纳入因果关系一类中。

在31个功能中，只有G（两个王国间空间的移动，向导）、T（容变）与O（无人认出的到达）似乎游离于功能关系之外。

在这里，笔者进一步把普罗普所观察到的功能对、功能群等归纳成三种关系。当然，这三种关系之间亦有交叠之处，比如B类功能同样受时序关系制约，A类中有的功能与其他类功能之间亦有因果关系，如E（反应）→F（接收魔物）。这样的划分是强调其在故事整体中主导的关系因素。

（二）功能对在故事中的对应状况

至于功能对在中国民间故事中实际对应状况，我们可根据表1将有关功能对在故事中出现的总次数及差额列成下表：

表3　　　　　　　　　　　功能对

功能	数目	功能	数目	差额
γ	25	δ	20	5
ξ	20	ζ	29	9
η	11	θ	11	—
a	64			20
		K	84	

续表

功能	数目	功能	数目	差额
A	69			15
B	36	C	13	23
↑	50	↓	39	11
D	61	E	63	2
H	10	I	12	2
J	2	Q	3	1
Pr	8	Rs	8	—
L	1	Ex	5	4
M	22	N	22	—

从表中可以看出，有三组功能出现的数目相同，其他都有不等的差额。出现差额的原因需要作进一步的分析。

功能对 γ-δ（禁令—违禁）中的"禁令"有时在故事中出现两次，第一次向主角下达，主角没有破禁（缺少 δ）。第二次向"反角"下达禁令，才出现"违禁"。如故事 8 中，主角春英未违背老人所下的禁令，并将禁令转达给婆婆，而后来婆婆将鞭子从水缸中抽起，违反了禁令。还有故事 11 和故事 19 都是同样的情况。

功能对 ξ-ζ（试探—获悉）中，有时坏人在无意中得到受害者的消息（即没有进行试探 ξ）。如故事 9 中：

> 时间一长，附近的人们都知道笛童娶了一个好媳妇，还有一把宝伞。这些传到了郝缺德耳朵里（ζ3）……

故事 25、50 亦是如此。

功能对 A、a-K 出现的差额，是因为对应关系较复杂所致。A、a 虽然都与 K 有对应关系，但在中国故事中，A 往往导致 a，从而与 K 对应，故 a-K 的对应最直接，但也有少数故事（如故事 14、15、26）是 A-K 直接对应（A15：坏人囚禁某人；-K10：被囚者得以释放），其他都要以 a 做中介。所以离开了 a 来谈论 A-K 的差额并无实际意义。

B-C 的差额甚大，是由于在中国故事里，不管是寻求型主角还是受难型主角，大都是在告知灾难或缺乏后被强迫派出，所以功能 C "寻求者同意或决定反抗"较少出现。功能 ↑（主角离家出公离家出走）比 ↓（主角返回家园）出现的数目多，是因为主角一去不返，有的是死了（如故事 10：自杀身死；故事 11：被太阳烤化；故事 12：被狼咬死等），有的在新地方安居乐业（如故事 37：主角进京封了状元），另外有的故事并没有交代（如故事 39：并未交代主角是否从太阳山返来）。

功能对 D - E 差额不多，在绝大部分故事中两者对应出现。例外的故事：一是故事 39，面对同一考验，苦弟弟、苦哥哥（主角和反角）分别做出了不同的反应，即出现了两次 E；二是故事 19，捐助者未明确提出考验。

在个别故事中，坏人未经战斗（H）便被杀死，如故事 46 中怪物在睡觉时被杀死（I5）。这样 I 的数目就多于 H 了。

主角被标记——被认出的功能对 J - Q 在中国故事中极少出现。在故事 4 中，秀才凭绣花荷包认出了妻子（Q），但在前面并未叙述他给妻子荷包（J），所以 Q 比 J 多出现一次。与此相似的是功能对 L - Ex，在故事 4 和故事 12 中（两者实际是同一故事的变体），狼乔装外婆是想吃掉孩子，并未提出无功受禄的要求（L）。

在 B 类因果关系功能对中，功能 F 出现的次数比 E 多，因为在有的故事中主角未经任何考验就获得了魔物（如故事 3 等）。还有一种情况就是讲述者（或故事记录者）为避免重复而故意省略了 E，特别是在三段式的结构中，如故事 11 和故事 37。另外两组功能对（δ - U，A - U）的关系是交叉的，δ（违禁）和 A（恶行）都可分别导致惩罚 U（A - U 较常见，或 A、δ 均在同一故事中出现，单独由 δ 导致 U 的有故事 3、10、45 等）。在中国故事中，凡结尾是 U 的，前面一定有 δ 或 A；反之亦然，只有极少数故事例外（如在故事 41 中，有恶行 A1 的瑶王最后并没有受到惩罚 U）。此外，δ 和 A 在同一故事中均有多次重复出现的情况（参见表 1），如在故事 1 中 A 出现了 4 次，这与故事的三段式结构和角色的数目有关（参见第三章）。

从上面的分析可见，各功能对的对应情况不尽相同，但有两点值得注意，一是核心功能对在故事中基本对应，而一般功能出现不对应的情景较多（主要是省略），这与核心功能在叙事中的重要性有关（参见本章第五节）。二是所有的功能对都符合逻辑顺序，未见有顺序颠倒的情况。

四　功能在中国故事中位置的变异规律

如前所述，在本书所分析的 50 个故事材料中，功能的顺序位置与普氏所云有诸多出入，但最常见的不外下列几类：

（一）A/D—E—F（恶行/考验—反应—接受魔物）

按照事件的逻辑，"恶行"的出现会导致"缺乏"，而"缺乏"的"消除"需要借助"魔物"，因此"考验—反应—接受魔物"这一功能组应按普罗普的顺序位于"恶行"之后。但中国民间故事中常出现相反的情况，如：

【例 5】故事 6
Ⅰ. F10 a2 B1 F2 ↑ K12 ↓ W*
　　　　　　　　Ⅱ. ξ1 ζ1 a1 * A1 B1 ↑ T3 K1 U W2

【例 6】故事 13
Ⅰ. β2 D11 E4 a5 ↑ G1 F1 ↓ K6 W*
　　　　　　　　Ⅱ. A20（M N）U

【例 7】故事 26
d7 E7 F1 A1 ξ3 ζ3 B3 ↑ H1 I - G1 Pr6 Rs9 U K10 ↓

【例 8】故事 33
D11 E11 F1 + F9 a5 K5

还有故事 34、37、38、43 等都是如此。

（二）γ—δ（禁令—违禁）

普罗普把"禁令—违禁"归于故事的"准备阶段"，但在中国民间故事中，这一功能对占有更为重要的地位，因此它们的位置并不局限在故事的开始部分（"恶行"A 之前），特别是"违禁"（δ）往往位于故事或序列的结尾部分，导致"惩罚"等后果，形成核心功能对 δ - U。如：

【例 9】故事 8
Ⅰ. a5（D7 E7）F1 γ1 K5
　　　　　　　　Ⅱ. β3 γ1 A2 + δ1 U
　　　　　　　　　　　　Ⅲ. B4 F5 K13

【例 10】 故事 10
Ⅰ. a5 D4 E4 F1 γ1 ↑ K6
Ⅱ. a5 δ1 K－U

(三) 其他

另外几个位置常常变异不定的功能是：

A（恶行）：一般可导致"缺乏"，但"缺乏"并不一定由它引起，故有时出现在"缺乏"之后（如故事 21、24 等）。有时出现在"获得魔物"之后（如故事 29 等）。还有的出现在故事的结尾部分（如故事 50）。

↑（出发）和↓（返回）：可在故事一开始就出发（如故事 45 等），或在获得魔物后出发（如故事 37）；↓（返回）的位置亦不一，有的是获得魔物后即返回（如故事 35 等），有的是逃脱追捕（Rs）后返回（如故事 36），还有许多在故事结束时返回的情况（如故事 7、15、29、42 等）。

这些变异使得其他功能的相对位置发生相应的变动，不一而足，此处不再赘述。总的说来，上述三类变动中，第三类变化较多，似无规律可循，其原因我们已在第二节讨论过。值得注意的是第一、二类，出现次数不少，且形成某种"定式"，形成部分中国民间故事特有的功能顺序。

中国民间故事功能顺序与普罗普在俄国民间故事中观察到的顺序有吻合之处，尤其在序列层面而不是在故事层面，纳斯赫斯特（Nathhorst）已经注意到这一点。[①] 中国故事里许多未被其他序列打断的序列，更符合普氏的顺序（如果故事由交织的多个序列构成，则功能关系更为混乱，参见下章），这种吻合反映了中国故事与其他地区同型故事在叙事形态上的共通性；另一方面，我们在此着重讨论的与普氏顺序的许多不同之处，亦说明中国民间故事的叙事更富于变化，有其独特之处，不能以一定之规概而论之。

五 功能的分类

普罗普 31 项功能之指涉范围有很大的差别，如纳斯赫斯特就指出，

[①] 参见 Bertel Nathhorst, *Formal or Structural Studies of Traditional Tales*, Kungl Boktryckriet P. A. Norstedt & Soner, 1970, p. 27。

功能 Ex（假主角被人揭露）只覆盖了一个很小、很特殊的范围，而其他一些功能的范围却非常大。① 这些功能在民间故事叙事中所起的作用不尽相同。由于种种因素，有时呈现出一些特殊的形态，兹分述如下：

（一）*核心功能（对）*

巴尔特（R. Barthes, 1915—1980）正确地指出，就功能这大类来说，不是所有单位都具有同样的重要性，有些单位是叙事作品（或叙事作品的片断）的真正铰链，这些功能是基本（或核心）功能。②

普罗普在俄国故事中、邓迪斯在北美印第安人故事中都发现了几组重要的功能。邓迪斯将它们构成的顺序称为"核心母题素顺序"（Nuclear Motifeme Sequence）。③

这种对应的功能即核心功能对。通过对中国民间故事的观察，可以确定下列举足轻重的核心功能对：

$$a（缺乏）—K（缺乏消除）$$
$$A（恶行）—U（惩罚）$$
$$\delta（违禁）—U（惩罚）$$

还有一些单独的核心功能，在故事序列中是决定结局的"行动"。它们与核心功能对一起，在民间故事的叙事中充当"铰链"的作用，不可省略缺失。我们将在下一章中再详加探讨。

（二）*一般功能*

除核心功能之外，其他功能属一般功能，起着叙事的各种过渡、催化作用。相对于核心功能而言，它们的省略和位置变动，对故事整体不会发生根本的影响。

（三）*负向功能*

普罗普指出，在某种原因影响下，功能会出现负向的结果（Negative

---

① 参见 Bertel Nathhorst, *Formal or Structural Studies of Traditional Tales*, Kungl Boktryckriet P. A. Norstedt & Soner, 1970, pp. 26 – 27。

② 参见《美学文艺学方法论》（下），文化艺术出版社1985年版，第541页。

③ 参见 Alan Dundes, *The Morphology of North American Indain Folktales*, Helsinki: FF Communications, No. 195, 1980, chapter IV. p. 61。

Result①）如 F −（魔物未转交）、F =（主角的消极反应招致惩罚）和 U neg.（坏人未受惩罚，被宽恕）等。在中国民间故事中，除了这三个功能外，还出现下列负向功能：

θ −（未落入圈套，故事 5、9、14）
K −（最初的灾难或缺乏未被消除，故事 4、21、32、44）
I −（主角未取胜）
N neg.（未解决难题，故事 28）

上列负向功能在故事中的出现，会导致几种情况：一是使引致负向功能的对应功能重复出现，如故事 5 中反角两次设圈套（η1）不逞（θ −），便再次为之（η1）；二是与后随的功能发生逻辑联系，如故事 9 和故事 14 中，反角因无法使主角上当受骗而只好做出恶行（A20）；三是负向功能可结束序列或故事，并使整个序列或故事成为负向类型，这种情况的出现与功能的"承载者"或"执行者"有关，在第三章中我们将结合角色的变化作进一步的讨论。

（四）复合功能

即一个行动具有两种或以上的功能意义。在第二部分的分析中，已在有关故事的简析中加以说明，此处不再赘述。

六 小结

普罗普民间故事形态理论所提出的 4 条定律中，关于功能数目和顺序的第 3 条定律被认为是最重要的。证之以中国民间故事，在功能数目方面，从表 2 可知，尽管 6 个功能已可组成一个完整的民间故事，但 50 个故事的平均功能数目约是 19 个，最多的达 55 个。功能数目越多，故事的篇幅越长，包容量更大，显示出多数中国民间故事已有较强的叙事能力。

功能的顺序定律不尽与中国民间故事吻合，但参照这一定律，我们可以捋清功能间的关系，找出顺序变异的原因和中国故事功能顺序的一些特点。

---

① V. Propp, *Morphology of the Folktale*, Austin & London：University of Texas Press, 1975, pp. 46, 155.

功能是故事的基本叙事单位，其性质、关系和变异，必须结合更上层的叙事单位——序列以及负载它的角色加以综合的考察，才能得到更充分更全面的印证和说明。

第二节　序列论

在《民间故事形态学》中，普罗普在论及故事整体之结构时，提出了"回合"（MOVE）[①]的概念。但普罗普的注意力主要集中在故事的功能上，对回合并未进行详尽的研究。在本章的研究中，笔者以"序列"的概念代替普罗普的"回合"，进一步探讨中国民间故事的另一个结构层面。

一　序列的定义

普罗普认为，在故事形态上，一个故事的发展过程通常始于坏人的"恶行"（A）或某种"缺乏"（a），经过中间功能（Intermediary Functions）而发展到"婚礼"（W）、"获得魔物"（F）、"灾难、缺乏消除"（K）、"从追捕中得救"（Rs）等，这种形成一段落的发展过程，普罗普称之为"回合"。

普罗普并没有给"回合"下一个严密的定义，也没有列出他所研究的故事材料回合划分的所有图式，在他举出的个别故事分析实例中，往往语焉不详。例如，在"进一步的分析技巧"一章的第四节，[②]普罗普分析了一个有两个回合的故事，图式如下[③]：

[①] "MOVE"一词，亦有人译为"序列"。为了与下面的"序列"一词区别开来，此处采用高辛勇先生的译法，译为"回合"。参见高辛勇《形名学与叙事理论》，联经事业出版公司1987年版，第35页。

[②] V. Propp, *Morphology of the Folktale*, Austin & London: University of Texas Press, 1975, pp. 129 – 130.

[③] 故事概要如下：

Ⅰ. 一个男人，他的妻子，两个儿子，一个女儿（α）。两兄弟外出干活，让妹妹给他们送午饭（β1 γ1）；他俩用刨花指示到田里的路，导致妹妹上了毒龙的当（ζ1）。毒龙对刨花做了手脚（η3），女孩带饭去田野（δ2），走错了路（θ3）。毒龙掳走了她（A1）。兄弟开始寻找（C↑）。牧人说："把我最大的牛吃下去。"（D1）兄弟俩做不到（E1）。毒龙说："吃掉十二头牛。"兄弟俩做不到（E1）。兄弟俩被扔在一块石头下（F contr）。

Ⅱ. Pokatigorosek 出生了。母亲告他不幸之事（B4）。寻找（C↑）。牧人和毒龙——同样考验（D1 E1）。与毒龙战斗并取胜（H1 – I1）。救出兄弟和妹妹（K4）。返回（↓）。

$$\beta1\ \gamma1\ \zeta1\ \eta3\ \delta2\ \theta3\ A1 \Big\{ \begin{array}{c} C\uparrow[D1\ E1\ \text{neg.}]3[D1\ E1\ \text{neg.}]3F\ \text{contr} \\ \rule{6cm}{0.4pt} \\ B4\ C\uparrow[D1\ E1\ \text{pos.}]3[D1\ E1\ \text{pos.}]3 \end{array} \Big\} H1 - I1\ K4$$

括号内横线上为第一回合,横线下为第二回合。但普罗普似乎把功能 A1 排除在第一回合外,H1 - I1 K4 ↓ 与两个回合的关系也不明确;"准备阶段"的七个功能,普罗普未列入回合之中。

一些学者在普罗普"回合"的基础上,提出了各自的概念和看法。茨维坦·托多罗夫(Tzvetan Todorov)在研究《十日谈》时,认为叙述有三个方面:语义方面(内容);句法方面(各种结构单位的组合);语词方面(对具体的词和词组的使用)。托多罗夫的兴趣集中于句法方面,他从语法的角度提出结构的模式,揭示了结构的两个基本单位:序列(sequences)和命题(proposition)。命题是句法的基本要素,它包含那些作为叙述基本单位的不可简化的行为,或一系列相关的命题。序列是可以构成完整而独立的故事的各种有关命题的汇集或排列:是"由一些命题组成的一个完整的体系,其序列本身就是一个故事;一个故事至少要有一个序列,但也可以有许多个;开头的命题以变化了的形式得到重复时,我们则认为连续业已完成"[1]。

罗兰·巴尔特认为,叙事作品的功能覆盖层要求有一个中继组织,其基本单位只能是一小群功能,巴尔特也称之为序列:"一个序列是一连串合乎逻辑的、由连带关系结合起来的核心。序列始于一个与前面没有连带关系的项,终于另一个没有后果的项。"序列可用一共同的名称来涵盖。[2]

巴尔特这里所指的"功能",涵盖范围较普罗普大得多,因为他研究的对象不仅仅是民间故事,还包括其他类型的叙事作品,因此他将功能分为"分布式"(类同普罗普的"功能")和"融合式"两种。"融合式"中的功能巴尔特别称为"指标"(indices),涉及背景、现场、人物外表和

---

[1] Robert Scholes, *Structuralism in Literature*, New Havenand London: Yale University Press, 1974, p. 96.

[2] 《叙事作品结构分析导论》,参见《美学文艺学方法论》(下册),文化艺术出版社 1985 年版,第 546 页。

性格、环境氛围等描述，与故事的情节没有多大联系（尤其在功能性强的民间故事中），故普罗普的功能体系中并未论及，亦不在本书的探讨范围内。即使是"分布式"的"功能"，巴尔特的界定也比普罗普更为细致。

在这里，我们仍然以普罗普的 31 项功能为序列划分的出发点，参考托多罗夫和巴尔特的序列划分，将"序列"理解为：由核心功能（对）将一系列功能以某种关系连接而成的情节段落，它本身是自足的，起始项与终结项分别不与前后的功能发生联系。从层次上而言，它是介于故事"功能"与故事整体之间的一个结构单位。一个序列可以构成一个故事，一个故事可以包括数个序列。

二 序列的划分

序列是根据标志一段情节起始的功能和结束的功能而界定。普罗普列出"恶行"（A）、"缺乏"（a）为起始功能；"婚礼"（W）、"获得魔物"（F）、"灾难、缺乏消除"（K）、"从追捕中得救"（Rs）为结束功能。在中国民间故事中，标志序列起止的功能情况如下。

（一）标志起始的功能

除了最常见的"恶行"（A）、"缺乏"（a）外，其他标志起始的功能还有：

1. β（某个家庭成员不在家）

"某个家庭成员不在家"（长辈外出、父母亡故、年幼者外出）所造成的客观环境，往往使得下一步行动能够进行，成为一种前提性的诱因。它是普罗普 31 项功能中的第一项，故一般是引发故事的第一个序列，但也偶有例外，如故事 8，就是引发第二个序列。

2. ξ（坏人试图探查）

坏人试图探查，往往表明坏人要进行新的"恶行"，出现新的"缺乏"，引发一个新的序列。如故事 1 中，第 Ⅱ、Ⅳ、Ⅵ、Ⅷ序列，都是以坏人（"大哥"）向主角打探宝物的秘密开始。类似的还有故事 6 的第 Ⅱ 序列、故事 11 的第 Ⅱ 序列、故事 19 的第 Ⅱ 序列、故事 35 的第 Ⅲ 序列、故事 40 的第 Ⅱ 序列等。在个别故事中，坏人没有探查而直接获得主角的消息（ζ4：无意中得到消息），如故事 25 的第 Ⅱ 序列；或省略了 ξ1，如故事 9 和故事 49 的第 Ⅲ 序列。

3. γ（对主角下一道禁令）

在上一章中我们已提及，在中国民间故事中，功能对 γ－δ 有时可以是核心功能对。

故事 22 的第Ⅱ序列、故事 27 的第Ⅱ序列等都是以 γ 来开始新的序列。在包含 γ 的序列结束时，仍未出现对应的 δ，则 δ 有可能直接成为下一个序列的起始功能。如故事 49：

Ⅰ. β2 a3 B2 ↑ E11 D11 F2 γ1 W3

Ⅱ. δ1 a1 F1 ↑ ＋G……

4. ↑（主角离家出走）

在故事 7 中，主角董永获得宝笔，母亲的病好了，也"再也不愁吃穿了"（K6），结束了第一个序列。遵母嘱他出门去看望兔大哥（↑），引发出新的缺乏（a1），从而开始新的序列。

以↑作为序列起始功能的还有：故事 14（第Ⅳ序列）；故事 28（第Ⅱ序列）等。

5. D（考验）

故事 26、33、37、43 一开始就出现考验（d7）。

（二）标志结束的功能

从前一部分对故事序列的划分中可以见到，标志序列结束的功能以 U（惩罚）、K（灾难、缺乏消除）、W（婚礼）最为常见，而 F（获得魔物）和 Rs（从追捕中得救）没有作为结束功能出现；倒是功能↓（返回）多次充当结束功能。

主角返回家中，往往是完成了某项任务，消除了某种缺乏等，故事告一段落，回应先前"出发"（↑），标志着一个序列的结束。如故事 15、50 的第Ⅰ序列、故事 18 的第Ⅱ序列、故事 26、42，故事 48 的第Ⅱ、Ⅲ序列均以↓结束。

三 序列的内部结构

序列的划分以上述一些功能作为起始标志，但这些功能本身并不是唯一的划分标准，它们何时标志序列的起止，何时只是序列中的一个单位，应受制于序列内部的结构。

在第一章中我们已经讨论过，功能之间存在逻辑、时间关系和各种变异。但单独或成对的功能并不构成叙事，叙事的最低限度是由某些核心功能以及一系列其他功能组成的序列，一个或数个序列又构成故事，因此在某种程度上可以说，研究序列内部的发展组合逻辑，也就是研究故事的叙事逻辑。

在目前的叙述学研究上，约束叙事作品主要功能的逻辑究竟是什么，是争论最多的问题之一。托多罗夫归纳了几种主要的意见：第一种是布雷蒙的逻辑方法；第二种是列维—斯特劳斯和格雷马斯的语言学方法；第三种是托多罗夫的研究"叙事谓词"的方法。① 其中布雷蒙和托多罗夫的理论多少与普罗普的体系有关联，在此略作评析。

托多罗夫在《〈十日谈〉的语法》（*Grammaire du Décaméron*，1969）中，与普罗普相似，着重研究了叙事的句法层次，将叙事的结构分为故事—序列—命题—词类（序列和命题的定义前已述及）。序列由命题组成，命题由"题词""谓词"组成，两者又有各自的属性和状态，另外托多罗夫还特别指出"形容词"的重要性（普罗普则认为形容词归入定语一类，在功能中不起任何作用）。托多罗夫的这一套体系比布雷蒙更为繁杂，与我们所遵循的普罗普功能体系难以吻合。

布雷蒙认为：叙事的基本单位不是功能，而是关联序列，一篇叙事文可看成是一系列序列的各种形态的组合。"序列"的分析可分为"基本序列逻辑"和"序列组合形态"。"基本序列"是一种三组合体，由三个抽象或一般性的"功能"结合而成，在事情的发展上构成三个不可分割的步骤：情况的形成——引起行动的可能性和必要性，采取行动（如未采取行动则整个序列不能成立），行动成功（达成目的或失败未达目的）。图示如下：

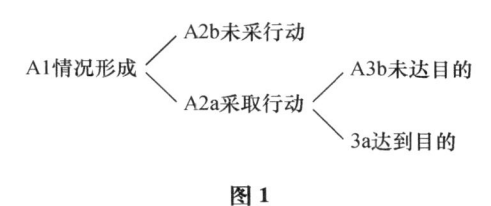

```
                  A2b 未采行动
A1 情况形成 <                     A3b 未达目的
                  A2a 采取行动 <
                                  3a 达到目的
```

图 1

---

① 《叙事作品结构分析导论》，参见《美学文艺学方法论》（下册），文化艺术出版社 1985 年版，第 545 页。

也就是说，一个故事在某种条件下形成了某种"状况"后，就有了两种发展的可能，或是逐渐"改善"（amé-lioration），或是逐渐"恶化"（dé gradation）。"序列"发展中最重要的因素是"抉择"的可能性，即人物意向与意志力同故事发展的密切关系。所谓"序列组合形态"则是指诸序列的结合方式。①

正如一些学者指出的那样，布雷蒙理论的不足之处是明显的，梅列金斯基指出，他试图进行的普遍分析过于抽象，因而脱离了具体的文本；②萧尔斯批评说，如果我们按照"三组合体"对叙事单位进行细分，就会面对无休止的排列，从而失去了叙事性；如果用一个"三组合体"来概括一个长篇叙事作品，也很难恰如其分，③ 当然，他举的是普鲁斯特的长篇小说《追忆似水年华》，至于是否适用于叙事形式较简单的民间故事，还有待讨论。高辛勇则认为以意志抉择为枢纽的"序列组合形态"不全适用于中国叙事（指中国传统小说）。④

美国民俗学家阿兰·邓迪斯在研究北美印第安人民间故事时总结说：

> 大量的民间故事是从不平衡性（disequilibrium）向平衡性（equilibrium）发展的。根据这一观点，不平衡性——一种令人惧怕的、如果可能的话应力求避免的状况——可以看成是一种过剩或者缺乏的状态，不平衡性可以用一些东西过多或另一些东西过少来表述……民间故事即是怎样去掉剩余的东西和如何结束缺乏状况这种关系的简单组合。⑤

通过对中国民间故事的分析，我认为可以尝试将布雷蒙的理论加以修改，汲取其合理的成分，同邓迪斯的看法结合起来，应用于普罗普功能体

---

① 参见高辛勇《形名学与叙事理论》，联经事业出版公司1987年版，第144—148页。高先生将 function 译为"事目"，sequence 译为"事纲"。
② ［荷］弗克马、易布思：《二十世纪文学理论》，林书武等译，生活·读书·新知三联书店1988年版，第72页。
③ Robert Scholes, *Structuralism in Literature*, New Havenand London: Yale University Press, 1974, p. 152.
④ 参见高辛勇《形名学与叙事理论》，联经事业出版公司1987年版，第211页。
⑤ Alan Dundes, "Structural Typolopgy in North American Indian Folktales", *Southwestern Jouranl of Athropology*, No. 19, 1963, pp. 120 – 130.

系基础上，从而解剖中国民间故事的序列结构。

我们可以将布雷蒙的"基本序列"同我们前面所定义的"序列"统一起来，从而避免"三组合体"在琐细和庞大两个方面向"荒谬延伸"（萧尔斯语）。一个序列的结构由三个部分组成，每一个部分由核心功能所标志。

序列的起始部分是布雷蒙的第一个步骤"情况形成"，其实质是邓迪斯指出的"不平衡性"，它是叙事发展的动力。中间部分"采取行动"是整个序列的关键"谓词"。它决定了最后达至预期的"平衡性"（布雷蒙的"达到目的"），或最终仍处于"失衡"状态（布雷蒙的"未达目的"）。布雷蒙认为在步骤（2）有"采取行动"和"未采取行动"两种取向，既然后者使叙事不能成立，我们可以把图1标示为：

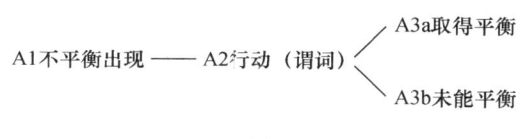

$$A1\text{不平衡出现} \longrightarrow A2\text{行动（谓词）} \begin{cases} A3a\text{取得平衡} \\ A3b\text{未能平衡} \end{cases}$$

图 2

序列的两极（A1 与 A3a 或 A3b）在故事序列中体现为核心功能对，在中国民间故事中，最常见的是前章所列的三对：

a（缺乏）—K（缺乏消除）
A（恶行）—U（惩罚）
δ（违禁）—U（惩罚）

核心功能对在民间故事的叙事中大都充当"铰链"的作用。功能对的两个功能分别指示了序列的"不平衡出现"（缺乏、恶行、违禁）和"取得平衡"（缺乏消除、惩罚）。当核心功能对的后一功能为负向功能并结束序列时，就使序列出现"A3b-未能平衡"的状况。如故事1的第Ⅱ序列：

Ⅱ. ξ1 ζ1 a5 F10 D1 E1 K−

这种情况的出现与功能的负载者——角色有关，详见下章的论述。

应当指出的是：在一些序列中，核心功能对有可能被意义相近的功能所替代。例如功能 U（"惩罚"）可被 F＝（未获魔物而招致恶报严惩）替代，如故事 38 的第Ⅲ序列：

Ⅲ. A20 a2 ↑ F＝ +K －

序列两极之间的"行动"部分，是决定序列结局状况的关键。它由何项功能充任，在不同的序列中各各相异，主要取决于在人物的一系列功能中，结局的状态（平衡或不平衡）是由哪项最为关键的功能所导致或决定的。在中国民间故事的序列中，我们可以总结出下列关键功能：

1. E（主角对未来赠送者的行为做出反应）

主角面对赠送者的种种考验（D），能否做出适当的反应，决定了主角是否会获得魔物；而在许多故事中，是否获得魔物会直接导致结局的状况（取得平衡或未能平衡）。如故事 16 的两个序列：

Ⅰ. a6 D2 E2 F1 γ1 K13 M N W*

Ⅱ. δ1 * D7 E7 － F＝U

在第一个序列中，主角王得宝的回答（E2）博得考验者（即未来赠送者）老和尚的好感，赠之以魔物金手指，使得主角得以成名娶亲。而在第二个序列中则相反，王得宝应答失礼，结果考验者收回魔物并严惩之。

2. δ（禁令被破坏—违禁）

前一章曾述及，在中国民间故事中，功能 δ（违禁）的位置常常不是在准备阶段，而是在获得魔物（F）之后，甚至是在故事临近结束时。违禁的结果，导致受到惩罚或不能消除缺乏。

3. H（主角与反角正面交锋—战斗）

通过主角与反角各种形式的战斗，以一方的胜利、另一方的落败，导致序列结局之状况。如故事 47 的第Ⅲ序列：

Ⅲ. A19 B1 C ↑ H1 I1 ↓ W**

主角笋叶阿銮在敌军入侵的紧急关头，领兵应战，最后击败敌人，娶了公主,并登上王位,运用国王的权力惩治了反角沙铁的儿子。

4. N（难题得到解决—解题）

在一些序列中,结局的状态直接取决于难题解决的情况。难题实际上亦是对人物的一种考验,决定着人物的最终命运。如故事41:

$$\text{I}. \beta2 \ A1 \ B8 \ M \ N \ W1$$
$$\text{II}. a1 \ M \ D2 \ E2 \ F2 \ N \ M \ F1 \ N \ M \ N \ K4 + W3$$

主角隆斯想方设法先后解决了公主和瑶王出的难题,最后和公主成了亲。

5. Rs（主角从追捕中得救—得救）

在一些序列中,主角在被追杀的危急关头,能否机智脱身,转危为安,是序列结局的关键转折点。如故事12的第II序列:

$$\text{II}. A14 \ \beta1 \ \eta3 \ \theta3 \ Ex \ Pr5 \ Rs8 \ U$$

三姐妹被老母狼追逐,被迫逃到树上。在面临被吞食的紧急关头,她们施计逃脱了老母狼的魔爪并杀死了它。

以上五个功能,是中国民间故事序列中出现的"谓词"部分,亦是核心功能。它们与代表序列起始和结束状态的核心功能对一起,构成了故事序列的结构主干;其他的一般功能,则按照前章所述之各种对应或逻辑、时序关系,在核心功能的统御下,起到某种过渡、催化作用,共同组成序列的叙事结构。

应当指出的是,在中国民间故事的个别序列中,会发现"谓词"缺省的情况,即缺少促成结局状况的行动部分。这同上章所述对功能缺省的原因,或有相似之处。无论如何,这种序列表述了事件由某种不平衡达致平衡的状态,已经构成了叙事,但这种叙事是不完整的,这种不完整的序列不能单独成为故事,它必须作为一个次要的序列依附于其他序列,共同组成故事整体。

另外,一个序列内可能包含两个核心功能或两个"谓词"核心功能。前者可使故事出现两种不平衡,分别需有对应结局。如果以"谓词"为基点推测民间故事叙事的基本类型,则后者反映了两种类型在序列中的结合。

四 序列之间的关联关系

如前所述，一个故事可能只包含一个序列，也可能由数个序列组成，构成单一故事或复合故事。① 在多序列的故事中，各个序列之间的关系呈现出不同的形式。普罗普将俄国民间故事的回合关联形式归纳为下列六种（为清楚起见，笔者为每一种关联形式起了名称）：

1. 直接连续式

一个回合完结后，另一回合接续开始。

2. 中间插入式

一个回合完结之前，插入另一回合。第一个回合随后再接续完成。

3. 轮流插入式

各个回合交叉进行，导致较为复杂的形态。

4. 先后结束式

故事开始，两件恶行一并出现，结束则一前一后。

5. 共同结局式

两个回合有一共同的结局。

6. 路口分手式

有时一个故事中出现两个寻求者。在第一个回合中间，他们分头行动。

据此，我们可以对中国民间故事序列的关联形式作相应的考察。在我们研究的故事材料中，一个故事所包含的序列数目，最少为1，最多为8，平均数目为2.4个。大部分故事的序列数目为2个或3个，与普罗普所分

---

① 普罗普对单一故事的界定是：
（一）如果整个故事包含一个回合。（二）如果故事包含两个回合，各有一正向（positive end）和反向（negative end）的结局。（三）如果所有回合是三重式（三段式）。（四）如果在第一回合中获得一件魔物，而只在第二个回合中使用之。（五）如果故事已近灾厄消除的结局时，突然觉察到新的缺乏，引发一个新的回合（但不是一个新的故事）。（六）如果两件恶行一起交错出现。（七）如果第一个回合中包含与恶龙的搏斗，第二个回合的开头是兄弟偷窃战利品，主角被抛进峡谷等，接着出现功能 L。（八）主角们在路标处分手亦可看作一个完整故事，但每个兄弟的遭遇可能构成完全独立的故事，应排除在完整故事之外。其余均为复合故事。V. Propp, *Morphology of the Folktale*, Austin & London: University of Texas Press, 1975, pp. 94 – 95.

析的俄国民间故事相似。① 在我们分析的 50 个故事材料中，共有 9 个单一序列的故事，41 个多序列故事。由多个序列构成的故事，其关联形态类型如下表：

表 4

关联类型：→

故事编号：↓

↓ ＼ →	1	2	3	4	5	6	复合
1	+	+			+		*
2			+		+		*
4		*					
6	*						
7	*						
8	*						
9	*						
10	*						
11					*		
12	*						
13	*						
14	+		+				*
15	+		+				*
16	*						
17		+			+		*
18	+				+		*
19	*						
22	*						
23	*						
24	*						
25				*			

---

① V. Propp, *Morphology of the Folktale*, Austin & London: University of Texas Press, 1975, Appendix Ⅲ.

续表

↓ →	1	2	3	4	5	6	复合
27	*						
28	*						
29	+		+				*
30	*						
34	*						
35	+				+		*
36	+	+					*
37	+				+		*
38	*						
39		*					
40	*						
41	*						
43	*						
44	*						
45	*						
46		+			+		*
47				*			
48	+	+					*
49	*						
50				*			

表中除了普罗普所列的 6 种序列类型"复合"一栏。就故事整体而言，在一个包含多个序列的中国民间故事中，序列之间的关联形式有时并不统一，也就是说同一故事的多个序列表现出不同类型复合关联的形态。表中的"＋"指明复合形式的类型组成。

结合上表，可以归纳出以下几点：

（1）多序列的故事中，各序列之关联，以第 1 式（即"直接接续式"）最为常见，有 20 个故事的序列以此类型联结；在复合类型中亦有 8 例。

（2）普罗普所列 6 种序列关联类型，计有两种未在我们研究的故事材料中发现，即第 4 式（先后结束式）和第 6 式（路口分手式）。

（3）在复合类型中，绝大多数故事均由两种关联式构成，其中大部分为第 1 式（"直接接续式"）加上第 5 式（"共同结局式"）。只有故事 1 由三种关联式构成（包括第 2 式）。

五　小结

在本章中，笔者以普罗普的"回合"为出发点，着重探讨了中国民间故事的序列层面。在完成序列划分的基础上，分析了序列的内部结构以及核心功能（对）所显示的结构作用。笔者归纳了三对核心功能对及五项充当所谓"谓词"的核心功能，它们构成了序列的叙事主干。

中国民间故事大部分包括多个序列。在序列的关联组合形态上，亦呈现出一些特点。

第三节　角色论

普罗普关于故事人物的分析，是其故事形态理论中与功能论紧密相关的另一个重要方面。

在民间故事中，有林林总总的各种出场人物（包括各种动物，如中国民间故事中常见的龙、蛇等），这些出场人物原本有着许多方面的差异，如固有属性的差异［人物/动物/幻想物（妖魔鬼怪之类）］，个人身份的差异（国王/农夫；公主/侍女等），年龄性别的差异，等等。但普罗普发现，在故事情节展开的过程当中，他们成为职能相同的数种类型，这些类型超越了前述个体的差异。由此，普罗普确立了"故事人物/角色"的区分理论，将故事人物划分为下列七种角色：

1. 反角（villain）
2. 捐助者（donor）
3. 助手（helper）
4. 被寻求者（sought-for person）
5. 差遣者（dispatcher）
6. 主角（hero）

7. 假主角 (false hero)[①]

在本节中，拟按照普罗普的角色分类，研究中国民间故事中角色的分布、对应的行动场以及角色对故事叙事形态的影响。

一　中国民间故事中角色的分布

根据普罗普的分类，在本书研究的 50 个故事中，七种角色的分布状况如下表：

表 5

故事编号	反角	捐助者	助手	被寻求者	差遣者	主角	假主角
1	1		1			1	
2	1* +3"	1+2#+3"			1+1* +2#	1	
3	1	1					
4	1+1*		1			1	1*
5	1*					(3)	1*
6	1*	1	1*	1*	1+1*	1	
7	1	1"	1*	1*	1+1"	1	
8	1	1				1	
9	1	1	1			1	
10	1	1				1	
11	1	1*	1*			1	
12	1*					1+(3)	1*
13		1	2				
14	4	1*	1*			1	
15	2+1*	1	1	1	1	1	1*
16	1*	1				1*	
17	1	2	1	1	1	1	
18	2	5*	5*	1	1	1	
19	1	(1)				1	
20	2					1	

[①] V. Propp, *Morphology of the Folktale*, Austin & London: University of Texas Press, 1975, pp. 79–80.

续表

故事编号	反角	捐助者	助手	被寻求者	差遣者	主角	假主角
21	1*	1*				1	
22	1	1		1		1	
23	1*+1	2	1		1*	1	
24	1	(1)	1			1	
25	1	1	1			1	
26	1	1	1	1	1	1	
27	2	1*	1*	1		2	
28	1	1	1*	1+1*		2	
29	1	2		2		1	
30	1	1				1	
31	1	1	1			1	
32	1	1			1	1	
33	1	1				1	
34	1	1	1			1	
35	2	2				1	
36	1	1*+3"		1	1*	1	
37	1*	1	3"		1"	1	1*
38	1*	1			2	1*	
39	1	1+1*			1*	2	
40	1	1				1	
41	1	1		1		1	
42	1			1		1	
43	1	1*	1*			1	
44	1	1				1	
45		1	1			1	
46	1	1	1	1	1	1	
47	1	2			1	1	
48	2*+1"	1		1"	1*	1	
49	1*	2	1"	1"	1*	1	
50	1	5	1			1	

表中附"*""""#"表示某角色同时担任的角色；(3) 表示某角色由三人一起担任，如"三姐妹"。

从表5中，我们可以归纳出中国民间故事角色分布的几个特点：

第一，故事最少有两种角色同时出现（故事20等，故事16出现三种角色，但其中两种是由同一出场人物充任），最多有7种（故事15）；大多数故事有三四种角色。出现七种角色。假主角出现最少（五个故事），且全部同时是反角。

第二，故事中某角色与出场人物的数目大都一一对应，但亦有数个不同出场人物充当同一角色的情况，如故事2中有六个不同的出场人物作为捐助者。更常见的是同一出场人物在同一故事中担任不同的角色：

（1）反角同时是差遣者。如故事2，反角"姑姑"派遣主角去西天取宝（B2）。故事48、49亦同。

（2）反角同时是捐助者。例如故事21中的反角是"青龙"，但后来它将宝珠送给主角（F1 + f9），成为捐助者。

（3）反角同时是假主角。由表1可知，有五个故事出现这种情况。

（4）在同一故事中，反角和主角是同一出场人物，均是主角后来变为反角，往往形成正负向结局对立的两个序列。

（5）捐助者亦成为助手。如故事27。

（6）助手亦是被寻求者。如故事7。

第三，绝大多数的故事都有主角，同时绝大部分故事有反角出现（只有一个故事没有主角、两个故事没有反角）；大部分故事出现捐助者。由此可见，主角、反角和捐助者是这类故事的基本角色。

故事角色的分布状况与故事的情节形态有着密切的联系。在本书研究的故事材料中，一般来说，角色的种类出现得愈少，功能和序列的数目也就相应减少，故事情节的发展也就愈简单（故事1出现两种角色，却有43个功能和八个序列，似是例外。然而它的四组正反向的序列为重复式结构，整个故事仍是一个简单的单一故事）；相反，角色的种类越多，涉及的行动场越广，功能和序列的数目随之增加，故事的发展就愈复杂。故事中充当某角色的人物的多少，亦影响到故事的情节形态，如故事28中有两个主角（两兄弟），引致不同的序列。故事18有两个反角（皇上和妖怪），其"恶行"（A1，A13，A13）分别导致了故事的三个序列。

二 角色与行动场

行动场的概念，在绪论中已有介绍，不再赘述。按照普罗普对俄国故事的分析，七种角色所对应行动场的成分为：

（1）反角：恶行（A）；与主角的战斗（H）；追捕（Pr）。
（2）捐助者：准备赠送魔物（D）；赠送主角魔物（F）。
（3）助手：转送主角（G）；从追捕中得救（Rs）；难题得到解决（N）；灾难和缺乏的消除（K）。
（4）被寻求者：给主角出难题（M）；标记（J）；揭露（Ex）；惩罚反角（U）；结婚（W）。
（5）差遣者：派遣（B）。
（6）主角：开始外出寻求（C↑）；对捐助者的要求作出反应（E）；结婚（W*）。
（7）假主角：同"主角"一样，包括（C↑）（E），以及特有的（L）。

接着普罗普指出，在具体到每个故事时，角色与对应行动场之间有三种可能出现的情况：
1. 行动场与角色完全对应；
2. 一个角色被卷入数个行动场之中；
3. 一个行动场分配给数个角色。[①]
实际上，第2、3种情况指的都是角色与行动场对应关系的各种变异，只是从不同角度而言。

故事里的七种角色，是以其对应的行动场所界定的，而行动场是由一些有逻辑关系的功能组成。因此，角色的变换，也意味着部分功能的"执行者"或"承载者"发生了变换。

在"绪论"部分我们已介绍，普罗普认为"人物的功能是一个故事中恒定不变的要素，不论这些功能由谁来完成或怎样完成"。然而在对功能进行说明时，某些功能有了作为"执行者"的"角色"限定。如"A：反角导致灾厄或伤害了家中的某个成员"，"E：主角对未来赠送者的行为做出反应"等，而另外一些功能却无这种限定，如"M：给主角出难

[①] V. Propp, *Morphology of the Folktale*, Austin & London: University of Texas Press, 1975, pp. 79–80.

题"。对此，纳斯赫斯特质疑道：

> 普罗普把事情看得太简单了。他写道："从结构的观点看，是一条龙劫走公主还是一个魔鬼拐跑牧师或农夫的女儿，实际都是没有区别的一回事。"这当然没错，但如果拐跑公主的是王子，我们又作何断决呢？①
> ……
> （对功能 A）我们首先会注意到功能的"执行者"，即"反角"，对此定义来说是如何的重要——这却与普罗普自己的准则正好相反。……我们必须问问自己是谁劫走某人。如果是"反角"或其他坏人，这一行动是功能 A。在其他情况下是功能 B 或是功能 N，如果行劫是解决难题的一部分。②

这位学者的疑惑，主要是普罗普将角色的规定引入功能的定义中造成的。这些有角色规定的功能，是常见的对应关系，一般情况下是正确的。但当上述角色与其行动场的关系发生变异的时候，功能的角色"执行者"自然也要发生相应的变动，原有的定义就不适用了。实际上，普罗普在列出功能项时已经注意到这个问题，如功能 4：

> ξ 反角试图探查
> ξ1 反角刺探有关主角的消息，如孩子、宝物的位置
> ξ2 主角刺探反角的消息
> ξ3 其他人的刺探

其中 ξ2 就应是指角色变换的情况了。

在中国民间故事中，角色变异对叙事形态的影响，主要表现在故事的主要角色——主角和反角与核心功能的对应关系上。

普罗普对主角的定义是：主角是这样一种角色，他或者在纷争中直接

---

① Bertel Nathhorst, *Formal or Structural Studies of Traditional Tales*, Kungl Boktryckriet P. A. Norstedt & Soner, 1970, p. 21.
② Ibid., p. 26.

受害于反角的行为（感到某种缺乏）；或者同意为他人消灾祛祸。在行动过程中主角获得魔物并使用之。① 而反角角色的确立，是由"恶行"（A）和"惩罚"（U）以及故事中判断性描述所决定的。

值得注意的是，在一些中国民间故事中，反角也会出现"缺乏"（a），表现形态有二：其一，在单一故事中以反角的缺乏作为故事起始的不平衡状况。如故事3是以反角"外国传教士"缺乏开山宝物为开端的：

a5 η1 θ1 γ1 F4 δ1 K – U

其二，在多序列的故事中，某些序列主角出现"缺乏"，另一些序列是反角"缺乏"。如故事24：

Ⅰ. a5 A3 η3 θ1 ↑ G3 F5 ↓ K6 ——————————— | U
　　　Ⅱ. ξ1 ζ1 a2 ↑ G3 F = ↓ ——————— |

如前所述，有时故事中的主角和反角是同出场人物，在第一序列中是主角，在其他因"恶行"等变为反角，而两者均可出现"缺乏"。如故事38：

Ⅰ. d7 E7 a2 B2 ↑ F10 [↓] K4
　　　Ⅱ. a2 B2 ↑ F10 [↓] K12 + K4
　　　　　　Ⅲ. A20 a2 ↑ F = + K –

当反角成为核心功能对 a – K 中 a（即"缺乏"）的"承载者"（bearer）时，对其他功能的影响如下：

（1）与之相对的核心功能 K 的功能项必为 K –（最初的灾难或缺乏未被消除），如故事3、38所示；个别故事中为 K，如故事16的第二序列中，反角老大得到了黄金（K6），但随即受惩而死于非命，K6变得毫无意义。

---

① V. Propp, *Morphology of the Folktale*, Austin & London: University of Texas Press, 1975, p. 50.

（2）缺乏之消除常是另一核心功能 F（获得魔物）所致。但如果是反角出现"缺乏"，就不能通过考验（E）而获得魔物。如故事 16 的第二序列：

Ⅱ. δ1 * D7 E7 – F = U

有的故事省略了（E），但反角仍不能获得魔物（F＝），如故事 24 的第二序列：

Ⅱ. ξ1 ζ1 a2 ↑ G3 F = ↓——l

（3）当主角是功能"违禁"（δ）的执行者时，会导致"缺乏"或引致"恶行"的出现，如故事 22 的第二序列。在前两章中我们已经提到，在中国民间故事中，功能"违禁"与普罗普指示的位置（准备阶段）有异，它更为常见的是作为核心功能出现，而其执行者大都是反角。在这种情况下，无一例外会导致魔物未转交（F＝）、缺乏未消除（K－）以及受到惩罚（U）之结果。如故事 8 的第二序列：

Ⅱ. β3 γ1 A2 + δ1 U

故事 10 的第二序列：

Ⅱ. a5 δ1 K – U

与之相对照，故事 4 中主角违禁就并未受惩。但在另一些故事中，主角违禁亦会同反角违禁有一样的后果，这类主角未有"恶行"而受惩，成为功能（U）的承受者，仅是违禁使然。这是一种"牺牲者"或"殉难者"式的主角。如故事 45：

Ⅰ. ↑ d7 E7 G2 F1 γ1 ↓
    Ⅱ. B4 δ1 K13 U

主角为了挽救全村人的性命，违反了禁令，受罚变成了石头。在双主角的故事中，常常是一主角违禁受惩，而另一主角成功，形成对比。如故事 39、28 等。

总之，在一个故事或者序列中，如果反角成为"缺乏"的主体，则随后的核心功能 E、F、K 等的性质均会出现负向，故事或序列的结局也必为负向。而其他一般功能"承载者"或"执行者"的更换，如功能 B 的"派遣者"是捐助者或是反角，"难题"的提出者是被寻求者或是反角、助手，似对叙事无大影响。

三　小结

本节依照普罗普对角色的划分，对中国民间故事中的角色问题作了初步的讨论。在大部分故事里，主角、反角和捐助者充任了叙事的基本角色。在我们分析的故事材料中，大约有五分之一的故事，其不同的角色由同一出场人物充当，其出场人物的数目相对减少。同一故事中出现双主角或同一出场人物在不同序列中担任主角、反角时，会对序列的关系和性质产生影响。关于角色与行动场的对应问题，笔者认为应当从具体考察功能的"执行者"或"承载者"之变化入手，进而研究其对叙事形态的影响。笔者认为这种影响较为突出地表现在主角、反角与核心功能对应关系的变换上。

结　　语

  本书大体依照普罗普的形态学分析方法，选择了一组中国民间故事作为考察对象，逐一划分标示了其功能项及形态图示，并附有文字说明分析。在此基础上，对中国民间故事的叙事形态作了尝试性的分析研究。

  本书的研究，主要集中在叙事形态的三个重要方面：（1）叙事的基本单位功能。鉴于功能顺序一致乃是普氏发现的一条重要定律，笔者特别考察了中国民间故事功能顺序与普氏定律不符的原因：部分功能之间原本并无一定的时序、逻辑关系制约；讲述者或记录者可能的"情节化"等。笔者还分别统计了中国民间故事功能的数目、出现频率及分类，总结了 31 项功能之间的各种关系及在故事中的对应情形，发现"功能对"的位置都符合逻辑顺序，而核心功能对更是必然对应的。此外，个别功能位置的变异有一定规律，如"违禁"（δ）。（2）叙事的另一层面序列。笔者以修正的"序列"概念代替普罗普的"回合"，归纳标志序列起止的功能，指出序列的内部结构是"不平衡—行动—平衡（或未能平衡）"过程的实现；而这三个部分由核心功能（对）分别指代。从整体上看民间故事的结构，就应考察各序列之间的关联组合情形。统计表明："直接接续式"是多序列中国民间故事序列间最常见的关联形式；在复合类型中，绝大多数故事均是由"直接接续式"和"共同结局式"两种关联式构成。（3）故事的角色。笔者统计了所有故事的角色出现情况，确认主角、反角和捐助者是最常出现的基本角色。在许多故事中，同一出场人物可以充任不同的（一般是两种）角色。角色对叙事形态的影响，突出地表现在主角、反角与核心功能对应关系的变换上：在一个故事或者序列中，如果反角成为"缺乏"的主体，则随后的核心功能 E、F、K 等的性质均会出现负向，故事或序列的结局也必为负向。

  中国民间故事在数千年的时间、几百万平方公里的空间之中散布流传，其形态之复杂自不待言，从功能的数量、分布、对应顺序，序列间的联结关系及角色的变化等即可略窥斑豹，显示出中国民间故事的叙事已有较为成熟的结构形式。尽管从本书的研究中我们不难看到，普罗普的结论并不百分之百与笔者的研究结果吻合，其理论体系本身，如许多学者已经指出的那样，亦存在诸多不完备之处。但实践证明，我们运用这种共时性的分析方法，确实可以发现中国民间故事结构形态上的一些共同的规律和特点，使我们可以从一个新的角度来观照故事，进行跨文化的比较研究。

本书对中国民间故事的形态考察，应该说还是着重于一种客观的"描述"层次。但其结论也许可以为进一步的研究提供一个基点。这里我们试以故事分类法为例略作讨论。

在绪论中我们介绍了普罗普对以往故事分类法的批评。在中国故事学界，故事分类历来亦是众说纷纭，莫衷一是。学者们提出的各种分类法，据不完全统计，有二十余种。国内目前流行的故事分类法，大致有三种体系：一是天鹰先生在《中国民间故事初探》中提出的分类法；二是丁乃通《中国民间故事类型索引》的分类体系；三是钟敬文主编的《民间文学概论》中主张的分类体系。但 AT 分类法本身也存在明显的缺陷，我们已经引述了普罗普的有关批评。其内部分类之不合理之烦琐，是显而易见的。天鹰采取了以故事反映的思想生活内容为标准来进行分类。很明显，这种分类法缺乏科学的客观标准，对故事的"思想生活内容"，难免人言人殊。况且，一个故事往往同时包含着诸种关系和层面，在分类实际操作中按照上述的"三分法"进行分类，就会无所适从，极易造成各类故事的重复混淆。钟敬文先生主编的《民间文学概论》分类则失之于粗略。国内其他学者提出的分类法，林林总总，但均大同小异，跳不出上述三种分类法的框架，都有不尽如人意之处。因此，借鉴普罗普的形态分析来对中国的民间故事进行分类，不失为一种有意义的尝试。一方面，我们可以将故事分成单一故事和复合故事两大类（在应用篇大致作了分类）；另一方面，我们可以按照指代故事（或序列）"行动（谓词）"部分的核心功能，将故事的基本类型分成：考验型、难题型、战斗型、违禁型等。这些基本类型或单一，或复合地构成故事。从比较故事学的角度看，违禁型是一种十分有意义的类型，中国民间故事中大量"违禁"充当核心功能的现象，表明违禁型很可能是一种独特的区域类型。如果能以形态学的方法分析更多的故事，加以归类验证，很有希望总结出一种较之其他分类法更为合理、全面，也更体现故事叙事本质的结构形态分类法。

本书的"描述"层次研究，严格说来只是迈出了结构分析的第一步。美国民俗学家邓迪斯在《结构主义与民俗学》一文中指出："普罗普令人信服地论证了欧洲童话的组合结构，但他并未对他所阐述的模式意义做出详尽的解释。"[①] 中国民间故事叙事形态结构的深层，是否隐伏着特定的文化传统、体现着传播者的文化心理和世界观？从故事叙事中是否可以发见远古人类叙事的某种元语言？等等。这些问题，有待于我们做更加详尽和深入的研讨。

---

① Alan Dundes, *The Meaning of Folklore*, Utah State University Press, 2007, p. 137.

附录 1

新时期普罗普的故事学在中国的接受与研究

耿海英

一 结构主义背景中的"功能论":"雾里看花"的十年初步接受阶段

20世纪80年代,学界对普罗普理论的认识主要是通过二手或三手的结构主义研究材料而实现的,而且主要集中在普罗普的《故事形态学》一书的"人物功能论"及其对法国结构主义叙事学的影响上展开。其理论面貌一直被"结构主义"云雾笼罩,因而,我们称之为"雾里看花"的十年初步接受阶段。

我国对普罗普理论的了解较早应始于1979年发表于《世界文学》第2期的袁可嘉的文章《结构主义文学理论》。此后,有J. M. 布洛克曼的《结构主义:莫斯科—布拉格—巴黎》(中译本,1980)、王泰来的《关于结构主义文艺批评》(《外国文学研究》1981年第2期)、张隆溪的《故事下面的故事》(《读书》1983年第11期)、江西师范大学中文系等编著的《外国现代文学批评方法论》(1985)、福克马的《法国结构主义》(1985)[①]陆续出版和发表。这些著作与文章,从介绍普罗普的《童话形态学》及其结构叙事学思想,到具体阐述其"功能论""人物结构地位的类型化"与"情节"的关系,以及其理论在结构主义叙事学中的奠基作用、与法国结构主义叙事学各人物的学理的关系,均为此后的研究提供了重要参照。

1986年涉及普氏故事学理论的文章、著作和译著主要有:袁可嘉的

---

① 福克马:《法国结构主义》,冯汉津译,《外国文学报道》1985年第5期。

文章《西方结构主义文论的成就与局限》、伊格尔顿的《当代西方文学理论》（中译本）、傅修延与夏汉宁编著的《文学批评方法论基础》、赖干坚编著的《西方文学批评方法评介》、杰姆逊的《后现代主义与文化理论》（中译本）。他们都从各自的角度介绍了普罗普故事学理论。其中，伊格尔顿和杰姆逊的著作对我国文论界影响重大，是我国文论界对普罗普予以进一步重视的重要原因。1987 年又有几部译著、论著和编著连续问世：特伦斯·霍克斯的《结构主义和符号学》、张秉真和黄晋凯的《结构主义批评论》、文化部教育局编的《西方现代哲学与文艺思潮》、马克思主义文艺理论研究编辑部选编的《美学文艺学方法论》（续集）、班澜与王晓秦的《外国现代批评方法纵览》，还有胡亚敏的文章《结构主义叙事学探讨》（《外国文学研究》1987 年第 1 期）。这些成果从结构主义、叙事学角度来进一步研究《故事形态学》。

  1988 年也是成果丰硕的一年。佛克马、易布思的《二十世纪文学理论》的译本出版，第二章关注了什克洛夫斯基和普罗普对维谢洛夫斯基"母题"的不同理解。第三章即是上面提到的佛（福）克马的《法国的结构主义》一文。该文是第三次出现在我国对西方文论的介绍中。胡经之、张首映的《西方二十世纪文论史》面世，作者把普罗普放在形式主义一章进行讨论，并认为这样更为合适（这是我国学者对普氏的定位问题）。而俞建章、叶舒宪的《符号：语言与艺术》一书从符号学的角度，认为普罗普为俄国童话故事找出了深层结构和转换规则，对格雷马斯的"情节的语法"[①] 理论的形成至关重要。伊格尔顿的《当代西方文学理论》由王逢振重译再版。其中关于普罗普的论述成为我国学者引证的重要来源。罗斯特·休斯的《文学结构主义》一书也翻译出版。书中详细列出普罗普的"四条原则""三十一种功能""七个行动范围"，还具体探讨了普罗普与斯特劳斯等人的学理关系。该书应该是译著中最为详细研究普罗普的著作之一。而徐贲在《文艺研究》1988 年第 4 期发表的《小说叙述学研究概观》则着重进行普罗普的"深层的故事"结构研究与托马舍夫斯基的"表层的情节"意义研究比较，凸显了普罗普理论的意义。

  到了 1989 年，除了董学文的《走向当代形态的文艺学》把普罗普作为一位地道的结构主义文论家介绍之外，列维‐斯特劳斯的《结构人类

[①] 格雷马斯：《结构语义学》，吴弘缈译，生活·读书·新知三联书店 1999 年版。

学》翻译出版。书中收有作者的《结构与形式——关于弗拉基米尔·普罗普一书的思考》一文。正是该文使普罗普从此在西方受到关注，并引发一系列结构主义大家的思考，同时也是引发斯特劳斯与普罗普之间论争及一系列学理问题探讨的起点。在我国这是第一篇以普罗普为题专门研究普罗普的文章（尽管它是外国学者的研究，而非我国学者的成果）。它的出现，不仅凸现了普罗普，而且使我们不仅仅从肯定的角度接受普氏的故事理论；通过斯特劳斯对普罗普对话、审视式的研究，也引发我们一种批判式的思考。还有托多罗夫编选的《俄苏形式主义文论选》翻译出版，其中收有普氏的《神奇故事的转化》一文。这是普罗普的著作新时期以来第一次在我国翻译出版。在普罗普的接受史上，此前也仅有1956年王智量翻译的《英雄叙事诗研究中的一些方法论问题》（发表于《民间文学》1、2月号上）。这两个"第一"的出现，预示着研究普罗普的一种突破。

从以上在我国出现的研究资料可以看出，这一时期对普罗普故事学有两种基本态度：一是有小部分学者站在"重思想、意义、内容"的文学批评角度，认为其理论对认识艺术本质并无多大意义；二是大多数学者站在"结构主义和叙事学"的角度，充分肯定、高度评价了普罗普故事学的奠基、启示、影响意义。学者们都积极关注了普罗普故事学的"功能论"，也有学者论及了"功能论"与"情节""母题"研究的关系，以及"深层结构"与"表层意义"的比较，"深层结构"向"情节语法"的转换等理论细节问题。

这一时期，由于普氏著作还基本没有译本，所以对他的了解还仅限于二手或三手资料的描述，这也成为透彻理解普罗普的障碍。因此，对普罗普的研究所选择的素材到底为何？是童话？是民间故事？是神话？再加上理解的差异，因而同一著作才有不同的译法：《童话形态学》《童话故事形态学》《民间故事的形态研究》《俄罗斯民间故事形态研究》《民间故事的结构形态》《俄罗斯民间故事形态》《民间故事形态》《俄国神话故事研究》等。其实，这些译名都没有抓住普罗普研究对象的核心。当然，问题并不全在翻译，而在于该书在苏联出版时就被修改了书名。这些问题在以后的研究中才得以澄清。笔者在行文中有意采用研究者的各种译名，以示接受的不确定性。翻译的不同，不仅是一个对其研究对象的界定问题，还有一个对普罗普的方法是"形态"还是"结构"的认识问题（这些也是在后来的研究中才明了的）。另外，我们也注意到，"七个行动范围"与"七种功能"等不同的表述方式，这都反映了接受初期对其理论认知的模糊性。另外，对普罗普的身份定位也不统一：有的主张把他放入俄国形式主义来讨论，有的认为放入结构主义讨论更合适；而斯特劳斯的文章《结构与形式》提出的恰恰也是这个问题，旨在甄别"结构"与"形式"的不同，他与普罗普的论争也多是基于这一点。而对于这个问题我国学者怎样看待？这刚刚是研究的开端。

二 基本理论命题的深入探讨："亦真亦幻"的又十年艰难探索阶段

进入 20 世纪 90 年代，普罗普研究开始触及细部问题，对已经凸显出来的问题进一步深入探讨。当然，这个深入的过程也是与结构主义在我国的深入研究相伴的，主要涉及基本概念和命题研究，我国叙事学理论的建构，普罗普学术身份认定和归属问题研究、学理运用等。但由于依据的材料依然是俄译的二手材料（也为数不多）或英译、法译的三手材料（占绝大多数），而且仍是只触及了普罗普理论的"功能论"方面，所以对普罗普的认识显得似乎得了"真经"，但犹未识其"真面"。因而我们称之为"亦真亦幻"的又十年艰难探索阶段。

90 年代在对普罗普理论的基本概念和命题的细部认知与接受中，主要从情节观、"语义纵聚合结构"与"叙事横组合结构"的对比、普氏理论的"形态的"和"历史的"两个维度的并重三个方面展开。其中申丹的《论西方叙述理论中的情节观》（《外国文学评论》1990 第 3 期）专门研究了普罗普的"情节观"与什克洛夫斯基的"情节观"之间的本质差异。而对"纵聚合"和"横组合"关系的认识，主要是通过梅列金斯基的《神话的诗学》（中译本，1990）对此的研究而实现的。值得注意的是，该著作认为普氏故事学理论中不仅有"形态的"（《民间故事的形态学》一书）维度，也有"历史的"（《魔幻故事的历史根源》一书）维度。作者引出的普罗普的第二部著作《魔幻故事的历史根源》（虽然对此没有论述），对我国认识与接受普罗普意义重大，尽管此后十年间我国学者一直没有意识到这一著作之于普罗普的重要意义。

在我国叙事学理论的建构中，学者们也充分关注了普罗普的故事学理论。徐岱的《小说叙事学》（1992）认为普氏是除什克洛夫斯基之外俄国形式主义的另一位代表人物,在我国俄国形式主义理论研究中对普罗普还不曾有过如此高的定位。而胡亚敏的《叙事学》(1994)将普罗普的理论分散在几个部分进行研究,用以建构自己的理论框架,这已经是"为我所用"式的研究了。此外,申丹的《叙述学与小说文体学研究》(1998)一书从整个叙述学的角度继续推进"情节观"的研究,同时,作者认为,普罗普的理论在某种程度上是俄国形式主义和欧美结构主义叙述学之间的桥梁。这倒是比简单地把普罗普归为俄国形式主义或结构主义更为妥当。这在普氏学理的归属问题上不无新颖之处。

除上述专题式研究外,仍有大量涉及或介绍普罗普理论的书籍、论文面世。应该说,在我国学者探讨结构主义的兴起与发展时,鲜有不提及普罗普故事学理论的。这些资料虽多有重复,但在接受一种理论的过程中,它们都起到了不断强化的作用。

90年代,除了对普罗普理论的研究外,对其理论的学理运用是我国接受该理论的一大成就。随着对普罗普理论的不断介绍,它已经潜在地影响了我国学者的文艺研究。从傅修延所著的《叙事与策略》(1994)一书中可以看出,普罗普的思想已内化为作者的一种思维方式。作者认为,目前流行的电子游戏具有故事色彩,游戏者的操作也不无叙事意味:他们让屏幕上的人物行动起来,即是具有了叙述故事的自由。在怎样分析越来越占去阅读空间的非文字文本时,作者运用普罗普的功能理论解读电子游戏中的隐性叙事。

对普罗普研究的深入也深刻影响了我国学者研究民间故事的方法和视角,李扬的《中国民间故事形态研究》(1996)即是这样一次积极的尝试。它直接运用普氏的《故事形态学》理论探讨中国民间故事的形态结构。它也是新时期以来我国第一部较详细介绍普罗普生平和著述的论著。

1999年在读书界影响较大的两份杂志《文艺理论研究》和《读书》分别在第4期和第9期上发表了许子东的《契合大众审美趣味与宣泄需求的"灾难故事"——文革小说叙事研究之一》和《叙述文革》这两篇文章。它们均来源于作者的著作《为了忘却的集体记忆》。作者在导论中坦然承认,本书在研究方法上,受到普罗普分析俄国民间故事方法的启发。普罗普在100个魔术童话中概括出31种顺序不变的功能、7个人物角色、6个发展阶段,许子东在50篇作品中列出29个有一定秩序的情节功能、5种人物角色、4个基本叙事阶段。作者已经是在自觉而不着痕迹地运用普罗普的理论模式,但不是为了模仿而模仿。笔者认为,作者抓住了普罗普理论的一个关键而要害之处,即为什么普罗普要分出"功能"和"角色",他是要分析"它们之间的精确的和细致的相互联系"。这一点一直没有被学者突出和注意到。

从上述接受与研究状况的梳理中可以看出,经过了近 20 年对普罗普理论的认识、了解、研究、揣摩,我国学者已经将这种理论方法内化为一种自身的思维方式,解决我们对复杂的文学现象的认识问题。可以说,通过"研究层面"与"应用层面"的努力,到了 90 年代末,普罗普故事理论的接受与研究已经进入一个比较成熟的时期,但仍然未及全面。

三 完整独立的理论架构的呈现:"云开雾散"的 21 世纪的新拓展阶段

进入 21 世纪(材料截止到 2004 年),学者开始以第一手俄文材料为依据,这大大推进了普罗普研究,一些似是而非的认识得以澄清,一些"盲区"得以展现,对其理论的运用也更加灵活自如,且经过加工、改造,普罗普理论在我国已经进入对多种叙事体裁作品的分析之中。当然,依然谈不上全面透彻的了解与接受,因为其重要著作在我国还没有完整的译本,而对已有的译本甚至还没有展开研究。

前 20 年,普罗普研究一直被淹没在结构主义及叙事学的研究之中,专门以"普罗普"为论题的研究几乎不见。而像陈厚诚、刘宁主编的《西方当代文学批评在中国》(2000)这样带有总结意味的文论接受史著作,也仅是将普罗普理论放在"结构主义批评在中国"一节中略加提及。这一状况到了新世纪有了改观。为纪念普罗普逝世 30 周年,2000 年第 2 期《俄罗斯文艺》刊登 3 篇有关普罗普的文章:В. Я. 普罗普的《在 1965 年春天纪念会上的讲话》、А. Н. 玛尔登诺娃的《回忆弗·雅·普罗普》、贾放的专论《普罗普:传说与真实》。同年,贾放还发表了《普罗普故事学思想与维谢洛夫斯基的"历史诗学"》(《北京师范大学学报》2000 年第 6 期)和《普罗普的〈神奇故事的历史根源〉与故事的历史比较研究》(《民间文化》2000 年第 7 期)两篇重要文章。这一年有关的文章还有:《俄罗斯著名汉学家李福清访谈录》(《俄罗斯文艺》2000 年第 3 期),彭宣维的《话语、故事和情节》(《外国语》2000 年第 6 期),刘守华的

《世纪之交的中国民间故事学》(《华中师范大学学报》2000 年第 1 期)。这些预示着普罗普研究进入一个更全面的阶段。

在《普罗普：传说与真实》一文中，作者超越了以往依据间接材料而形成的学术视野，研究第一手俄文材料，改变了学界接受的介入视角，特别是将视线投向了第二部重要著作《神奇故事的历史起源》，并阐明了两书学术思想的有机联系。这是我国学者首次关注此书，也是我国学界跳出结构主义的圈子重新接受普罗普的重要开端。而《普罗普〈神奇故事的历史根源〉与故事的历史比较研究》，即是具体深入研究普罗普本人从"形态的"与"历史的"两个向度建构故事研究体系的整体构想，这对认识普罗普的学术思想至关重要。《普罗普故事学思想与维谢洛夫斯基的"历史诗学"》一文又就普罗普学术思想源起问题展开了深入探讨。而李福清访谈录则传递了一些重要信息，与贾放的研究相呼应。彭宣维的文章是对普罗普理论的一些具体范畴继续作甄别工作。而刘守华先生文中对李扬所作研究的肯定说明，普罗普的理论在我国民间故事研究中的运用也得到首肯。应该说，2000 年是贾放也是我国学界研究普罗普取得较大成就的一年。

2001 年，又有 4 篇论文、2 部著作面世：周福岩的《普罗普的故事形态学及列维－斯特劳斯的批评》(《周口师范高等专科学校学报》2001 年第 1 期) 和《民间故事研究的方法论》(《社会科学辑刊》2001 年第 3 期) 两篇论文；美国学者戴维·佩斯的文章《超越形态学：列维－斯特劳斯与民间故事分析》[①]。三篇文章都涉及了列维－斯特劳斯对普罗普的研究以及普罗普的归类问题。还有贾放的论文《俄罗斯民间故事研究的"双重风貌"》(《北京师范大学学报》2001 年第 6 期)，该文把普罗普的理论放在俄罗斯民间故事研究和世界故事学研究的历史中以及结构主义潮流中加以关照，揭示出普罗普理论的意义和特色。两部著作一部是尤瑟夫·库尔泰的《叙述与话语符号学》翻译出版，书前有格雷马斯的长篇序言《成果与设想》。其中就符号学领域接受与研究普罗普理论过程的反思，道出一些普罗普进入我国二十余年间接受与研究的得失。作者也对普罗普的《故事形态学》本身作了批判性审视。这篇序言也把我们引向了

---

① 戴维·佩斯：《超越形态学：列维－斯特劳斯与民间故事分析》，杨树喆译，《乌鲁木齐职业大学学报》2001 年第 2 期，第 67—72 页。

反思二十多年的接受路程。另一部是李福清的《神话与鬼话——台湾原住民神话故事比较研究》。该书导言中涉及了我国已有译文的《神奇故事的转化》的思想论述,这是在大陆出版的研究资料中不多的一次讨论普罗普的《神奇故事的转化》。2002年翻译出版的罗杰·法约尔的《批评:方法与历史》继续在法国结构主义发展链条中介绍普罗普及其启示性影响。这一年,在普罗普接受与研究史上有两个重要事件,一是贾放翻译的普罗普的《神奇故事的结构研究与历史研究》(《民俗研究》2002年第3期)发表,这是普罗普为反驳列维—斯特劳斯而撰写的文章。此前,我国学界了解普罗普与列维-斯特劳斯之争的存在,但并没有见到普罗普反驳文章的全貌。该译文的翻译发表使得一些含混的问题得以明朗,也使得读者对于学者们的研究得以检视,具有重要的学术价值。二是我国第一篇以普罗普为研究对象的博士学位论文通过了答辩,即贾放的《普罗普故事学思想研究》。论文在直接阅读普氏原著基础上的理解性研究,把普罗普研究向前大大推进了一步。这一年,我国在民间故事学研究领域也有拓展。刘守华先生的《神奇母题的历史根源》(《西北民族研究》2002年第2期)一文运用普罗普的《神奇故事的历史根源》的理论资源,透彻地分析了中国神奇幻想故事的母题历史根源,这也正是此前接受的薄弱之处。而刘守华先生的专著《比较故事学论考》(2003)还设专章介绍普罗普理论。

  2003年、2004年依然有学者们从不同的角度研究普罗普理论的成果面世。如刘登阁的文章《小说人物形象的文化透视》,陈浩的《论西方现代小说理论的形态》,赵宪章的《文体与形式》一书。陈浩的文章与赵宪章的著作都涉及普罗普的学术定位问题。还有张德明的《批评的视野》,作者通俗、连贯、逻辑、融会贯通地讲解了普罗普的理论,成为一种内在的真正接受。与这种"内化了"式的接受类似,近几年的接受还呈现出一个特点,那就是在许多文评中会随时出现运用普罗普理论中的某个概念进行点评,似乎是信手拈来。如对风靡全球的《哈利·波特》的点评,对我国的传统艺术京剧的"生、旦、净、末、丑"角色的研究,对《西游记》《水浒》等的叙事分析,都可以见到普罗普的影子。对卡通作品的研究更是娴熟地运用了普罗普的理论,且有《卡通叙事学》问世,该书简直就是对普罗普理论的精彩套用与发挥,而作者是位高产科幻作家。可见普罗普理论对我国文学创作某一层面影响之深刻。也可以看出，普罗普理论已经深刻影响了我国对不同叙事体裁的分析研究。

（注：原载《广州大学学报》2006.5。原文中多译为"普洛普"，为使全书译名统一，均改为"普罗普"。文字略有改动。）

附 录 2

《人工智能》叙事形态略析

美国电影大师库布里克构思酝酿近 20 年、最终由著名导演斯皮尔伯格编剧并执导的影片《人工智能》上映后轰动一时，评论褒贬不一，但这部意蕴深具、不同凡响的科幻片注定会成为电影史上久远的话题，许多评论家已经从科学、文学、哲学、宗教、伦理、人性等不同角度对影片主题进行分析。本文拟依据俄国结构主义大师普罗普（V. Propp）创立的故事形态（Morphology）分析理论[1]，对影片的叙事形态结构进行简要剖析。

一

尽管普罗普的叙事形态理论是建立在对俄国民间童话故事分析归纳基础之上的，但童话是所有叙事的重要原型，普氏的方法当可运用于作家文学各类文体的叙事结构探讨中[2]。

影片的主角（hero）大卫是 Cybertronics 公司制造的一个机器人儿童，出于测试目的，公司从员工中挑选了一对夫妇——亨利和莫妮卡领养他（这对夫妇自己的孩子因患不治之症被冷冻）。大卫离开了真正的"父母亲"——制造者哈比教授和他领导的研发组，来到陌生的新家庭。这种状况，正是普罗普形态理论功能列表的第一项："外出：某个家庭成员不

---

[1] 普罗普理论的评介，可参见《结构主义与文学》（春风文艺出版社 1988 年版）、《二十世纪文学理论》（生活·读书·新知三联书店 1988 年版）、《结构主义和符号学》（上海译文出版社 1987 年版）、《结构主义神话学》（陕西师范大学出版社 1988 年版）、《故事学纲要》（华中师范大学出版社 1988 年版）、《中国民间故事形态研究》（汕头大学出版社 1996 年版）等著作中的相关介绍。

[2] 香港学者陈炳良教授在《〈倾城之恋〉的形态学分析》一文中，就曾运用普罗普的分析法，探讨张爱玲《倾城之恋》的叙事形态结构，认为这部小说可算是一个魔法故事。参见岭南大学中文系刊 Bulletin of Chinese Studies，1996 年卷。

在家"。新"母亲"莫妮卡希望大卫能像自己真正儿子一样交流感情,便按照使用说明读出密码,启动了大卫的感情程序。不久,莫妮卡的亲生儿子马丁竟被医生妙手回春,治好绝症返回家中。马丁自然嫉妒大卫与自己分享母爱,便设计捉弄他。按照普罗普理论体系中的"角色"理论,此时马丁充当了"反角"(villain),执行了普罗普功能(Function)列表中的"欺骗"功能。在马丁鼓动下,大卫大口吃菜,导致体内电路板损坏;半夜去剪莫妮卡的头发,以致莫妮卡误认为他要行凶(共谋:受害者落入圈套)。后来大卫更把马丁拉入游泳池中,马丁险些溺毙。这些举动,实际上违反了人类对机器人设置的禁令(违禁:禁令被破坏,大卫在吃菜时曾不理会亨利夫妇的喝止)。违禁必然导致惩罚,莫妮卡决定将大卫退回给制造公司,后将其遗弃在森林里。这一行为可以看作是伤害家庭成员的功能"恶行",莫妮卡因此进入"反角"之列。

　　大卫被仇视机器人的人类抓进"机器人屠宰场",与另一个机器人阿乔一同被押至台上受毁灭之刑。关键时刻大卫大声呼救,引致看台观众同情而倒戈,得以趁乱逃出生天。大卫告诉阿乔,只有找到匹诺曹童话中的蓝仙女,将自己变成真人,才能够回到"母亲"莫妮卡身边。蓝仙女正是童话故事中经常出现的"魔物"(Magic Agent,又译"神奇物"、"魔法媒体"等),此处"缺乏:缺少某物或希望得到某物"功能成为叙事进展的关键一环。阿乔告知在"艳都"城内可以找到"万事通博士"询问有关蓝仙女的线索,因而成为"助手"(Helper)角色。两人赶路奔赴"艳都"(功能:"出发"),在城中找到万事通博士并获知蓝仙女所在地点。出门后阿乔被人类抓捕,大卫救出阿乔,抢得水陆航行器飞往目的地曼哈顿(功能:"空间移动")。在一幢大楼里,见到哈比教授,他告诉大卫:为了测试大卫这个机器人产品的性能,他故意不出面帮助,以进行考验。由此我们得知:大卫被遗弃后所遇到的艰难险阻,都是为获得"魔物"所必须经受的"考验",而大卫通过了这些考验(功能:"反应")。在水下,大卫终于见到了朝思暮想的蓝仙女(功能:"缺乏消除")。在外星人的帮助下,大卫回到了自己家中(功能:"返回")。但是,此时人类已灭绝两千年,要使"母亲"莫妮卡死而复生,必须有她的身体残骸,外星人才能提取基因复制(功能:"难题")。一直跟随大卫的玩具熊泰迪,取出当年大卫剪下的一缕莫妮卡的发丝,交给外星人(功能:"解题"),多次帮助大卫的泰迪,亦充当了"助手"的角色。莫妮卡复活了,与大卫度过了无忧无虑、快乐幸福的一天，但当夜幕降临，莫妮卡沉沉入睡，永不能再次苏醒（功能："惩处"）。大卫握着莫妮卡的手，生平第一次同"母亲"一起，酣然进入梦乡。这一结局，在童话故事中多是功能"主角成婚或登上王座"，但下列的功能项中，有"重逢"一项，正可作为影片叙事结束的功能。

由此，我们可以归纳出影片18个功能（有2个重复出现）构成叙事序列：外出—欺骗—共谋—违禁—恶行—考验—反应—缺乏—出发—考验—反应—空间移动—缺乏消除—返回—难题—解题—惩处—重逢。普罗普总共归纳出31种功能，但在单个故事中，这些功能并不一定全部出现，在中国童话故事中，最少只要6个功能就能构成一个完整的故事叙事，功能的多少，与叙事的繁复或简略形态成正比，18个功能的线性组合，已足以构成一个曲折有致的故事叙事了。

二

基于对故事材料的经验观察和事件时间、逻辑顺序的分析，普罗普认为：在民间故事中功能出现的顺序总是相同的。据学者们的研究比较，各国的童话故事的功能排列并不能完全契合这一结论，原因是文化、传播、讲述等因素导致的不同或变异，但大致而言普氏的这一定律有一定的普遍意义。相比而言，在创作过程中个人因素主导的作家文学作品中，"故事"（Fábula）和"布局"（Sjuzét）之间人为的乖离，使得功能顺序更为变化多端，不可捉摸。而《人工智能》所呈现的功能顺序，除了两处之外（普罗普亦承认"倒置顺序"的存在），竟大致与普氏顺序一致，使得这部影片与传统的童话故事，在叙事形态层面呈现高度的相似性。个中原因，或许是童话与科幻作品所共有的同质性，此外，如前所述，影片原本就负载了太多的意蕴，在各种主题、哲思、象征繁密交织、纷至沓来，使人应接不暇的情况下，再在情节布局上别出心裁、另辟蹊径，影片恐怕会变得扑朔迷离、晦涩难懂。喜欢顺应大多数观众口味、拍电影"叫好又叫座"的斯皮尔伯格，自然不会像库布里克那样动辄惊世骇俗，而是在深刻的内涵和平实的叙事间，成功地进行了融合和平衡。

按照叙事形态学理论，并非所有的功能都具有同样的重要性，有些功能构成了叙事的真正"铰链"。美国学者邓迪斯将他在北美印第安人中发现的几组重要功能称为"核心母题素顺序"（Nuclear Motifeme Sequence)①，亦即核心功能对。按照邓迪斯的看法，故事的叙事是由不平衡性（disequilibrium，在影片中由"缺乏"、"恶行"标志）向平衡性（equilibrium，由"缺乏消除"、"惩处"标志）的发展，而核心功能对正是两者的标志，它们构成了叙事进展的势能和结构主干，在其他功能的过渡、催化、链接下，"推动着结构线索、单元和要素向某种不得不然的方向运转、展开和律动"②，组成完整的叙事形态。在《人工智能》中，显而易见，"缺乏—缺乏消除"和"恶行—惩处"是两组起到核心作用的功能对，影片的叙事正是围绕它们而展开。要掌握叙事形态的命脉所在，须从核心功能对及其执行/负载者入手。

值得注意的是，这两组核心功能对的负载者分别是主角大卫和反角莫妮卡。按照普罗普的角色理论，主角、反角、捐助者、助手、差遣者、假主角、被寻求者七种角色，大致都有自己的行动场，在定义某些功能时，他亦指出了特定的执行者。例如，主角是这样一种角色：他是反角的受害者（感到缺乏），他得到魔物等。而反角的确立，是由功能"恶行"和"惩处"的负载者标示的。因而，大卫作为主角自无疑义，但莫妮卡因实施"恶行"并最终受到"惩处"而成为反角，这种叙事形态学上的内在定位与我们观看影片时对莫妮卡美丽善良的印象颇为抵牾。其实，因为启动了感情程序，大卫克服千难万险去寻求魔物，根本目的是将自己变成真人，以便重新得到母爱，回到莫妮卡身边。从这个意义上而言，莫妮卡同时涉足了"被寻求者"（Sought-for Person）的行动场，因为"被寻求者"的主要行动场之一，就是最后一项功能（"重逢"）。同一角色涉及这样两个呈对立性质的行动场，必然给角色抹上一层斑斓迷离的色彩，与童话故事中黑白分明、善恶对立的角色设置大异其趣。

"缺乏—缺乏消除"和"恶行—惩处"两组核心作用功能对的负载角色，分别代表了机器人和人类，构成鲜明的二元对立。大卫是个机器人，但开启了感情程序后，他有了梦想，有了情感，有了渴望，完全有资格负载童话故事中人类感知、承载的"缺乏"功能，进而释放叙事进展的势能，影片中出现的两个"助手"阿乔和泰迪熊亦是"非我族类"的机器；

---

① 参见阿兰·邓迪斯《北美印第安民间故事形态学》，载 *FF Communications*，Helsinki Academja Scientia Rum Fennica，1980，p. 61。

② 参见《杨义文存》第 1 卷，人民出版社 1997 年版，第 76 页。

而反角马丁和莫妮卡都是人类，斯皮尔伯格对机器人（特别是有了情感的机器人）的认同，对自诩"万物之灵长"的人类所作所为的反讽，对未来高科技世界和人类终极命运归途的探寻、疑问、焦虑，都在这两组核心功能对和相应角色的对立矛盾中表露无遗。同时，正是这种异乎寻常、极不和谐的功能/角色对位，使观众在观看一个表面上是一个典型、常见、线性发展、传统的"寻求型"故事（在神话中亦多见，如神话学家约瑟夫·坎贝尔在《千面英雄》一书中归纳的"英雄冒险型"）、轻车熟路地跟进故事叙事的发展时，却会因这种异相对位而产生愕异、茫然、不安乃至震惊的反应，尽管斯皮尔伯格可能对人类毕竟惺惺相惜，特意使莫妮卡涉足善恶两面，在互不相容的行动场中出现，以一个母子重逢、相伴永恒的大团圆式结尾，来试图冲淡、调和这种对立两极——也许这种对立显示了库布里克的黑色基调与斯皮尔伯格"好玩好看"电影理念折中调和的必然结果。

三

　　电影与其他文类作品有诸多差异。但投资 1 亿美元、动用"实时 3D 电脑游戏引擎"和"现场视觉特效"等最新尖端电影科技打造出来的《人工智能》，在令人目眩神迷的特技、身临其境的音效、回肠荡气的音乐、曲折动人的情节背后，仍然可以清晰地辨认出隐伏着的、普罗普七十多年前就为我们勾勒出的民间童话故事的叙事形态结构。叙事是人类的一种普遍精神现象，"人类的心理意识中，存在着叙事的动机"，[①] 有的学者甚至愿意把它提升为人的一种本质构成，在不同时代、不同文化的不同文类中，寻找叙事形态结构的通约性模式，并非无的放矢，异想天开。在各类文体的创作过程中，作者如何既取此类通约性定式之长，又克服陈陈相因的俗套之短，进一步探索罗兰·巴尔特所期望的"控制生产意义的规律"[②]，利用叙事形态中某些构成因素的移置、错位、异相使之产生或容纳更丰厚深刻的意涵，通过以上对《人工智能》叙事形态的简略分析，或许可以得到些许有益的启迪。

（原载《中国海洋大学学报》2003.6）

[①] 参见巴巴拉·哈代《关于小说的诗学》，耶鲁大学出版社 1976 年版。
[②] 罗兰·巴尔特：《批评论文》，转引自《本文的策略》，花城出版社 1988 年版，第 10 页。

附录 3

隐伏的二元对峙与消解
——《杀人的回忆》叙事机杼略析

法国著名叙事学家布雷蒙（Claude Bremond）在论及叙事的基本序列时，归纳其形态为"情况形成——采取行动——达到目的（或未达到目的）"。[①] 也就是说，一个故事在某种条件下形成某种状况后，就有了两种发展的可能，或是逐渐改善，或是逐渐恶化。美国学者邓迪斯（Alan Dundes）更加简要地指出，故事的发展是从"失衡"（disequilibrium）到"平衡"（equilibrium）的进行过程。[②]

按照相关的理论框架探讨具体的文学作品或影视作品，必须深入剖析故事隐伏的深层结构，电影《杀人的回忆》（Memories of Murder）或许可以作为我们解析的尝试。2003 年，韩国导演奉俊昊的这部电影上映之后，获得多项大奖，被誉为"史上最好看的韩国电影""毫无破绽的完美电影"。有论者认为，《杀人的回忆》的最为重要的意义，在于这部表面看来是类型叙事（侦破变态杀人狂的悬疑片）的作品，实则借助防空演习、镇压示威等历史标志符号，隐含了一种严肃的对韩国军政府事情的社会悲剧的反思，重新唤起民族的共同记忆。笔者认为，除了这些意义指涉的解读，影片的叙事结构亦有阐发分析的价值，因为任何意义，都要通过叙事的结构呈现出来。

这部电影是根据真实案例改编而成，韩国京畿道地方早年发生了一系列女子被害案，迄今仍未破案，凶手依然逍遥法外。在影片中，办案警官

[①] 参见高辛勇《形名学与叙事理论》，联经事业出版公司 1987 年版，第 144—148 页。
[②] Alan Dundes, "Structural Typology in North American Indian Folktales", *Southwestern Journal of Anthropology*, 19（1963）, pp. 120 – 130.

们费尽周折，殚精竭虑，眼见被害人一个接一个倒下，最终还是无法确定真正的凶犯。在面对状况采取行动后，事件逐渐恶化（未达到目的），没有从"失衡"（案发）进入到"平衡"（破案）的形态。警方与罪犯的对峙，未能以罪犯的落网而化解。这种与观众常规期待不同的结局，或者说未能恢复惯常的"平衡"，其实只是叙事的表层，在它之下，还隐伏着更深层次的叙事机杼。

很明显，影片中真正罪犯从头到尾的出场缺席，揭示了叙事进程的延展，并非以正方/反方、警方/罪犯之间的较量作为内在的推动力。导演的镜头，实际是聚焦在两位主角——负责办案的警官身上。这两位主角，一位是汉城派来协助破案的徐太胤警官，一位是当地乡镇警署主责此案的朴斗万警官。影片通过人物的对白、细节、行动等，展示了两个角色的反差和对比（例如，朴警官记录审讯使用打字机时，不会用退后键；不能识别假冒的名牌运动鞋，言语直率粗俗等）。汉城来的徐警官，外表俊朗，性格文静内敛，受过正规良好的教育（四年制大学毕业）；乡镇的朴警官，长相平平，性格粗犷外向，相比之下教育程度低（高中毕业）。都市/乡村、沉稳/鲁莽、型男/凡夫、知识/实践、文化水平高/文化水平低。这种显而易见的二元对立，是人物角色背景性的、具有"指标"（indices）意义的构成。而在叙事关联"行动"的意义上，两位角色在破案过程中，呈现出更深层次的对峙：理性/感性、证据/直觉、实证/伪证、科学/巫术、档案/口传、心理分析/刑讯逼供等。两人初次碰面，朴警官误将帮助女性路人的徐警官当作现行案犯，不问青红皂白把徐踢翻在地拳脚相加。后来弄清身份，朴说："你的拳脚功夫怎么这么差。"徐反唇相讥："你识别罪犯的能力怎么这么差。"这句对白，大致隐喻了两人之间的对峙业已形成。这种南辕北辙的差异区别，造成叙事序列在"采取行动"的关键点，因为人物意向的不同而产生矛盾纠葛，并随后导致不同的发展走向和结局。角色的尖锐对峙和优势位差，亦可看作是叙事结构诸元中的一种"失衡"。

参照普罗普（Vladimir Jakovlevic Propp）[①]、托多罗夫（Tzvetan Todor-

---

① 参见 Propp, Vladimir. *Morphology of the Folktale*, 4th Printing, Austin & London：University of Texas Press，1975，以及笔者有关故事序列的论述，《中国民间故事形态研究》，汕头大学出版社 1996 年版，第 237—252 页。

ov)、巴尔特（Roland Barthes）等学者的理论观点，笔者把叙事的"序列"理解为由一系列功能按照某种关系链接的、本身自足的情节段落，是整体故事的一个下位结构层次。《杀人的回忆》前后涉及三个嫌疑犯的发现——怀疑——确认过程，故可以大致将故事整体划分为相应的三个基本序列。在第一个序列中，乡镇朴警官听信街坊传言，将喜欢跟踪女性受害人的傻小子白光浩认定为嫌犯，在原始证据被破坏的情况下，不惜采用自制伪证（运动鞋脚印）和刑讯逼供、诱供取证的方法，甚至以极刑恐吓，以求破案。而汉城徐警官，则冷眼旁观，按照自己所受训练的破案思路和方式，通过对失踪者名单的缜密资料分析，得出另有一名尚未被发现被害者的结论，并且果然依靠推论找到了被害者的尸体。自认土生土长、经验丰富、"用脚破案"的朴警官，在这个回合中败给了"不了解本地情况"、书生气十足、坚信"档案不会骗人""用脑破案"的徐警官。角色间的对峙在这一序列中形成并加剧（酒吧里爆发的第二次肢体冲突即可表明），各自的属性得到强化，徐警官的优长凸显无疑。

  第二个序列中的嫌疑人，是朴、徐二人在偶然的场合，不约而同发现的。徐警官是来到犯罪现场进一步勘查，而朴警官则是请教了巫婆之后，来到现场打卦问神。这时嫌犯来到现场，逃跑后混入工人人群中。自认为之所以有当警察的本钱，就在于自己有一双"巫师般"火眼金睛的朴警官，果然靠了锐利的双眼，从人群中揪出了嫌犯。原本看不起朴办案方式的徐警官，此刻亦不免对朴有了几分佩服。这多少表明了两个角色的对峙关系，因此而有所松动，理性/感性、证据/直觉、知识/实践的对立中，后者似乎首次占据了上风。然而，在接下来的破案过程中，朴警官依旧是刑讯逼供、屈打成招的老套路，或者采用笨拙可笑的途径（在公共澡堂观察），去搜寻想当然的具有某种体征的凶犯——这个行动细节虽然带有幽默的成分，却暗示了朴警官很重要的一个转变：开始注重并有意识地主动采集证据。而仍然强调"档案不会骗人"的徐警官，从雨夜电台节目表中，顺着蛛丝马迹，寻觅另一个嫌犯。值得注意的是，尽管在第一个序列中，街坊传言最终被证明是无稽之谈，错指无辜，不足为凭，但在线索渺茫、境况迫逼的紧要关头，奉"档案不会骗人"为圭臬的徐警官，亦不得不再蹈朴警官之覆辙，从资料档案堆中走出，采撷民间口头资源，而且结果证明，口头资源并非全都是空穴来风、无本之木，事实上第一个序列中的民间口传流言，亦有切合真相的一面（傻小子白光浩虽非凶手，却是现场的唯一目击者），在本序列中，据此更找到了一位幸存的受害者，获悉了真凶的身体特征（柔软光滑的手）。在这一序列中，虽然结尾处两个警官发生了第三次，也是程度最为剧烈的肢体冲突，但实际上，两个角色之间的对峙，已经因为互相向对方属性的靠拢移渡，而得到一定程度的消解。此序列仍以徐警官的推断为胜，其角色意向决定了事件的发展方向，不过需注意前述的有关对立诸元间的微妙变异，在冲突交锋中，实际暗中影响，潜默互渗。

第三个序列是影片叙事的华彩段落。随着第三个嫌疑犯浮出水面，故事的发展逼近高潮。所有的间接证据（电台雨夜点播歌曲的明信片、身体特征、作案时间、心理分析等）都确凿无误地指向嫌犯朴贤奎。观众以为真相即将大白、凶手落入法网，故事开端的失衡即将恢复平衡。如果故事果然如此发展，或许这部电影就成了一部落入俗套的悬疑类型作品。然而出乎意料的是，负责在汽车里跟踪盯梢的徐警官，因为不堪疲惫的一个瞌睡，使嫌犯朴贤奎从咖啡馆得以脱身，这一致命的失误，或许暗喻着"用脑破案"之不足，如果换了体能强壮"用腿破案"的朴警官，嫌犯就无隙遁逃了。凶杀果然再度发生，极度自责内疚的徐警官，赫然发现这次的受害者，竟然是自己认识接触不久、天真清纯的中学生女孩（曾给他提供传言线索），面对雨中泥地上死不瞑目的女孩，理性的闸门终于轰然崩溃，他开始失去理智，发疯般凶猛地踢打嫌犯，在仍然缺乏直接证据的情况下，就要拔枪打死嫌犯朴贤奎。甚至当美国 FBI 出具的 DNA 检测报告及时到达，证实嫌犯朴贤奎并非真凶后，他所有的自信、智慧、努力以及由此带来的在二元对峙中的优势位差，即他在前两个序列中因为正确的判断结论所取得的高位顷刻间荡然无存，他终于无法自控地扣动扳机，向这时已证清白的朴贤奎射出了子弹——罔顾证据、鲁莽冲动、拳脚相加、情绪失控、私自执法，徐警官已同前两序列中判若两人；而朴警官在此关键时候，反倒头脑清醒、沉着冷静，出手阻止了徐警官的疯狂举动，他最终对嫌犯眼神的判断，与 DNA 鉴定的结果不谋而合。对峙的二元诸项，在第一序列中针锋相对，在第二序列中陈仓暗度，在第三序列中，则部分完成了向对方的位移倒置，从而也达成了对峙的平抑消解。

如前所述，在影片叙事的表层上，因为未能最终破案，在经历了叙事的跌宕起伏之后，最初的失衡未能恢复平衡，然而，导演的着力点，并非仅仅停留在一个悬案侦破的故事层面，他更愿意用镜头展现的，是两个正面人物角色之间的冲突纠葛关系。他们之间二元对峙、互渗、移渡乃至最终转换消解的形态，构成了表层叙事下序列的核心，三个序列接连续合，挥发出节奏鲜明而指向强劲的叙事张力，对峙诸元由最初的高下立现、位差分明的失衡，最终达致后者居上以致伯仲难分的平衡形态，从结构意义而言，这正是叙事得以"逐渐改善"的结局。一表一里，暗藏着如此巧设、用意深远的叙事机杼，或许这正是导演叙事策略的匠心所在和作为别具一格的类型电影的成功之处。

（原载《山东文学》2009.1）

参考书目

中文著作

阿兰·邓迪斯编：《世界民俗学》，陈建宪等译，上海文艺出版社 1990 年版。

安德列·尼耶：《悲怆与诗意——结构主义作品分析》，万胜译，湖南人民出版社 1988 年版。

巴赫金：《文艺学中的形式主义方法》，李辉凡、张捷译，漓江出版社 1989 年版。

北京大学中文系民间文学组编：《民间文学教学参考资料》，1979 年 6 月。

北京师范大学中文系民间文学教研室编：《民间文艺学参考资料》第一集（上、下），1982 年。

北京师范大学中文系 55 级学生集体编写：《中国民间文学史》（上），人民大学出版社 1958 年版。

陈炳良、王宏志等译：《神话即文学》，东大图书有限公司 1990 年版。

丁乃通：《中国民间故事类型索引》，董晓萍、孟慧英、李扬译，春风文艺出版社 1983 年版。

段宝林：《中国民间文学概要》，北京大学出版社 1981 年版。

古添洪：《比较文学·现代诗》，国家出版社 1976 年版。

古添洪：《记号诗学》，东大图书有限公司 1984 年版。

高辛勇：《形名学与叙事理论》，联经事业出版公司 1987 年版。

J. M. 布洛克曼：《结构主义，莫斯科—布拉格—巴黎》，李幼蒸译，商务印书馆 1980 年版。

贾芝：《新园集》，中国民间文学出版社 1981 年版。

江西省文联文艺理论研究室等编：《外国现代文艺批评方法论》，江西人民出版社 1985 年版。

李福清：《中国神话故事论集》，马昌仪编，中国民间文艺出版社 1988 年版。

里蒙—凯南：《叙事虚构作品》，姚锦清等译，生活·读书·新知三联书店 1989 年版。

辽宁省民间文艺研究会编：《民间文学论集》第二卷，1984 年。

刘守华：《故事学纲要》，华中师范大学出版社 1988 年版。

刘守华等编：《故事研究资料选》，中国民间文艺家协会湖北分会编印，1989 年 9 月。

娄子匡、朱介凡：《五十年来的中国俗文学》，正中书局 1963 年版。

罗兰·巴尔特：《符号学原理》，李幼蒸译，生活·读书·新知三联书店 1988 年版。

《马克思主义文艺理论研究》编辑部编：《美学文艺学方法论》（下），文化艺术出版社 1985 年版。

《马克思主义文艺理论研究》编辑部编：《美学文艺学方法论》（续集），文化艺术出版社 1987 年版。

孟繁华：《叙事的艺术》，中国文联出版公司 1989 年版。

孟悦等编著：《本文的策略》，花城出版社 1988 年版。

潘知常：《众妙之门——中国美感心态的深层结构》，黄河文艺出版社 1989 年版。

乔纳森·卡勒：《结构主义诗学》，盛宁译，中国社会科学出版社 1991 年版。

特里·伊格尔顿：《当代西方文学理论》，王逢振译，中国社会科学出版社 1988 年版。

天鹰：《中国民间故事初探》，上海文艺出版社 1981 年版。

王泰来等编译：《叙事美学》，重夫出版社 1987 年版。

徐崇温：《结构主义与后结构主义》，辽宁人民出版社 1986 年版。

徐岱：《小说叙事学》，中国社会科学出版社 1992 年版。

徐剑艺：《小说符号诗学》，浙江大学出版社 1991 年版。

叶舒宪编：《结构主义神话学》，陕西师范大学出版社 1988 年版。

俞建章、叶舒宪：《符号：语言与艺术》，上海人民出版社 1988 年版。

张双英、黄景进编译：《当代文学理论》，合森文化事业有限公司 1991 年版。

张紫晨编：《民俗学讲演录》，书目文献出版社 1986 年版。
赵景深：《民间文学丛谈》，湖南人民出版社 1982 年版。
中国民间文艺研究会上海分会编：《中国民间文学论文选》（下），上海文艺出版社 1980 年版。
中国民间文艺研究会研究部编：《民间文学理论译丛》（第一集），中国民间文艺出版社 1986 年版。
中国社会科学院编：《中国民间文学论文索引》（上、下），1981 年。
钟敬文主编：《民间文学概论》，上海文艺出版社 1980 年版。
钟敬文：《钟敬文民间文学论集》（下），上海文艺出版社 1985 年版。
钟敬文主编：《中国民间文艺学四十年》，敦煌文艺出版社 1991 年版。
周英雄：《结构主义与中国文学》，东大图书有限公司 1983 年版。
董均伦、江源：《聊斋汊子》，中国民间文艺出版社 1982 年版。
段伶等编：《傈僳族民间故事》，云南人民出版社 1984 年版。
傅光宇等编：《傣族民间故事选》，上海文艺出版社 1985 年版。
甘肃人民出版社编：《甘肃民间故事选》，甘肃人民出版社 1980 年版。
高等学校民间文学教材编写组编：《民间文学作品选》（上），上海文艺出版社 1980 年版。
香港海鸥出版公司编：《汉族民间故事》，1978 年版。
河北人民出版社编：《河北民间故事选》，1980 年版。
贾芝、孙剑冰编：《中国民间故事选》，人民文学出版社 1980 年版。
《民间文学》编辑部编：《民间文学》。
裴永镇编：《金德顺故事集》，上海文艺出版社 1983 年版。
苏胜兴等编：《瑶族民间故事选》，上海文艺出版社 1980 年版。
芜湖市文化局、芜湖民间文学工作者协会编：《蛇精的传说》，安徽文艺出版社 1986 年版。
杨通山等编：《侗族民间故事选》，上海文艺出版社 1982 年版。
中国民间文艺研究会河南分会、河南大学中文系编：《河南民间故事集》，中国民间文艺出版社 1985 年版。
中国民间文艺研究会山东分会、山东大学民间文学教研室编：《山东民间文学资料汇编》，1982 年版。

英文著作

Dundes, Alan. The Morphology of North American Indian Folktales, *FF Com-*

munications, No. 195, Helsinki: Academia Scientiarum Fennica, 1980.

Dundes, Alan. *Analytic Essaysi in Folklore*, Mouton Publishers, The Hugue. Netherlands, Second Printing, 1979.

Dundes, Alan. *The Meaning of Folklore*, Utah State University Press, 2007.

Fokkema, D. W. and Kunne-ibsch, E. *Theories of Literaturei in the Twentieth Century*, Second ver. , London: C. Hurst & Company, 1979.

Hawkes, Terence. *Structuralism & Semiotics*, London: Methuen & Co Ltd. , 1977.

Lüthi, Max. *The European Forktale: Form And Nature*, Philadelphia: Institute for the society of Human Issues, 1982.

Lüthi, Max. *The Fairy Tale*, Bloomington: Indiana University Press, 1984.

Maranda, Pierre and Maranda, E. K. *Structural Analysis of Oral Tradition*, Philadelphia: University of Pennsylvania Press, 1971.

Nathhorst, Bertel. *Formal or Structural Studies of Traditional Tales*, Second Ed. , Kungl Boktryckriet P. A. Norstedt & Soner, 1970.

Propp, Vladimir. *Morphology of the Folktale*, 4th Printing, Austin & London: University of Texas Press, 1975.

Propp, Vladimir. *Theory and History of Folktale*, Minneapolis: University of Minnesota Press, 1984.

Scholes, Robert. *Structuralism in Literature*, New Havenand London: Yale University Press, 1974.

Thompson, Stith. *The Folktale*, New York: The Dryden Press, 1951.

Young, Conrad Chun Shih. *The Morphology of Chinese Folk Stories Derived From Shadow Plays of Taiwan*, Ph. D dissertation, University Microfilms, Michigan: A XEROX Company, 1981.

后　　记

　　在本书的写作过程中，从选题立论到章法行文，自始至终得到了笔者的博士导师、香港大学中文系陈炳良教授的悉心指教。陈先生贯通中西的渊博学识，胸纳百川、豁达大度的学术性格以及一丝不苟的治学态度，都使我获益匪浅，没有他的言传身教和督促淬砺，笔者是不可能完成这一课题的。香港中文大学周英雄教授、香港大学中文系黄兆汉教授认真审阅全文，提出了许多宝贵而细致的修改意见。美国加州大学教授、著名民俗学家阿兰·邓迪斯，得知笔者在搜集国外有关资料时遇到困难，便立即寄赠了十余篇相关的专题文章。邓迪斯教授不幸于2005年遽然去世，笔者始终无缘当面向他请教和致谢，甚憾！华中师范大学中文系教授刘守华先生亦惠寄大作《故事学纲要》等著作供笔者参考。对于上述师长学者的指教帮助，笔者铭感五内，永志不忘。

　　本书完稿于1994年，初版于1996年6月（汕头大学出版社），由于当时经费和出版条件所限，只印了2000册，装帧印制亦颇为简陋，除去出版社留样和本人自购部分，进入市面流通的不过千余册，如今早已绝版。不少索书不得的学界师友同仁、研究生，包括海外的学者朋友，都多次建议再版为好。如今再版终得付梓，订正了初版行文中一些错误，更新补充了个别信息，统一了译名，将初版中不便查阅的文尾注改为页下注，并根据出版社的要求修改了相关行文注释的格式。感谢上海大学耿海英教授，同意将她的大作收入附录，她的论文全面评述了新时期国内学界普罗普理论的接受和应用历史，补充了拙著在这方面的不足，对读者有重要的参考价值。除耿海英教授的论文外，笔者不揣谫陋，另附两篇习作，尝试借鉴运用普氏理论于跨文类电影分析，算是对先前研究的延伸补充。

　　笔者任教的中国海洋大学，对本书提供出版资助，使本书再版成为可能。文学与新闻传播学院薛永武院长积极联系促成出版事宜，中国社会科学出版社郭沂纹副总编给予大力支持；安芳编辑认真细致审校书稿，提出不少专业而中肯的修改意见，为保证书稿质量付出了辛勤劳动。学生乔英斐、阎雨濛、宁如雪等，在文档处理校核方面助力甚多。家人珏纯、李顿，始终是笔者工作学习的坚强后盾。在此，笔者一并表示真挚的谢意。

李 扬

2014 年 12 月